Scarlet
스칼렛

www.bbulmedia.com

그대여 다시 한 번만

# 그대여 다시 한 번만

류은채 장편 소설

# contents

## 1화

　이른 새벽, 어제 내린 첫눈이 살포시 지붕과 마당에 쌓이자 사람들은 본격적인 추위를 대비한 월동 준비로 부산했다. 그런 사람들과 다르게 고희는 하루를 조금 차분한 마음으로 맞이하고 있었다. 어쩌면, 곧 이혼녀가 되어 이곳을 떠날 것이기에 그런지도 모른다.

　2년. 경산그룹 본가 연희동 자택에서의 생활, 나름 정성과 최선을 다했다. 비록 그분들의 마음에는 차지 않았을지 모르지만.

　맞지 않는 옷을 입고 몸부림을 쳤었다. 표면적으로는 한 치 흐트러짐 없어 보였지만 보이지 않은 곳에서는 가라앉지 않으려 있는 힘을 다하고 있었다.

　하지만 이제는 끝. 모든 것에서 자유로워지는 것이다. 나를 죽이고 내 개성을 말살하고 온유한 척, 동요하지 않은 척, 그리고 귀부인인 척 가장한 삶에서.

삶을 아름답게 채색하리라 마음먹으며 고희는 흘러간 시간이 과거로 자리 잡을 수 있도록 빠르게 주변을 정리해 갔다.

그리고 얼마 후,

탁.

가방을 닫고 고희는 방을 한 번 죽 훑어봤다. 어디 빠진 물건이 없는지 흘리고 간 추억거리는 없는지 꼼꼼히 살폈다. 이전 사람의 흔적이 남아 있다는 건 반갑지 않은 일일 것이기에.

〈사랑을 나눈다.〉가 아니라 〈사랑을 베푼다.〉에 의미를 두고 산 2년.

그 2년이 이제 말끔하게 정리되었다.

로스앤젤레스의 남동쪽으로 43km 떨어진 애너하임 시에 위치한 세계 최대, 최고의 테마파크. 탐험의 나라(Adventare Land), 곰의 나라(Bear Country), 개척의 나라(Frontier Land), 환상의 나라(Fantasy Land)에서는 아사왕의 메리그랜드, 커다란 티 컵(Tea Cup)이 회전하는 미친 티파티 등, 재미있는 놀이 기구를 타며 고희는 행복한 미소를 연신 짓고 있었다. 전처럼 입을 가리고 웃지도, 누군가가 자신을 지켜보리라는 것을 염두에 두지도 않고 말이다.

책상에 죽 늘어진 사진마다 다른 미소가 담겨 있는데, 그 모습이 밝은 햇살 같아 자꾸만 바라보게 했다.

"이게 그 사진인가?"

"네, 사장님."

"그렇군."

"네, 그럼."

"잠깐만, 다니는 건 어떠하던가? 사는 건?"

"조그만 아파트를 전세로 빌렸다고 합니다. 그리고 대학원에 진학하셨고요. 여행 내내 매우 즐거워 보이셨다고 들었습니다."

"나가 봐."

인환은 책상 위 사진을 한 장 한 장 손가락으로 집어 코 앞으로 가져왔다.

이 여자가 그 여자란 말인가. 자신의 곁에서 아내란 이름으로 2년을 머문 유고희. 정략이었고 계약이었다 해도 사람이 나간 빈자리는 생각보다 휑했다. 언제나 예의 바르고 조용하고 매사 깔끔한 그녀였다. 간혹 이 여자는 무슨 생각을 하고 사나? 라는 생각을 할 정도로.

처음부터 두 사람은 무늬만 부부로 살자 합의했었고 양쪽 집 안사람들도 상황과 조건을 알고 있는 그저 그뿐인 관계였다.

그러나 점점 아름다워 가는 유고희. 정략이었지만 자신도 남자였고 부인이라는 이름으로 호적에 올라 있으니 소유를 주장하고 싶을 때도 있었다.

때로는 욕구도 일어 그녀를 술기운에 품으려 한 적이 있었다. 그러나 그가 무안하지 않도록 설득력 있게 저를 이해시켰었다.

'그때 뭐라고 했었더라?'

"내가 임신이라도 하게 된다면 불행한 아이가 태어나는 거예요. 당신이 조금만 참으면 그런 사태 미연에 막을 수 있는데, 아이는 두 사람이 진정 원해서 태어나야 축복이 아닐까요. 난 당신의 아내로 머무는 데 기한이 정해진 사람이란 거 잊지 마세요. 그래도 날 안을 건가요?"

"……!"

불만은 없었다. 나름 지혜롭게 가족들을 챙겼고, 자신의 시중을 군소리 없이 들었고, 외조도 조용히 수행했었다. 도와 달라는 말 한마디, 여자로서 바라봐 달라는 눈길 한 번 보낸 적 없었고, 정을 흘리고 다니지도 않았다.

군더더기 없는 생활. 가끔씩 짓는 미소가 환하게 웃는 웃음이 아닌 작위적으로 웃는 모습이라는 거야 익히 알고 있었다. 정말 즐거워 웃었던 것은…… 두 번이었나? 손에 꼽을 정도로 웃음에 인색한 여자였다.

'이렇게 환하게 웃을 줄 아는 여자였다니. 내 곁에 있는 것이 그렇게 힘이 들었나?'

기분이 묘해지는 인환이었다.

그는 미국 여행 중인 그녀의 사진을 다시 한 번 바라보더니 맨 위 서랍에 넣고 열쇠를 채웠다.

'밝아 보이니 걱정 안 해도 되겠군.'

하지만 생각과 다르게 표정은 씁쓸해 보였고 그의 입가는 오른쪽 아래 방향으로 비틀려지고 있었다.

한라그룹 유고희, 2년 정략혼을 마감하고 홀가분하게 자유인
이 되었다.
　경산그룹 강인환, 2년 정략혼을 마감하고 정해진 수순대로 싱
글이 되었다.

## 2화

"아하하."

맑고 고운 웃음소리, 듣는 사람으로 하여금 기분 좋게 하는
음색이다.

기억하던 누군가의 웃음소리와 매우 닮아 있어 서준은 열중해
있던 책에서 눈을 떼고 주변을 두리번거렸다.

그리고 카페 한편에서 그녀를 발견했다.

"유고희."

분명 고희였다.

딱 한 번의 접점이었지만, 그녀는 저를 기억할 리 없겠지만
서준은 그녀를 또렷하게 기억한다. 고아원 봉사활동 때였다.


고아원 앞, 커다란 밤나무 아래 여자아이와 앉아 바람을 쐬는
그녀의 모습에 가던 길을 멈추고 지켜본 그였다.

"고희 언니는 대학생이니까 그런 말할 수 있는 거잖아요. 전 동정받는 게 싫어요."

당돌하게 보이는 여학생은 중2 미리였다. 반항기가 다분했고 자존심이 세 보였다. 서준은 도움을 주고 싶지만 여자아이들을 상대하는 건 벅찼다. 한참 예민한 시기지 않은가.

"그래서?"

"네?"

"대학 나오면 전부 행복한 거야?"

"그건······."

"하고 싶은 일을 하고, 가고 싶은 곳을 가고, 사랑하고 사는 게 행복한 거 아닐까?"

"언니는 그렇지 않아요?"

빙긋.

자조적으로 미소 짓는 모습. 입꼬리를 살짝 위로 올려 웃고 있다는 것을 보이기 위한 가식. 그건 서준이 웃는 모습을 가장할 때, 남을 안심시켜 줄 때 사용하는 방법이었다.

"대학생이기 때문에 행복하다는 등식은 성립되지 않아. 미리야, 그럼 대학생이 아닌 사람들은 다 불행한 거야?"

"그건, 아니에요."

"세상에서 자신이 좋아하는 일만 하고 항상 행복하게 사는 사람은 없어. 모두 어려운 일을 참고 견디고 그렇게 살아."

"언니도요?"

"그래, 나도."

"하지만 언니는 예쁘고 부자니까 다른 걱정이 없잖아요."

"그렇게 보여?"

"네."

"보이는 것이 다는 아니야, 난 미리가 부러운데?"

"제가요? 전 가진 게 없는데요?"

"왜 없어? 빛나는 미래, 가능성, 열정, 그리고 자유가 있잖아."

고희는 미리를 부드러운 눈빛으로 바라보며 그녀가 가진 것이 얼마나 많은지 알려 주고 있었다.

"저요, 사실 대학 갈 만큼 성적도 좋지 않아요. 알아요. 그런데도 신경질이 나요. 마구마구."

"상고는 싫어?"

"······아니오."

"그런데 왜 원장님에게 싫다고 화를 냈어?"

"그냥요. 저를 위해 권하신다는 것을 알면서도 원장님께 화를 냈어요. 그런 거 있잖아요, 어리광 받아 주실 거 같은 거."

"원장 선생님이 많이 놀라시더라."

"그렇죠? 미안하다고 할 거예요."

"······사실은 대학에 가고 싶을까 봐 일부러 공부 열심히 안 한 거지?"

"네."

고희는 안쓰러운 듯 미리라는 여학생의 머리를 쓰다듬어 줬다.

"언니가 도움이 돼 주지 못해 미안해."

"아니에요. 이렇게라도 이야기해 주시고 들어 주시니까 조금은 답답한 게 풀렸어요. 이젠 결심을 굳혀야죠. 저요, 열심히 해서 상위권으로 졸업할 거예요. 절 무시하지 못하게."

"그래, 파이팅!"

"감사해요. 고민 들어 주셔서."

"나도 고마워. 날 선택해 주어서."

그러곤 무슨 재미난 이야기를 하는지 밤나무 그늘 아래 두 여자의 맑은 웃음소리가 끊길 듯 이어지고 있었다. 그 웃음은 그저 시늉만 내는 것이 아니라는 것을 알 수 있었다.

결국 그들의 아름다운 풍경을 깨뜨릴 수 없어 서준은 다음을 기약하며 뒤돌아섰다.

그리고 얼마 후, 그녀가 졸업 전 결혼한다는 소식을 전해 들었다.


"기억하는 것보다 더 아름다워졌네."

한참 그녀 쪽을 응시하던 서준은 피식 하고 웃고 만다.

내가 언제부터 여자에게 관심을 가졌는가. 고시에 패스하기 전까지 어느 것에도 눈길 한 번 주지 않은 그였다. 후원자에게도 은혜를 갚고 싶었고 자신도 뭔가를 이루어야만 했기 때문이었다.

'정말이지 할 말 없게 만드는 미소군. 유고희, 행복해 보여 참, 다행이다.'

가끔 어떻게 지내고 있을까? 라는 궁금증이 일기도 했는데 여기서 이렇게 다시 마주치다니, 애써 외면했던 아쉬움과 욕심이란 놈이 스물거리며 올라왔다.

입꼬리만 올려 남에게 웃어 주지만 눈매는 서늘했었던, 웃고는 있는데 애잔한 느낌이 들었던 미소가 아니라 꽃처럼 환하게 웃고 있었다. 그녀가 행복해하고 있었다.

그녀의 맑은 웃음소리가 카페 안에 메아리친다.

❖

그녀가 새 둥지를 튼 자이 아파트.

"아, 여기가 이제 내 집이구나. 진짜 내 집."

고희는 감개무량해했다.

그녀는 이렇게 천장이 높은 곳이 좋았다. 맨 꼭대기 층, 일부러 이런 곳을 찾아다녔다. 집기들은 최소한으로 갖추었고 침대와 책상 하나만을 들여놓았다.

그리고 벽 양쪽에는 바를 설치했다. 어려서부터 꿈꾸던 발레, 잘 추지는 못했지만 바를 잡고 아라베스크 동작을 하면 마치 제가 발레리나가 된 것 같았다.

"이제 내가 하고 싶은 일을 하자. 우선 대학원을 다니고, 그리고 발레 공연도 실컷 보러 다니자."

무미건조했던 결혼생활 동안 단 한 번 공연을 함께 보았었다.

공연을 보고 감격하며 우는 그녀를 남편 인환은 도저히 이해할 수 없다는 눈으로 쳐다보았었다. 감정을 일체 드러내 보이지 않았던 그녀가 유일하게 그 앞에서 이성을 잃은 모습을 보였던 날이었다.

자유롭게 날아가는 프리마돈나의 환상적인 몸짓에서 고희는 자신이 백조가 되어 하늘 높이 춤추며 비상하는 상상을 했었다.

"보기보단 감성적인가 보군."

"죄송해요."

"뭐, 죄송할 것까진 없지만."

어깨를 으쓱인 인환이 그녀와 시선을 맞추고 손을 뻗어 왔다. 그 순간, 깊고 차가운 검은 눈동자 안에 그녀의 얼굴이 담겼다.

뺨을 가로지르는 눈물 자국. 번져 나간 아이라이너.

자신의 모습에 놀란 그녀는 황급히 고개를 내렸다. 그리고 재빨리 화장을 고치고 오겠다 외치며 달아났다.

화장실에서 거울을 보며 고희는 숨을 삼키고 말았다.

'분명 경산그룹 안주인답지 않다 질책하고 있겠지?'

그녀는 꾸물거리면 더 큰 질책을 들을까 봐 걱정하며 서둘러 화장을 고치기 시작했다.


고희는 머릿속을 부유하는 과거를 털어 내고 잠이 들 준비를 했다.

다음 날 5시.

아직도 아침 5시면 잠에서 깨는 버릇을 버리지 못했다. 하긴, 2년을 반복했으니…….

"여기는 연희동이 아니지."

다시 잠을 청하려 해도 잠이 오지 않았다. 습관이란 이렇게 무서웠다.

결국 고희는 다시 잠을 청하는 것을 포기하고 차 한 잔을 타서 책상으로 향했다.

평소와 같다면 이런 날, 찬바람이 불면 기침이 유독 심하신 시어머님에겐 모과차를, 기관지가 안 좋으신 시아버님에겐 생강을 넣은 배차를, 자신을 유독 따르며 감기를 달고 사는 아이 민재(시누이 재희의 아들)에겐 대추차를, 매사 딱 부러지고 피곤에 지친 남편에게는 국화차를 준비하던 고희였다.

이제는 남이 돼 버렸구나. 나와는 아무 관계가 없는 타인이 되어 버렸구나.

누군가에게 기쁨을 주던 작은 배려를 이제 하지 않아도 되는 것이 홀가분하다기보단 서글펐다. 누군가를 위해 뭔가를 하며 얻던 보람은 다른 곳에서 찾아야 하는 것이다.

처음엔 데면데면한 그들이었다.

2년이라는 굴레에 다들 숨죽이며 서로를 외면하기 바빴다. 어서 2년이 흘러가기를 바랐다.

그래서 고희가 먼저 다가갔다. 먼저 말을 걸고 먼저 차를 내어 가고 먼저 밥상을 차려 보았다. 그리고 생일과 집안 대소사를 챙겼다. 2년. 놀고먹으며 허송세월하기엔 너무나 아까운 시간이 아닌가.

처음 경계하던 그들도 서서히 자신에게 곁을 허하였다. 비록 한시적인 거지만, 서로 함께하는 공간에서 생활하는 만큼 불편하지 않게 배려하자는 취지였다.

그들에게 의미가 되지 않게, 부담이 되지 않는 범주에서만 조심히 움직였다. 하지만 정이 흘러가는 것을 막을 수 없는 것처럼, 감정이라는 것이 절제한다고, 막는다고 딱 그치는 것이 아니라는 것을 알지 못했다.

'어머님, 겨울에 혼자 김장하시면 몸살 나실 텐데……'

# 3화

"어휴, 든 자린 몰라도 난 자리는 안 다더니."

인환의 모친 한 여사의 한숨이었다.

"며느님 생각나서 그러세요?"

오래도록 집안일을 돌보는 박 씨가 말했다.

"손끝이 야무진 분이셨죠."

'그래, 손끝만 야물었었나, 뭐 하나 허투루 버리는 법도 없던 아이였지.'

한 여사는 나오려던 말을 도로 주워 삼킨다. 처음 그 아이를 며느리로 받아들여야 한다는 사실에 가족 모두 황당해했었다. 내세울 거라고는 유 회장의 손녀, 그 외 알려진 것 없는 평범한 아이였고 당시 인환에겐 그보다 좋은 혼처가 줄을 잇고 있었다.

하지만 자신의 시아버지 강 회장은 회사 주식과 지분을 고희에게 상속하면서까지 며느리로 받아들이길 원하셨다. 시아버지

20

와 인환의 감정싸움이 극에 달할 즈음 결국 둘 다 한발 물러서 2년을 유언장에 명시하게 되었다.

당시엔 철저하신 분, 그리고 매사 똑바르신 분이 대체 왜 그러셨는지 알 수 없었다.

아들 인환을 어렵게 낳은 한 여사였다. 딸 재희를 낳은 후 3년 만에 절에 치성을 드려 겨우 얻은 후계자였다. 금쪽같은 아들의 혼사를 마구 정하실 줄이야. 원망하는 맘이 굴뚝같았다. 유고희, 하얗고 말간 얼굴과 조용한 말씨, 본데없이 자라진 않았구나 생각하며 치미는 화를 삼켰었다.

그 후 인환은 회사가 바쁘다는 핑계를 대며 신혼여행도 가지 않고 연희동 자택 2층에 곧바로 신접살림을 차렸다.

들어온 다음 날 새벽같이 일어나 한복을 차려입고 다소곳이 주방 한 켠에 서서 조용히 그녀를 기다리는 며느리 고희를 보며 그래도 눈치는 있구나, 생각보단 피곤하지 않겠구나 싶었다. 사근사근 안겨 들지 않았지만 묻는 말에 나지막이 대답하고 물러서서 아는 체, 잘난 체를 하지 않는 아이였다. 하루, 이틀, 사흘 저러다 말겠지 싶었지만 한 달이 지나고 두 달이 지나도 일찍 기상해 제 할 일을 스스로 찾아 부지런을 떠는 고희가 밉지만은 않았다. 사실 다시 보게 되었다.

어느 날 일하던 박 씨가 몸이 아파 늦게 나온 주방에서 조용하고 차분하게 아침상을 본 고희였다. 그날 아무도 고희가 모든 음식을 하고 간을 맞췄다는 걸 눈치채지 못할 만큼 맛을 그대로 재연한 총명한 아이였다.

그런 고희를 떠올리던 한 여사는 묵묵히 국만 떠먹는 인환을 흘끔거렸다.

제 배 아파 나은 자식이지만 저럴 땐 한없이 야속하기도 했다. 냉정하고 자기 본위인 아들 성격이야 타고난 것이었지만 가끔은, 아주 가끔은 살갑고 다정한 그런 아들을 꿈꾸어 보기도 했다.

'에휴, 내가 바랄 걸 바라야지.'

❖

"새아가."

"네, 아버님."

"너는 왜 같이 먹지 않고?"

"아침을 먹지 않은 지 오래되었습니다. 송구합니다."

강 회장이 며느리가 단 한 번도 식탁에 앉지 않는 것을 지적한 때는 결혼한 지 3개월이 넘어가던 무렵이었다. 인환은 한 번도 같이 먹자거나 왜 밥을 먹지 않느냐라는 질문을 한 적이 없었다. 지금도 묵묵히 차려진 밥을 먹는 데 열중할 뿐이었다.

"인환아."

"네, 아버지."

"오늘 점심 약속 있나?"

"잘 모르겠습니다. 왜 그러십니까?"

"네 처 말이다. 집에서 만든 음식 질리기도 할 것 같은데 데리고 나가 외식하면 어떨까 해서."

"네?"

그제야 고개를 번쩍 든 그는 이런 상황을 만든 장본인이 고희 그녀라고 확신하는 모양이었다.

"요리 잘하는 곳 예약할 테니 회사로 나오거라."

"……."

"왜 그러냐?"

"……죄송하지만, 식사는 나중에 하면 안 되겠습니까, 아버님."

"왜? 요리 싫어하니?"

"그게 아니고 인환 씨도 바쁠 테고 저도 오늘 나가 볼 곳이 있습니다."

"네가 그렇다면 어쩔 수 없지."

"죄송합니다."

그때, 인환은 자신과 상관없는 남의 일이라는 듯한 무심한 태도로 물을 마시더니 자리에서 일어나 2층으로 올라갔다. 그리고는 드레스룸에서 출근 준비를 서둘렀다.

그런데,

딸깍.

문이 열리는 소리와 함께 주춤주춤 고희가 모습을 드러냈다. 그 모습에 저도 모르게 날카로운 질문을 내던졌다.

"정확히 원하는 게 뭐지?"

"네?"

"원하는 걸 말해. 빙빙 돌리지 말고. 외식보다 보석은 어때?"

"……기분 상하게 했나 봐요, 미안해요. 약속 있다는 건 정말이에요."

인환은 여자를 바라봤다. 조용히 물 흐르듯 자기 자리를 지키고 있는 여자였다. 불만은 없는데 저렇게 융통성 없이 굴 때는 짜증이 났다. 못 이기는 척하고 회사로 나오면 될 일을 왜 복잡하게 만드는가 말이다. 그의 입에서 곱지 못한 말, 하지 않아도 될 말이 튀어나온다.

"적당히 해. 그렇다고 달라질 일은 없을 테니까."

고희에게 다시금 혼인의 유효기간을 상기시켜 줌과 동시에 쓴 웃음을 짓게 만드는 인환의 언사였다. 하지만 날카로운 인환의 말에도 고희의 얼굴은 평온하기만 했다.

"다녀오세요."

자가용 앞에서 반절을 하고 뒤돌아서던 고희는 한참을 그 자리에 서 있었다.


"나갔어요?"

-네, 사장님.

인환이 집으로 전화를 건 건 점심때가 되어서였다.

무시하면 그만인데, 강 회장이 다시 내자에게 신경 좀 쓰라고 당부하시는 게 아닌가. 언제부터 며느리를 생각하신 분이라고 저러시는 건지, 아침 회의가 끝나고 남으라던 강 회장이 아침 밥상에서의 일을 들먹이며 그를 압박했다.

"*안사람 신경 좀 써라.*"

"제가 알아서 합니다. 그리고 약속 있다고 한 건 그 사람입니다."

"내가 네 어머니에게 물어보니 도통 외출을 하지 않는다더라. 네가 내켜하지 않으니 그런 것일 게야. 여자가 그러는 거 쉽지 않은 일이다."

"알겠습니다."

마침 점심 약속도 취소되어 인환은 집으로 전화를 건 참이었다. 하지만 외출하고 집에 없다는 말에 기분이 나빠진 인환이었다.

"어딜 간다고 하던가요?"

-그건…….

"알겠습니다. 핸드폰으로 하죠. 일 보세요."

차도 가지고 나가지 않았다니 대체 어디서 뭘 하는 거지?

'뭐야, 마치 의부증 걸린 남편 같지 않은가. 나도 웃기는군.'

인환은 수화기를 들다 멈칫하고 만다. 아니 서늘한 기운이 등골을 타고 흐른다고 표현해야 할까? 전화번호를 외우지 못하는 거야 현대인의 고질병으로 치부할 수 있다지만, 결혼한 지 3개월, 함께 살고 함께 밥을 먹고 한 공간에서 얼굴을 맞댄 지 3개월이나 된 아내라는 사람의 핸드폰 번호도 모르다니.

무늬만 부부로 살기로 합의했다. 불만은 없었다. 2년 후 깔끔하게 정리할 거니까. 회사 시세로 주식과 지분을 그에게 넘기기로 약속도 받아 두었다.

여자는 이상적인 사모님 행세를 하며 그의 비위를 거스르지 않으려 노력했고, 그의 사정권에서 벗어나 조용한 삶을 살고 있었다.

집에 돌아와서도 일에 치여 있을 때면 피곤에 좋다며 국화차를 책상 위 올려 두고 군소리 없이 서재를 나가던 여자였다. 대답도 단답형, 그리고 길지 않게. 별달리 말을 섞을 일도 없었고 고갯짓과 제스처로도 두 사람은 얼마든지 의사소통이 가능했다.

'이건 뭐지?'

인환이 기막혀했던 건 그가 고희 그녀의 전화번호를 모르는 것처럼 고희도 강인환의 번호를 모르고 있으리라는 확신 때문이었다.

무늬만 부부, 그것의 정확한 개념을 철저히 지키는 건 그 강인환만이 아니라 그녀, 유고희도 마찬가지일 거라는 사실. 그를 철저히 배제하고 생활하는 고희라는 여자가 저만큼, 아니 저보다 더 시간이 빨리 흐르기를 바란다는 확신이 들자 인환은 묘한 비틀림과 설명할 수 없는 울화가 치밀기 시작했다.


인환은 손에 들고 있던 서류를 내려놓고 창가로 다가가 아래를 내려다보았다.

아무리 궁리를 해 보아도, 아침식사 시간 내내 이어진 부모님의 시선, 그리고 갑작스레 과거의 일이 뇌리를 지배한 까닭이 무엇인지 알 수 없었다.

그는 오른손으로 제 턱을 문지르며 답이 없는 질문을 하고 있었다.

정.

한솥밥.

미운 정.

고운 정.

인환과 고희가 간과하였고 쉽게 치부해 버린 감정. 그 감정이라는 것이 엉키면 얼마나 치졸하고 더러울 수 있는지, 끈적거리고 엉겨 잘라 내 버릴 수 없는 건지 애초에 알았다면 결혼과 이혼을 쉽게 결정할 수 없었을 것이다.

일상생활 속에 침투해 같은 자리에 있다는 것, 물건조차 정해진 자리에 없으면 찾는 것이 사람일진대, 2년간 시간을 공유하고 대화를 나누고 한솥밥을 먹었던 그들에게 추억이 하나도 없을 거라고 단정 지었던 생각 자체가 그들의 오판이었다.

그들이 가장 두려워할 일, 그건 함께 살아야 할 2년이 아니라, 서로에게 익숙해진다는 사실이었다.

# 4화

"다녀오세요."

자가용 앞에서 반절을 하고 뒤돌아서던 고희는 한참을 그 자리에 서 있었다. 오늘은 그녀의 귀빠진 날, 생일이었다. 진짜 생일 말이다. 하지만 드러낼 수 없는 일이기에 홀로 자축하기로 한 그녀였다.

인환, 그는 객관적으로 살피면 잘생기고 남자다운 모습을 갖췄다. 아내라는 이름으로 그의 옆에 서 있으면 다른 여자들의 부러운 시선을 한 몸에 받았다.

외식이라니, 강인환과 말인가. 아마 먹기도 전에 체하고 말 것이 분명했다. 아까 그의 표정을 보았기에 거절해야 옳다는 것을 알고 행동한 것일 뿐인데 인환은 그녀의 의도를 의심하는 게 틀림없었다. 참, 어렵게 사는 사람이었다. 강인환은.

"여기서 내려 주세요."

고희는 택시가 더 이상 들어가지 못한다고 하자 카드로 계산을 마치고 차에서 내렸다. 편한 바지와 스웨터를 입은 고희는 이곳 지리를 잘 아는 듯 언덕으로 올라가고 있었다.

"변하지 않은 곳도 남아 있네. 여기서 내려다보면 온통 십자가뿐이었는데 지금은 많이 변해 버렸어. 내가 변한 것처럼."

야트막한 언덕 아래 옹기종기 모인 다세대 주택과 신축 아파트, 그리고 한편으로 판잣집 군락이 형성되어 있었다. 오른쪽과 왼쪽, 한쪽은 재개발로 인해 높다란 아파트가 들어서 있었고 다른 한쪽은 영세민들이 모여 사는 작은 집들과 주택이 난립해 있는 모습이었다. 고희의 눈이 어딘가를 향한다. 머무는 시선의 끝에 존재하지 않는 그 무엇을 떠올리는 듯 그녀의 얼굴이 일그러져 간다.

"나 왔어, 오늘 내 생일이야, 기억하지?"

아무도 들어 주지 않고 아무도 기억해 주지 않는 생일이었지만 고희만은 잊지 않았다. 잊지 않고 기억하려 애쓰고 있었다.

그곳에서 고희는 하늘이 붉은빛으로 물들여질 때까지 꼼짝도 하지 않았다.


고희가 집에 돌아온 건 저녁 8시가 다 되어서였다.

본래는 5시면 돌아오려고 했지만 오늘 시부모님이 행사에 참여하느라 늦는다고 했고 인환은 항상 늦었으니 별문제 없을 거라 생각했다.

하지만 주방에서 나와 안절부절못하며 앞치마에 손을 닦는 박 씨는 고희를 보자마자 사장님이 와 계신다며 어서 올라가라고 등을 떠밀었다.

"누가 왔다고요? 강인환 씨, 아니 그이가 이 시간에요?"

"네, 어서 올라가 보세요, 작은 사모님. 2시간 전에 오셨어요. 저녁 식사도 아직……."

2층으로 올라가면서 고희는 죄지은 것이 없는데도 가슴이 두근거렸다.

'무슨 일이지? 6시에 들어오다니 몸이 불편한 건가?'

고희는 서재를 바라보다 우선 바지와 스웨터를 벗고 항상 걸치는 고상한 옷으로 갈아입기 위해 침실로 먼저 발걸음을 한다.

하지만 그가 서재가 아닌 침실에 있을 줄 꿈에도 생각지 못했다.

딸칵.

문을 열자마자 맞부딪친 인환의 눈동자에서 고희는 자신을 향한 적의를 감지했다. 그건 위험을 알리는 경고이기도 했다. 본능이 앞으로 닥칠 일에 대해 조심하라고 일러 주고 있었다. 동물적인 감각이었다.

"어디 갔다 온 거지?"

"쇼핑 좀 했어요."

인환의 눈길이 그녀의 몸을 위아래로 샅샅이 훑어 내렸다.

"쇼핑이라, 그런데 왜 빈손인 거지?"

죄인 취조하는 듯한 인환의 다그침에 슬며시 억울함도 들었지만 이내 꼬리를 내리는 고희였다. 남편이라는 사람이 분노하는 이유를 짐작하진 못하지만, 아마도 붙박이장처럼 제자리에 있을 물건이 없으니 짜증이 난 거라 결론짓는다. 지금은 몸을 낮춰야 할 때였다.

"마음에 드는 게 없었어요, 바람 쐬러 간 거니까요."

"그래?"

"일찍 들어오셨네요. 저녁 식사 전이라고 들었어요. 빨리 준비할게요."

그 순간, 인환의 말이 들려왔다.

"알고 있나?"

"네?"

"내 핸드폰 번호, 그리고 회사 직통 전화번호."

고희는 서서히 돌렸던 몸을 그에게로 다시 향했다.

'불안하던 느낌이 이것이었나? 왜 새삼 저 사람은 그게 중요한 거지? 그에게 관심을 주지 않기를 바란 거 아닌가?'

고희가 혼란스럽고 이해 못 하겠다는 시선을 보내자 인환은 다시금 이유 모를 불쾌감이 스멀스멀 치밀어 오른다.

"아무리 서로에게 무관심하자 했어도 남편 핸드폰 번호 정도는 알아야 하지 않나?"

이젠 확실해졌다. 저 남자는 자존심이 상한 것이다. 그녀가 의도하진 않았지만. 항상 관심의 대상이었기에 초지일관 그에게 무관심한 그녀에게 짜증이 난 것이다. 주의를 끌지 않으려 한 게 오히려 주의를 끌고 만 이 황당한 상황을 어떻게 해결해야 하는 걸까?

고희는 재빨리 머리를 굴렸다. 그를 자극하고 궁금하게 만들고 싶지 않았다. 이곳은 거쳐 가는 곳이지 그녀가 머물 곳이 아니지 않은가. 그의 호기심과 화를 잠재우는 게 우선이라 판단한 영리한 고희였다.

"미안해요, 제가 생각이 짧았어요. 고칠게요."

인환은 미안하다는 말에 더 이상 대화를 이어 갈 수 없었다. 사실 양측의 잘못이었다. 차라리 그녀의 입에서 반박하는 말이나 변명하는 말이 나왔다면 대응이 쉬웠을지 모르겠다. 자신도 화를 내거나 짜증을 부릴 수 있으니 말이다. 하지만 저 영악스러운 여자는 얼른 꼬리를 내리고 잘못했다고 한다. 물론 속으로야 제 욕을 하고 있겠지만.

'정말이지 사람 우습게 만드는군, 유고희.'

이날 처음으로 저녁 식사를 함께한 두 사람이었다. 고희의 얼굴은 평온, 그 자체였고 인환은 자신의 뜻대로 움직이지 않는 고희의 고고한 자태에 심사가 뒤틀어졌다.

그가 뭔가 꼬투리를 잡을 만한 빌미를 찾고 있을 때였다.

"작은 사모님, 미역국입니다."

"고마워요."

곰국이 저녁 식사에 나오자 미역국이 먹고 싶다고 말한 것뿐인데, 박 씨는 눈치 빠르게 미역국을 끓여 내왔다.

후룩.

"맛있어요, 고기가 들어가지 않고 멸치를 넣어 끓이니 더 담백한 거 같아요."

"입에 맞으셔서 다행입니다. 전 나가 있을게요. 두 분 식사 하세요."

박 씨가 나가기를 기다렸던 인환의 입에서 냉정한 말이 흘러나왔다. 저번처럼 하지 않아도 될 말을 하고 만 것이다.

"멸치를 넣은 미역국? 입맛 한번 저렴하군."

순간, 숟가락질을 하던 고희의 손이 허공에서 멈췄다.

입맛이 저렴하다는 말이 가슴에 콱 하고 박혔다. 인환이 내뱉은 말이 별말이 아닐 수도 있겠지만 그녀에게는 약점을 찔린 듯, 가슴을 후벼 파는 말이었다.

소고기 대신 멸치를 넣어 끓여 먹을 수밖에 없었던 그때를 떠올리며, 그가 말한 바대로 입맛이 저렴했던 과거로 빠르게 빠져들고 있었다.

달그락거리는 소리가 점점 힘을 잃었다. 결국 반도 삼키지 못하는 고희였다. 점점 떠먹는 속도가 느려지더니 결국엔 멈추고 만다. 그런 그녀 모습을 보며 인환은 통쾌하다기보다 알 수 없는 답답증이 일었다.

끼익.

"나, 먼저 올라가지."

의자를 빼내며 먼저 일어난 인환은 곧장 서재로 향했다. 고희는 인환이 사라지자 수저를 나란히 놓는다. 더 먹히지 않았다. 입맛이 사라져 버렸다.

"으음…… 헉."

그날 밤, 고희는 새벽 악몽에 시달리다 잠에서 깼다. 이마에서 흐르는 땀을 닦지도 않고 무릎을 구부려 가슴에 당겨 안은 채 망부석처럼 고정 자세로 한기에 몸을 떨 때까지 침대에 앉아 있었다.

손 하나 까딱할 수조차 없었다. 과거를 기억나게 한 인환의 말 한마디가 촉매제가 되었는지 아니면 오늘 외출한 일 때문이었는지 모르겠지만 꿈은 또 다른 삶의 연장선에서 그녀를 괴롭혀 댄다.

어둠 속 침대와 옷장이 검은 그림자를 드리운 모습이 마치 괴물이 자신을 덮치는 것처럼 느껴져 고희는 침대 시트를 턱밑까지 끌어당겨 덮었다.


다음 날 아침, 있어야 할 자리와 장소에 보이지 않는 한 사람이 있었다.

"아주머니, 새아가 내려오지 않았어요?"

"네, 큰 사모님. 이런 일이 없으셨는데……."

아침 6시면 완벽한 모습으로 항상 주방에 나와 있던 아이가 모습이 보이지 않았다. 한 여사는 망설이다 2층으로 향했다.

"아가, 들어가도 되겠니?"

"……."

침대에 웅크린 모습이 어렴풋이 보이고 앓는 소리가 들리자 한 여사는 재빠르게 고희에게 다가간다.

"……응."

"새아가? 고희야!"

이마를 짚으니 불덩이였다.

집안의 주치의 황 박사가 곧바로 집으로 와 진찰하고 주사를 놓아 주자 그제야 편한 숨을 내쉬는 고희였다.

"어때요, 황 박사님?"

"피로가 누적된 거 같습니다. 물 많이 먹이시고 쉬게 하세요."

"아침부터 죄송합니다."

식사를 거의 마쳐 가던 강 회장은 한 여사가 주방으로 들어서자 걱정스러운 듯 사정을 물어왔다.

"새아기는 괜찮다고 하던가?"

"네, 주사를 놓았더니 열이 내렸어요. 아무래도 이참에 진맥하고 보약 좀 먹여야 할까 봅니다."

"그래, 나으면 그렇게 해요."

한 여사는 인환을 바라보고 한숨을 푹 내쉰다. 아무리 무심해도 그렇지 사람이 아프다는데 제 할 일만 하는 아들이 영 마땅치 않았다. 하지만 출근하는 사람을 붙들고 이러니저러니 불만을 이야기할 수는 없는 노릇이었다.

"다녀오세요."

항상 배웅하던 고희 대신 한 여사가 차 앞까지 따라가 배웅을 한다.

'내 자식이지만 저럴 땐 오만 정이 떨어지는 것 같아.'

문에서 현관까지 걸어오던 한 여사는 문득 이상한 생각이 들었다. 왜 갑자기 고희가 아픈 거지? 어제 인환이 일찍 들어왔다고 하지 않았었나?

행사 모임 때문에 전날 강 회장과 11시에야 들어온 한 여사였다.

차가 골목 모퉁이를 돌아 시야에서 사라지자 서둘러 집 안으로 들어온 한 여사가 박 씨를 붙잡고 다그쳤다.

"어제 무슨 일 있었죠?"

"……."

"아주머니가 말 옮기는 사람 아니란 거 알아요. 말해 봐요."

"그게…… 사장님께서……."

박씨는 어제저녁 주방에서 있던 일을 한 여사에게 조심스레 털어놓았다.

"원 세상에, 할 소리가 따로 있지 일찍 들어와 사람 속을 아주 뒤집어 놓았구먼. 춧춧!"

그렇지 않아도 고희가 어떻게 자랐는지 대충 들어 알고 있을 텐데 그런 말을 해서 아이를 상처 줄 건 무어란 말인가. 저렴한 입맛이라니 대놓고 가슴을 헤집어 놓은 것 아닌가.

부디 세월아, 어서 가기만 해라 하고 바라던 맘은 눈을 마주치고 몸을 부딪치고 감정을 나누다 보니 어느새 바래져 갔다.

본데없이 자랐을까 봐, 낄 데 안 낄 데 생각 없이 나설까 봐 우려했던 것이 무색할 만큼 말을 극도로 아끼는 아이였다. 사람 말을 경청할 줄 알고 편하게 배려할 줄 아는 아이가 바로 고희였다. 하루 종일 말을 시키지 않으면 목소리도 듣지 못할 때가 있었다.

그녀가 이렇게 가족의 일원으로 그녀를 인정하는데 아들은 아직인가 보다.

'보이는 것만이 전부가 아닌데…….'

한 여사는 고희 방으로 올라가 잠이 든 그녀를 내려다봤다. 혼자 밤새 끙끙댔을 그녀를 생각하니 애잔하고 가슴이 묵직했다.

"어머니?"

"괜찮다. 어서 자거라, 푹 자야 낫는다더라."

"죄송합니다. 신경 쓰이게 해서."

"건강 먼저 챙기고 나중에 이야기하자. 우선 아픈 것부터 낫고, 알겠니?"

"……네."

고희는 약에 취해 몽롱한 와중에도 시어머니의 부드러운 눈빛에 안심하듯 잠에 다시 빠져들었다.

잠이 든 그녀를 확인하고 한 여사는 땀에 젖어 이마에 붙어 있는 그녀의 머리카락을 쓸어 넘겨 준다. 그 손길에 한 여사 자신도 깨닫지 못한 애정이 몽실 스며들어 있었다.

"에구, 이 땀 좀 봐."

끙끙 앓으면서도 입을 꾸욱 다물고 누가 들을세라 숨죽이는 모습에 가슴이 저릿한 한 여사였다. 참고 견디는 일이 익숙한 모양새.

자신의 딸은 조금만 열이 나도 끙끙대며 주사를 놓아 달라는 둥 난리법석을 떨었고, 외손자를 낳을 때도 결국 제왕절개로 분만을 했다. 물론 아이가 역아라는 특이한 상황이긴 했지만 임신 당시 운동을 하면 위치가 돌아간다고 하였음에도 자연분만이 무섭다며 운동을 게을리하더니 결국 좋은 사주날짜를 받아 수술을 한 것이었다.

천양지차, 정말 하늘과 땅 차이였다. 별생각 없이 딸을 결혼시켰던 한 여사는 고희의 몸가짐을 보며 좀 더 가르쳐 시집보낼 것을 그랬다며 후회한 적이 많았다.

"아가, 많이 아프냐?"

"……으응."

"에그, 츳츳!"

한기가 드는지 몸을 동그랗게 마는 고희를 내려다보다 한 여사는 거위 털 이불을 가지러 아래층으로 내려갔다. 아프다는 말 한마디 못 하고 식은땀을 흘리는 고희를 따뜻하게 해 주어야 했다. 원래 모질지 못한 그녀였다. 딱 부러지는 성격이긴 했지만.

❖

사장실.

탁.

"이따위로 일할 거면 전부 사표 쓰세요. 이게 뭡니까! 다시 해 오세요!"

쫓기듯 나가는 과장급 간부들은 죽을 맛이었다. 원래도 까칠한 강인환이 오늘은 아예 목줄을 죄고 있었다.

그런 간부들을 바라보던 인환은 신경질적으로 넥타이를 풀고 인터폰을 눌렀다.

삐이.

-네, 사장님.

"잠시 쉴 테니 아무도 연결하지 마요."

-네, 알겠습니다.

인환은 오늘도 신경이 예민했다. 회의 시간부터 지나치다는 것은 알고 있었다. 하지만, 브리핑을 열심히 준비했을 고원석 대리의 질린 얼굴을 보면서도 신랄한 비판을 멈출 수가 없었다.

원인은 그 여자 때문인 거다. 유고희, 그의 아내 말이다. 마치 시위하듯 때를 맞추어 아플 건 뭐란 말인가. 차라리 따지며 덤비기라도 하든가, 왜 아무 말 없다가 이렇게 뒤통수를 치는가 말이다.

제 탓이 아니라며 무시하면 그만이겠지만 인정할 건 인정해야지 싶다. 자신의 말이 경솔했고 심했다는 것을.

망설이던 인환은 수화기를 들다가 다시 내려놓는다. 젠장! 유고희, 그녀의 핸드폰 번호를 모른다는 사실이 새삼 기억났다.

결국 집으로 전화를 걸어 고희를 바꾸라던 인환은 이때까지만 해도 몸이 괜찮은 거냐는 안부를 물어볼 생각이었다.

하지만…….

-전화 바꿨어요, 말씀하세요.

"전화번호."

-네?

"핸드폰 번호 대요. 저장해 두어야 하니까."

-아, 010-XXX-XXXX이에요.

"내가 전화하면 내 번호 저장해 둬요."

-네, 신경 쓰이게 해 죄송해요.

"그런 입바른 말하지 말고 신경 쓰이는 일 하지 않으면 되지 않나? 당신이 도와주지 않아도 난 바쁜 사람이야, 아픈 거로 시위라도 하는 건가?"

침묵이 흘렀다. 인환은 마치 제가 나쁜 사람이 된 것 같다는 느낌을 받는다. 악명 높은 상사로 직원들에게 점수를 따지 못한다는 것은 익히 알고 있는데 고희라는 여자가 아내라는 위치에 있어서일까, 아니면 어찌 되었건 가족이라는 이름으로 호적에 올라서일까 은근히 신경이 쓰이는 게 사실이었다.

인환이 막 입을 떼려던 찰나였다.

-죄송해요. 몸 관리를 제대로 못 한 제 탓이 크네요. 아프지 않도록 주의할게요.

도통 사람으로 하여금 사과할 시간도 여지도 주지 않고 딱딱 끊어 내는 잘난 유고희였다. 뭘 주의한단 말인가. 아프지 말라고 입력하면 아프지 않을 수 있단 말인가, 사람이 로봇이라도 된다 이건가?

"그러든가."


따르르르.

모르는 번호의 전화가 세 번 울리다 끊어졌다. 인환의 핸드폰 번호인가 보다. 번호 저장을 뭐로 할까 생각하다 고희는 결국 강

인환이라고 입력을 했다. 잠시 그의 전화번호를 보던 고희는 카톡의 환경 설정을 바꿔 놓았다. 그리고 설정 친구 관리 기능에서 강인환은 숨김 친구 관리로 설정해 뒀다.

그와 카톡 할 일은 없겠지만, 친밀한 사이처럼 문자를 주고받고 그런 관계가 되고 싶지 않았고 카톡에 올라 있는 사진과 프로필을 알게 하고 싶지 않았다. 그 어떤 것도 나누고 공유하고 싶지 않았다.

그날 이후 더욱 말수가 적어진 고희였다. 우연히라도 인환과 눈이 마주치면 얼른 아래로 내리깔았고, 묻는 말엔 두세 마디 오고 갔던 단답형에서 더 짧아져 ─네, ─아니오, ─그럴게요, ─알았어요로 통일화되었다.

부부동반으로 참석하는 자리 이외엔 곁에 앉지도 다가서지도 않았다. 저녁에 간혹 가져다주던 국화차도 박 씨의 몫이 되었다.

자신이 원하던 일상생활, 신경 쓰이게 하지 말라는 주문을 착실히 실행해 주는 고희의 모습에 만족감을 느낀 것도 잠시, 인환은 근원을 알 수 없는 울화가 그 몸집을 불려 혈관과 심장을 잠식해 가는 걸 느끼지 못하고 있었다.

해부하기 전까진 절대 모를 위치인 동맥과 정맥의 혈류 속으로, 고희라는 치명적인 바이러스가 침투해 세를 넓혀 가기 시작한다.

# 5화

　내 작은 소망. 좋아하는 일을 하고, 좋아하는 계절을 만끽하고, 편한 복장으로 길을 거닐고 싶다는 것. 네가 내게 잘 살고 있느냐고 물어 왔을 때 망설임 없이 그렇다고 대답할 수 있는 것. 널 대신해 내가 살고 있으니 두 배로 노력하고 오늘도 열심히 살아갈 거야. 네가 날 지켜보고 있다고 믿으니까, 언제나 어느 곳에서나.

　정말 열심히 살았다. 아니 노력했다. 맞지 않는 옷을 걸치고 내가 아닌 다른 사람의 인생을 대신해 살았기에. 언제 어느 곳에서나 당당할 수 없었고 앞으로 나설 수도 없었다. 외로웠지만 외롭다 말할 수 없기에 더 시리고 아픈 날들이었다.

　재벌집 며느리인 그녀를 몇몇은 부러운 시선으로 바라보며 가진 게 많아서 잘난 남편을 두어서 남부러울 게 없이 행복할 거라고 말했다. 하지만 당사자인 고희는 체감할 수 없는 일이었다. 남편이라는 사람은 따스한 눈길 대신 뭐가 그리 불만인 건지 제 못난 점을 찾아내기 위해 혈안이 된 사람처럼 굴었기에 몸짓 하나, 동작 하나, 행동 하나, 하물며 공기를 마시는 숨조차 흐트러지지 않기 위해 온 힘을 다해야만 했었다.

겉으로는 덤덤한 척 웃고 있어도 웃는 게 아니었다. 하지만 앞으로 행복할 수 있다고 믿으며 하루를 살고 버티고 견뎌 내고 있었다.

공짜를 바란 게 아닌데, 대가를 요구하는 현실 앞에 어쩔 수 없이 굴복한 자신이 부끄럽다는 것을 알기에 열심히 몸을 움직이는 고희였다. 민폐 덩어리에 재수 없는 여자로 기억되고 싶지 않았다.

그런 마음으로 노력했고, 이젠 조금은 편하고 여유롭게 대할 수 있게 된 시아버지 강 회장에게 내가기 위해 과일을 준비하기 시작했다.

접시에 깔끔히 과일을 담은 고희는 응접실로 향했다. 그런데, 그곳에서 강 회장이 이마를 찡그리며 뭐라 중얼거리고 계셨다.

"응, 이건 이러니까…… 수가 이게 아닌데 말야."

바둑의 정석이라는 책을 왼손에 펴서 올려 두고 오른손으로는 바둑돌을 집은 강 회장은 고개를 연신 갸웃거렸다. 여간해서는 나서지 않던 고희는 오늘따라 주름살이 깊어져 가는 강 회장에게 조용히 말을 건넸다.

"아버님, 귀곡사궁입니다. 백은 흑돌을 잡을 수 없습니다. 하지만 흑은 저곳에 들어가 패를 잡을 수는 있습니다. 여기 흑돌을 저 집으로 보내고 백돌을 가져오시면 팻감이 없는 백이 죽게 되는 것이죠. 반집이 나게 됩니다."

"바둑 둘 줄 아느?"

"돌아가신 조부께서 좋아하셨습니다."

강 회장의 눈빛에 불이 번쩍하고 들어왔다.

"그랬어? 어찌 지금까지 말을 하지 않았어? 그러고 보니 작고 하신 유 회장님이 바둑을 즐기셨다고 들은 기억이 나는구나. 자자, 이리로 앉아 봐라. 혼자 두니 바둑이 도통 늘지를 않아. 나랑 한판 두자꾸나. 허허."

그동안 알면서도 모르는 척하던 그녀였지만 오늘은 중얼중얼거리시며 절대 다음번엔 누구에게도 지지 않을 것이라고 책까지 옆에 끼고 열공 하시는 시아버지를 지켜보다 더 이상 모르는 척할 수 없었던 고희였다. 돌아가신 조부 유 회장은 고희와 함께 대국을 하면서 매우 즐거워하셨다.

한 판, 두 판…….

그렇게 몇 판이 끝난 후 강 회장은 너털웃음을 터트렸다.

"허허허. 이번 판은 내가 이겼구나."

"제가 실력이 부족합니다. 아버님 따라가려면 한참 걸리겠어요."

무척 즐거워하는 강 회장을 보며 한 여사는 고개를 흔들었다. 바둑이라면, 특히 내기 바둑이라면 자다가도 벌떡 일어나는 양반 아닌가. 언뜻 보기엔 실력이 막상막하처럼 보였지만 서당 개

44

삼 년이면 풍월을 읊는다는 말 그대로 고희가 한 수 위라는 것을 눈치채고 있었다.

강 회장이 모르게 슬며시 고희가 자세를 낮추고 있었다. 어른 모실 줄 아는 아이였다. 티 나지 않게 오른손이 하는 일을 왼손이 모르게 움직이면서 남을 배려하는 어여쁜 저 아이가 제 며느리였다.

어찌 저리 다를까, 재희는 결혼해 아이까지 낳았고 나이가 많은데도 부모에게 어리광을 부린다. 며느리 고희는 딸보다 어린 나이인데도 인생 혼자 살고 산전수전 겪어 본 애늙은이처럼 굴고 있었다.

문득 겨울 한파가 닥친 즈음 마당에서 김장을 하던 때가 기억났다. 하필이면 가는 날이 장날이라고 그날이 가장 추운 날이었었다.

"아가, 어서 만들고 들어가자꾸나. 춥다."

"맛있게 담아야죠. 어머님 김치 모두 기다리시잖아요. 재희 아가씨도 드려야 하고 아버님도 생굴과 수육 올려 드리면 입맛도 살아나실 거예요."

"네 아버님 요새 입맛 껄끄러운 것은 어찌 알았누?"

"조금만 지켜보면 다 보이는걸요."

추위에 코끝이 빨개진 며느리 고희가 미소를 지어 오자 기온과는 다르게 훈훈함이 느껴졌던 한때였다. 지켜보면 보인다는 말에 한 여사는 고희를 넌지시 바라본다. 며느리의 그 말처럼 안 보이던 게 차차 보였다. 그리고 그 아이가 눈에 밟히기 시작했다. 어른 모시는 게 가식이었다면 진작 눈치챘을 것이다.

사람 맘이란 게 한길 물속을 들여다볼 수 없다지만 제 앞에서 살포시 웃고 있는 며느리가 그리 예뻐 보일 수 없었다. 눈으로 들이니 맘속으로 파고드는 건 순식간이었다.

'그리 예쁘게 말하던 아이였는데 이번에 김장을 하면 좀 가져다주어야겠다. 뭘 먹고는 다니는지, 원.'

한 여사는 아침 식사를 마치고 출근 준비를 서두르며 올라가 있는 인환의 방으로 들어가 말을 건넨다.

"그 아이 주소 좀 대 보거라."

"네?"

"새아기, 고희 말이다. 김장을 했는데 양이 많구나. 어찌 사는지 궁금도 하고, 한번 들여다봐야 인지상정 아니겠냐. 주소 모를 네 녀석이 아닐 테고 어미가 따로 알아보랴?"

"아닙니다. 출근해서 알려 드리라고 지시하겠습니다."

"그래. 에휴, 밥은 챙겨 먹는 건지. 내 맘이 이리 휑한데."

"저, 출근해야 합니다. 어머니."

"그래, 알았다. 준비하고 내려오렴."

한 여사가 갑자기 고희의 주소를 알려 달라는 말을 하고 사라지자 인환은 힐긋 방을 둘러봤다.

바뀐 거라고는 몇 가지 없어진 소소한 물건들, 옷장 안이 말끔히 비워졌다는 것, 그리고 시트가 녹색에서 검은 공단으로 색을 바꾸어 입었다는 것뿐, 그것뿐인데도 알게 모르게 난 자리는

46

티가 났다.

옷을 갈아입을 때나 샤워를 하기 위해서 들어오면 끝날 때까지 아래층에 일부러 내려가 있거나 침대 모서리에 앉아 숨도 쉬지 않고 조용히 족자 속 그림처럼 앉아 있던 고희였다.

정해진 시간을 끝내고 다시 그의 물건은 제자리를 찾아갔다. 그녀의 흔적은 원래 없던 것처럼 머리카락 한 올조차 눈에 뜨이지 않았다.

아끼던 허름한 토끼 인형도 챙겨 간 알뜰한 그녀다. 토끼 인형, 유독 그 인형을 아꼈었다.

이름이 뭐라더라? 보송이라고 했었나? 바랜 듯 보여 버리라고 하고 싶었지만 그의 눈빛을 읽어 낸 눈치 빠른 아내, 고희가 처음으로 그에게 의사 표현을 또렷이 한 날이 그날이었다.

그리고 제 눈을 똑바로 바라보며 이야기를 한 날이기도 했었다.

"난, 이 인형이 좋아요. 내 곁에 항상 있어 주었거든요. 괴로울 때나 기쁠 때나 무서울 때나. 난 이 아이를 버리지 않을 거예요, 누군가처럼 새로운 인형을 찾았다고 무책임하게 내버리진 않을 거예요."

인형을 꼭 안으며 이상한 말을 지껄이는 요상한 여자, 유고희. 묻지는 않았지만 인형이냐 보석이냐 하나만 택하라면 주저 없이 그 낡아 빠진 인형을 선택할 것이 틀림없었다.

추억이 서려 버리지 못하고 아직도 유아기적 감상에 사로잡힌 덜 자란 여자라고 치부하기엔 무언가 의미심장한 말인 것 같았는데…….

눈앞에 없는 듯 있는 듯 조용히 머물다 간 고희였다. 차를 내오는 일 이외에 친한 척도, 가까워지려는 시도조차 일절 한 적 없었다. 자신이 출장을 갔다 2주 만에 돌아왔을 때도 눈인사 한 번, 필요한 것 없냔 질문이 다였다.

"다녀오셨어요? 목욕물 데워 둘게요."

가방을 받아 들고 침실로 향하는 뒷모습을 보며 그래도 선물이라도 하나 사 가셔야 하는 게 아니냐며 비서가 공항면세점에서 그에게 권했던 명품이 생각이 났다.

"뭐 필요한 거 없나?"

"네? 없는데요."

"그럼 됐고."

"차, 준비할게요."

"고마워."

괜히 말해 놓고 머쓱한 그였다. 가방 안에 아무것도 없는 주제에 뭘 어쩌겠다고 충동적으로 그런 말을 지껄였는지 저도 영문을 알 수 없었다.


그날 뭔가 손에서 빠져 나간 것 같은 이상한 느낌 때문에 일에 집중을 못 하고 있던 인환이었다. 그래서인지 새벽까지 일을 붙잡고 놓지 않았었다.

딸깍.

방문을 열고 들어온 건 한 여사였다.

"국화차다."

"네, 어머님."

"일이 많이 밀렸니? 쉬엄쉬엄하거라. 그리고 고희 말이다. 아니다, 내일 가면 만날 텐데……."

"오늘 비서실에서 주소를 알려 드렸다던데요."

"그래, 들었다. 가려다 망설여지더구나. 이 상황에 시댁 식구 보기가 그 아이인들 쉬울까 싶어서."

인환은 입을 다물 수밖에 없었다. 그도 그녀가 궁금하던 차였다. 어머님 말씀처럼 인정상 한 번 들여다보아야 하지 않을까? 라는 이상한 논리를 적용하고 있었다. 언제부터 제가 사람의 도리를 따졌던가.

미국 여행 중 사진 속 그녀의 얼굴이 기억난 인환의 얼굴에 왠지 모를 씁쓸함이 자리한다. 그것은 항상 집에서 극도로 조심하고 몸을 사리던 그녀와 분명한 대비를 이루고 있었다.

'그렇게 웃을 줄도 안단 말이지, 유고희?'

철저히 감춘 것이다. 숨기고 드러내지 않은 것이다. 인환은 그 사실을 확신하고 있었다. 눈이 부시도록 미소 짓는 고희의 본모습을 본 이후 가슴 정중앙에 체기가 내려가지 않은 것처럼 불편한 상태가 지속되고 있었다.

❖

고희는 벽 쪽으로 설치한 바를 잡고 간단한 발레 동작인 아라베스크로 아침 운동을 하는 중이었다. 좋아하는 라이오넬 리치의 백야라는 음악을 들으며 그토록 되고 싶어 하던 발레리나의 열망을 표현해 봤다.

따르르르.

"여보세요."

—나야.

"네."

—오늘 어머님이 당신에게 들르신다 하시는데 시간 되나?

"어머님이 집으로요?"

음—

"네, 알았어요. 알려 줘서 고마워요."

딸각.

대화는 그것으로 끝, 전부였다. 고희도 어떻게 자신의 집 주소를 아는지 물어보지 않았고 인환도 설명하지 않았다. 알아내고자 한다면 못할 사람이 아니지 않은가.

고희는 강인환 그를 나름 파악했었다. 겉으로는 냉정하고 침착한 사람 같지만 실상은 가슴에 거대한 불을 품은 남자라는 걸 말이다. 자신의 몫이 아닌 잘난 남자였다. 그래서 그를 자극하지 않았다.

그가 자신을 품으려 했던 그날, 하필 목욕 후 란제리만 입고 나오다가 그와 마주쳤었다.

약간 취한 인환의 상태. 사내의 눈빛이 그녀의 몸 이곳저곳을 훑어 내리고 눈빛에 정염이 깃든 순간, 억센 팔에 안겨 침대로 향하고 있었다. 지금 생각해도 아찔했던 순간이었다.

'이대로 모두 포기할 거야? 그런다고 이 사람이 너를 부인으로 인정할 것 같아? 주식 때문 아니면 너와 결혼도 안 했어. 이 잘난 남자가 원하는 건 네가 아냐 정신 차려!'

그런 생각이 들자 침착해졌고 그의 자존심을 부러 건드렸었다.

"내가 임신이라도 하게 된다면 불행한 아이가 태어나는 거예요. 당신이 조금만 참으면 그런 사태 미연에 막을 수 있는데, 아이는 진정 원해서 태어나야 축복이 아닐까요. 난 당신의 아내로 머무는 데 기한이 정해진 사람이란 거 잊지 마세요. 그래도 날 안을 건가요?"

인환은 그녀를 죽일 듯 노려보더니 그대로 몸을 일으켜 나가 버렸다.

거짓말이었다. 혹시나 싶어서 고희는 몰래 피임약을 먹고 있던 것이다. 두 사람은 다 큰 성인 아닌가, 욕망도 가진 정상적인 남과 여, 그도 남자였다. 남자란 맘 없어도 욕정만으로 여자를 취할 수 있음도 알고 있었다. 어쨌든 그들은 부부였고 자신이 원하지 않아도 상황이 닥쳐올 거란 걸 짐작한 그녀는 미리 대비하고 있었다. 그날 두 사람이 육체를 소유하는 강을 건너 버렸다면 이리 쿨하게 헤어질 순 없었을 것이다.

덤덤하게 기다리고 있겠노라고 대답은 했지만 한 여사가 내일 찾아온다는 말에 그녀 가슴은 설레발을 친다.

고희에게는 시댁에서 사용하는 호칭 중에 가장 힘겹고 어려웠던 호칭이 있었다. ―어머님이라는 말. 그건 따끔따끔했고 부를 때마다 가시처럼 가슴을 콕콕 찔러 댔었다. 여보라는 말보다 아버님이라는 말보다 아가씨라는 말보다 배가 힘들었던 그 말, 어머니였다.

다음 날, 예정대로 한 여사는 고희의 집을 방문했다. 김장한 김치를 가지고.

"앉으세요."

"그래."

한 여사는 고희의 집을 휙 둘러봤다. 가구도 별로 없고 눈에 영 차지 않는 휑한 집.

순간, 가슴이 자르르 울리는 느낌에 한 여사의 표정이 어두워졌다.

'이 엄동설한에 아이를 쫓아내다시피…… 불쌍해서 어쩌누.'

그런 한 여사의 눈빛을 읽은 고희가 명랑하게 대답한다.

"저 괜찮아요. 여행을 다녀와서 집을 꾸미지 않아 그런걸요. 곧 사람 살 만한 집으로 만들 거예요. 화초도 들여 놓고, 제가 화초 좋아하는 거 아시죠?"

"알지, 알다마다."

검소하시던 유 회장님, 그분의 손녀라서인지 어느 것 하나 허투루 낭비하는 법이 없었다. 백화점에서 옷 한 벌 사 주려 해도 한사코 됐다며 말리는 아이였다.

"그러지 마시고 아가씨나 민재 도련님 옷 사러 가요, 전 됐어
요, 나갈 곳도 없는데요."

남들은 사 달라 애교까지 부리는데 이 아이는 욕심도 없었다.
간혹 인환과 부부동반 모임에 참석할 때 사 입는 것을 제외하고
는 욕심 한 번 부리지 않는 아이였다.

언젠가 자신이 시부모님에게 받아 며느리에게 대물림하는 사
파이어 반지, 그 반지를 장고를 거듭하다 고희에게 내주었다. 2
년 뒤 어찌 될지는 모르지만 주고 싶었다.

"어머니, 이건 못 받아요. 받은 걸로 할게요. 나중에 며느리
될 분에게 주셔야 하잖아요. 제게 준 걸 알면 얼마나 서운하겠어
요. 감사해요. 마음만 받을게요."

조용히 내력을 듣던 아이가 반지를 내밀며 이건 받지 않는
게 옳다는 말을 했을 때, 한 여사는 눈물이 왈칵 쏟아질 뻔했었
다.

한 여사는 목구멍을 타고 꾸역꾸역 올라오는 울컥임을 억누르
며 입을 뗐다.

"새아가, 아니 고희야."

"네, 어머님."

"미안하구나. 우리 좋자고 귀한 여식 데려다 이혼녀를 만들고
이렇게 혼자……."

한 여사는 목이 메어 말을 잇지 못한다.

"저, 괜찮아요. 맘 쓰시지 마세요. 처음부터 정해진 일이었고
욕심낸 적 없어요. 그 자린 원래 제자리가 아니었는걸요. 그러니

아파하시지도 말고 건강 조심하셔야 해요."

이별의 말처럼, 이젠 정말 남남이라는 말처럼 들렸다. 그것이 못내 서운하고 안타까운 한 여사였다.

"내 너와 고부간의 인연은 끝났지만, 사람 정리가 그런 게 아니다. 난 널 딸처럼 생각한다, 넌 안 그러냐?"

"어머님……."

"자주 전화 주거라, 궁금하니까."

"네, 그리하겠습니다."

한 여사는 자리에서 일어난다.

"어머니, 그리고 이거……."

응?

내민 건 유자차였다.

"제가 부랴부랴 담가 봤어요. 감기 자주 걸리시잖아요. 늦었지만 받아 주세요."

예쁜 아이, 이리 놓아 버리기 너무 아까운 아이였다. 기어코 유자를 담은 항아리가 무겁다며 1층까지 내려와 차에 실어 주고 반절을 하며 한 여사를 깍듯이 배웅한다.

"살펴 가세요, 어머님."

"그래. 춥다, 들어가. 어서."

부웅.

검은 세단이 미끄러지듯 주차장을 떠난다. 고희는 차가 사라질 때까지 한참을 그 자리에 못 박혀 있었다.

"아직도 서 있나. 그 아이?"

힐긋.

백미러를 보더니 기사가 대답했다.

"네, 사모님, 아직 계십니다."

'춧! 요령도 피울 줄 모르는 아이 같으니. 추운데 들어갈 것이지. 뭐 볼 게 있다고, 뭐 내가 잘해 주었다고 저리 장승처럼 서서 가는 길을 배웅하누?'

어느새 손수건에 눈물을 찍는 한 여사였다.

"내가 요새 눈물이 많아졌어. 보면 마음이 편할까 해서 왔건만 보고 나니 더 가슴만 아프니. 어휴……."


사람이 떠난 자리에 하염없이 그녀, 고희가 서 있었다. 이제는 어머니라 부를 수가 없겠구나. 곧 다른 사람의 시어머니가 되시겠지. 특별한 분이셨다. 딱딱한 거북이 등껍질 속에 숨은 강인환과는 달리 잔정이 많으신 분이었다. 어머니라는 이름을 부를 수 있게 허락해 주신 고마운 분이었다.

2년 동안 아낌없이 귀애함을 받았기에 정은 남달랐다. 모든 타이틀을 내려놓은 홀가분함 속에서도 못내 아쉬웠던 건 어머니라는 이름을 이제 부를 수 없다는 것, 다른 여자에게 그 자릴 넘겨줘야 한다는 사실이 가장 뼈아팠다. 시리도록 가슴에 사무쳤다.

어머님…….

고희의 검은 눈동자에 물방울이 아롱아롱 맺혀 있었다. 고맙다고 아껴 주셔서 사랑해 주셔서 정을 주셔서 이렇게 찾아주셔서 한없이 고맙다고 말씀드려야 하는데 말로 뱉어지지 않고 그저 가슴 안으로만 하고픈 말들을 곱씹고 있었다.

❖

"나가 봐."

"네."

탁.

인환은 정기적으로 보고되는 전처의 사진을 내려다봤다. 눈동자에 눈물이 그렁그렁 맺혀 있는 고희의 사진이었다. 떠나는 한 여사의 차를 바라보는 그녀의 눈동자에 서린 물기가 거짓이 아님을 알기에 인환의 마음도 무거워진다.

드륵.

서랍을 열고 꺼낸 사진은 여행 중 고희가 환하게 웃는 사진이었다. 흑백의 명암처럼 극명한 대조를 이루는 두 사진을 나란히 겹쳐 둔 인환이었다. 웃는 얼굴, 눈물 맺힌 얼굴, 그 어느 쪽 얼굴도 그가 보지 못했었고 보려 하지 않았던 그녀의 생소하고 낯선 얼굴이었다.

'왜 새삼스럽게 신경을 쓰는 거지? 누구 말처럼 나 갖긴 싫고 남 주긴 아깝다는 도둑심보인 건가?'

인환은 두 장의 사진을 한참 뚫어지게 바라보고 있었다.

삐이.

"뭐지?"

-회의 시작 전입니다.

"……벌써 그리되었나? 알았어."

책상 안으로 사진을 넣고 열쇠를 채우는 인환이었다.

그는 사진을 꺼내 보는 횟수와 시간이 점차 늘어나기 시작하고 있음을 깨닫지 못하고 있었다.

## 6화

"아, 날씨 참 좋다."

고희는 대학 도서관 앞 벤치에 앉아 전공서를 읽고 있었다. 도서관 자리에 앉아 있다 답답하기도 해서 나온 참이었다.

겨울의 초입, 차가운 날씨 탓도 있었고 방학 중이라 한산한 편이다.

대학을 졸업하자마자 결혼한 탓으로 눈에 익지 않은 전공서의 활자들이 제각각 헤엄치고 다니고 읽어도 이해되지 않는 문장들이 나올 때면 답답했지만 시간은 많으니까 천천히 하자며 파이팅하고 있었다.

"하아, 머리에 지우개가 있나? 돌아서면 잊어버리고 모르는 것투성이네. 아무래도 자동 번역기라도 사야 할까 봐."

고희는 푸념 아닌 푸념을 하며 진도가 나가지 않는 전공서적을 덮었다.

탁.

그런데 무릎 위에 놓았던 책이 바닥으로 떨어져 버렸다. 급히 몸을 구부린 고희는 커다란 손이 그 책을 먼저 집자 놀라 고개를 쳐들었다. 햇살이 어울리는, 어디선가 본 적 있던 것 같은 익숙함이 그녀를 당황하게 만들었다.

"여기."

"감사합니다."

"……유고희."

고희는 남자 입에서 자신의 이름이 불리자 놀라 눈이 동그래졌다.

"누구세요? 저를 아세요?"

서준은 피식 웃고 말았다. 그전에도 주위에 무심했던 그녀였었고 경계심이 많았었다.

"여름, 봉사활동, 희망 고아원."

"아!"

고희는 기억을 떠올려 봤다. 어디서 본 얼굴이라 생각했는데…… 맞다, 봉사활동.

그제야 그녀에게서 경계하던 빛이 조금씩 사그라지고 있었다. 항상 사람을 조심하는 고희였다.

"얼굴도 기억 못 했다면 내 이름도 기억 못 할 게 분명하겠고. 한서준이라고 해, 법학과."

"선배님, 죄송합니다."

일어나 30도 각도로 공손히 목례를 하는 그녀를 보며 서준은 고개를 절레절레 흔든다. 정말 흔하지 않은 여자였다. 그가 기억하는 그녀와 일치했기에 더 반가웠다.

"그래, 후배니까 말 놓을게. 학교에 다시 나오는 건가?"

"네, 공부를 더 하고 싶어 대학원에 진학했어요."

물어보고 싶은 것이 많았다. 정황을 살피고 추리를 굳이 하지 않아도 대학원에 진학했다는 것이 무슨 의미이겠는가.

그녀, 유고희는 아는 사람은 다 알 만한 경산그룹의 며느리였다. 그런 그녀가 대학원에 진학을 하고 도서관에 주야로 들락거리며 공부를 한다?

사실 며칠 동안 그녀 주위를 맴돈 서준이었다. 우선은 그녀가 처한 상황이 어떤 줄 몰라서였고, 괜히 난처하게 만들고 싶지 않아서였다.

하지만 지켜본 바에 의하면 그녀는 혼자가 된 게 틀림없었다. 새벽같이 도서관에 나와 밤이 되어서야 돌아가는 행동과 청바지에 티셔츠만 걸치고 버스를 타고 귀가하는 것을 보았을 때 분명해지는 사실들이었다.

"다시 만난 기념으로 점심 함께 어때? 내가 살게."

"죄송해요, 다음에 할게요. 오늘 꼭 봐야 할 책이 있어서요."

부드러운 거절. 쉽지 않은 사람이었다. 희미한 기억 속에 머무른 사람을 덥석 따라갈 정도로 비위가 좋은 그녀가 아니었다.

누군가에게 의지하고 뭘 사 달라 하고 당연히 대접을 받는 것에 익숙하지 않고 정중히 거절하는 고희가 더욱 맘에 드는 서준이었다.

오늘은 한서준과 유고희, 그들의 재회 첫날이었다. 누군가에 겐 오랜 기다림이었고 누군가에겐 가벼운 설렘이 있는 그런 만 남이었다.

❖

살구빛 스웨터와 감색 바지를 입은 고희는 누가 봐도 대학생 처럼 보였다. 강 회장댁 연희동에서의 모습과는 전혀 다른, 자유 로움과 여유가 물씬 풍겨 나왔다. 집을 어느 정도 정리하자 다음 으로 한 일이 머리를 자르는 일이었다.

2년간 긴 머리를 고수했던 이유는 틀어 올리기 편해서였다. 머리를 올리고 핀으로 꽂아 두면 고급스러운 홈드레스와 딱 일 치되는 전형적인 귀부인의 모습이었으니까. 갑작스러운 부부동 반 파티에 참석할 때도 긴 머리가 드레스와 무난히 어울렸었다.

갑자기 참석하여야 할 때도 있었기에 머리를 다듬고 할 시간 적 여유가 없었다. 항상 같은 머리, 그리고 비슷한 검정과 회색 톤의 드레스를 입은 고희였고 그런 그녀에게 아름답다고 인사치 레 한 번 하지 않은 인환이었다.

단 한 번 맞춰 둔 검은색 의상이 배달사고가 나서 고희가 입 고 갈 옷이 마땅찮게 되자 의상실에서 크림색 드레스를 권해 준 적이 있었던 것을 제외하고는 두 사람이 의미 있는 대화를 가진 적은 없던 것 같다.

"……왜요 너무 눈에 띄나요? 이상해요? 그럴 사정이 있었어요."

"무슨 사정?"

그의 눈동자에 낯선 빛이 서리자 고희는 자신도 모르게 변명하는 말처럼 느껴질 게 뻔하지만 자초지종을 설명할 수밖에 없었다.

"그랬나."

그럼에도 마땅치 않은 듯한 인환의 눈빛에 고희는 움츠러들 수밖에 없었다. 사실 크림빛 드레스는 그녀의 희고 고운 살결과 우아한 긴 목선을 도드라지게 해 주는 효과를 주어 어울린다는 것을 본인만 모르고 있었다. 목선에는 빅토리아 왕조시대를 연상시키는 고급스러운 주름이 잡혀 있었고, 소매 부분은 나풀거리는 시폰 스타일이었다.

항상 틀어 올렸던 고전적인 헤어스타일은 갑자기 가봉과 옷을 동시에 실행하여 분주한 의상실 실장의 강권으로 내린 상태였다. 머리는 한 번도 파마를 하지 않았기에 빗질 몇 번만으로 충분히 윤기가 흐르고 있었다.

잘 어울린다, 괜찮다, 아름답다는 간단한 인사치레라도 해 주기가 그리도 어려운 건지 그녀의 모습을 보고 이맛살을 찌푸리는 인환 때문에 그날 내내 고희는 살얼음판을 걷는 기분이었다.

'맘에 안 드는구나. 그렇겠지, 자리에 어울리지 않은 이런 꼴로 나타났으니.'

고희는 평소보다 배가 힘이 들었다. 여자들도 저를 보고 뭐라

수군거리는 것 같았고 그가 속한 그룹의 남자들이 자꾸만 제 쪽을 바라보는 것도 같아 여간 신경 쓰이는 게 아니었다.

그러나 그들이 고희를 보고 아름답다고 칭찬하였단 것은 꿈에도 알지 못하는 그녀였다. 단아하고 청초한 그녀의 모습에 인환이 당황한 마음을 그렇게 표현할 수밖에 없었다는 것도.

감정 표현에 서툰 남자가 인환이었다. 어려서부터 모든 사람들의 기대를 한 몸에 받은 그였고 타고난 천성도 한몫 단단히 했다. 감정을 드러내는 순간 약점으로 발목을 잡히는 것과 다름없다고 몸소 체득했고 인생에서 배운 바이다. 일찍부터 후계자 교육을 받으며 그런 생각은 굳어져 갔다. 사춘기, 호감이 갔던 여자들이 사실 자신의 배경에 더 관심을 가진다는 것을 인정하고 나자 더욱 냉정해질 수밖에 없던 그였다.

유고희, 그녀와 결혼한 뻔한 이유를 서로 알고 있었고 그녀에게 관심과 애정이라는 사치스러운 감정과 기대 따윈 애당초 가지지 않았다. 그런 저에게 딱 맞추어 절도 있게 행동하는 그녀가 감탄스러울 따름이었다. 그런데 크림빛 드레스를 갖추어 입은 그녀는 누가 봐도 탐낼 아름다운 여인의 모습이었다. 그 자리에 참석했던 사내라고 지칭하는 동물들이 인환을 바라보며 부러움의 시선을 보낸다는 것을 알아차리고 우쭐함보다 불쾌감이 밀려들었다.

저 여자도 남자들의 관심을 받고 싶은 건가? 여느 여자들처럼 시선을 끌어당기고 화제의 인물이 되고 싶은 건가 말이다. 자신도 모르게 가지게 된 고희에 대한 신뢰와 믿음이 흔들리자 인환

은 짜증이 치솟았다. 그것을 유고희라는 여자는 재빨리 알아챈
듯했다. 티를 내지 않았는데도 어찌나 민감한 여자인지 부딪친
눈동자 속에 저를 향한 두려움과 당황이 배어 있었다. 그게 또
그의 신경을 거슬렸다.

'누가 잡아먹어? 내가 잡아먹느냐고 유고희, 그런 눈으로 바
라보지 마, 좀!'

익숙한 눈이었다. 두려움과 경외감이 그득 담긴 그런 눈은 회
사에서 많이 접한 그였다.


부우웅.

돌아가는 자동차 안 뒷좌석에 나란히 앉은 두 사람 사이엔 긴
장이 극에 달하고 있었다. 회사 소속의 기사가 운전하고 가운데
칸막이를 내린 상태였다.

"만족하나?"

"뭘……."

"시선을 끌려고 그렇게 입고 온 거 아닌가?"

"아니에요. 아까 말한 것처럼 의상실에서 실수로 옷이……."

"고르고 골라 어깨가 그렇게 파여진 옷을 입고 와야 했었나?
천박하게 보여."

"흡!"

고희가 급하게 숨을 삼키는 소리와 인환이 침을 삼키는 소리
가 동시다발적으로 발생한다. 항상 고요하게 중심을 잡던 고희
는 인환의 말에 고개를 황급히 반대쪽으로 향했고 인환 또한 무

64

심코 내뱉고 만 자신의 말에 제가 놀라 입술을 깨물어야 했다.

차 뒷좌석, 무거운 정적이 두 사람을 지배하고 있었다. 고희는 울지 않으려고 차창 밖을 향해 연신 눈을 깜박이고 인환은 인환 대로 사과할 방법을 찾지 못한 채 허벅지 위에 놓인 애꿎은 주먹만 움켜쥐고 있었다.

슥.

쓱.

창 쪽에 앉은 여자가 얼굴을 절대 인환 쪽으로 보여 주지 않은 채 연신 오른손으로 눈가를 훔치는 걸로 보아 흐르는 눈물을 닦는 것으로 짐작되었다. 미세하게 닿은 여자 몸의 떨림이 고스란히 느껴지자 자기도 모르게 인환이 손을 뻗는 순간, 고희가 아예 창에 붙을 정도로 바싹 밀착하며 몸을 움츠렸다.

"죄송해요, 천박하게 그런 옷을 입어서 정말 미안해요."

"……."

'또 그놈의 레퍼토리 −미안해요, −잘못했어요, −고칠게요, 잘도 읊어 대는군. 유고희, 넌 화도 안 나나? 성질도 안 부려? 네가 빌어먹을 천사라도 되는 거냐고?'

소릴 버럭 내지르며 자신 쪽으로 돌려 세워 차라리 화를 내라고 나를 보고 욕이라도 하라고 어깨를 마구 흔들고 싶은 것을 겨우 참는 인환이었다.

목이 답답했다. 죄어 드는 넥타이를 살짝 푼 인환은 그녀 쪽으로 향하던 손을 도중에서 멈춘다. 아름다웠다며 모두들 칭찬하더라고 말하면 간단한 일이었는데도 왜 성질이 나고 기분이 나빴는가, 억지로 결혼을 한 것에 대한 앙금이라고 하기엔 석연치 않았다.

결혼으로 얻는 것이 있다면 오히려 제 쪽이 많지 않은가, 이 여자가 자신에게 아부하거나 요염을 떨지 않아서 그런 건가? 예상대로 행동하지 않아서 그런 것인가 말이다.

그도 눈이 있고 귀가 있었다. 부모에게 성심을 다하고 조신한 며느리로 살고 있는 고희의 모습이 보이지 않을 리 없었다. 분명 그것에 대한 불만은 아닌데…… 왜 이 여자를 대할 때면 화부터 치미는 것인지, 말이 곱게 나오지 않은 것인지 모르겠다.

저 무덤덤하고 무미건조한 검은 눈동자를 대할 때면 뭔가가 저를 치받으며 그녀의 속을 뒤끓게 하고 싶은 잔인함이 치솟는 건지 이유를 모르겠다고.

'젠장!'

관심받고 싶은 대상에게 외면받는 데서 기인한 잔인한 폭언. 절 보려 하지 않기에 보아 달라는 외침 대신 꼬투리를 잡아 상대에게 억지를 쓰는 마음. 비정상적이고 유아기적인 성향을 가진 미성숙한 사람은 도리어 강인환, 그였다.

자라면서 화제와 관심의 대상이었고 화려한 스포트라이트를 받은 그였다. 다가가기 전 모든 여자가 자신에게 다가와 원하는 것을 얻어 내기 위해 아첨과 아양을 떨었다.

그런 만남과 인간관계에 익숙한 인환으로서는 그에게 아무것도 바라지 않고 그저 자유를 갈망하는 소박한 소망만을 가진 고희의 무관심하고 덤덤한 태도가 생소했었다. 당황스러웠고 어찌 대해야 할지 알지 못했다.

받는 것에 익숙한 남자였다. 그리고 그것이 당연하다 생각해 왔었다. 제 세계로 느닷없이 등장한 작고 초라했던 존재가 의미 있는 자리매김을 하고 말았다는 것을 깨달았을 땐 이미 건너지 못할 강을 건넌 즈음이었다. 이혼이라는 강을.

"네, 잘 알겠습니다. 아닙니다. 제가 경산그룹 본사로 가겠습니다. 아니에요, 차는 되었어요."

경산그룹의 고문 변호사 조재현의 전화였다. 주식양도 각서와 권리 포기에 관한 제반 문제가 남아 있었다. 약속한 2년을 지켰기에 남은 건 정확한 계산과 셈이었다.

'할아버지께서는 무슨 생각으로 이런 결정을 하셨던 걸까?'

문득 고희는 처음으로 의구심이 일어났다. 결혼을 갑자기 결정하신 조부셨다. 당시엔 정신이 하나도 없었고 곧 돌아가실 것처럼 병세가 악화된 조부의 바람이 고희가 결혼한 모습을 보고 싶다는 것이었기에 수긍했던 계약이다.

어차피 모든 게 거짓, 그러니 이것 또한 내 것이 아니니까, 라는 생각을 했던 그녀였다.

옷을 갖춰 입으며 이런저런 생각을 하던 고희는 잠시 고민에 빠졌다. 대외적으로 그녀는 아직 사장의 부인으로 알려져 있었다. 남들의 시선이 따라오겠지. 그의 얼굴에 먹칠은 안 해야겠지

싶었다.

고희는 청바지를 벗고 망설이다 크림색 블라우스와 스커트로 갈아입었다. 자신에게 가장 어울리는 빛깔이라며 칭찬도 받았었다. 하지만 언젠가 인환에게 멸시를 당했던 그 드레스 빛깔과 흡사하다는 건 알지 못한 고희였다.

갈아입은 뒤 정성스레 화장을 한다. 어깨에 와 닿은 짧아진 머리가 신경이 쓰였다. 어중간하기에 묶어 틀어 올릴 수도 없기에 한참을 고민하다 결국 드라이만 하고 심플한 귀고리만 귀에 걸었다. 거울 속 경산그룹의 며느리 유고희가 비추어 보였다. 아직은 완전히 털어 내지 못한 2년의 잔재였다.

슬며시 웃은 그녀는 집을 나와 경산그룹으로 향했다.

"사장님 뵈러 왔어요."

"사모님, 어서 오세요. 사장님이 곧 오시겠다고 하셨습니다. 안으로 들어가세요"

"고마워요."

고희는 자신을 안내하는 비서에게 가볍게 목례를 한다. 그녀가 회사로 찾아온 건 처음이었지만 대내외적으로 알려진 그녀 얼굴을 알고 있던 비서였다. 오늘 차려입고 오길 잘했다는 생각이 새삼 든 고희였다.

20분 뒤 나타난 고문 변호사 조재현이 이것저것 설명을 하자 경청하며 고희는 간혹 질문을 하고 있었다. 항상 보아 온 수동적 자세가 아닌 그녀의 모습을 처음 본 인환은 신기해하며 그녀를 지켜보고 있었다. 머리 나쁜 여자가 아니었다. 그리고 입은 옷

색깔이 흰 피부를 도드라지게 해 주었다.

살구빛 스웨터와 감색 바지를 입은 고희는 누가 봐도 대학생처럼 보였고, 연희동에서의 모습과는 전혀 다른, 자유로움과 여유가 물씬 풍겨 나왔다.

순간, 인환의 뇌리에 과거의 파티가 스쳐 지나갔다.

뭔가에 몰두한 고희를 인환은 복잡한 시선으로 훑어 내렸다. 아름답다고 솔직하게 말하지 못했던 그날, 제 옹졸함을 사과하고 싶었지만 말로 도저히 뱉어 나오지 않았다.

"왜 매도기간을 달리해야 하는 겁니까? 이유라도 있나요? 두 주식의 매입가가 상당히 차이가 나는데요."

"아, 그건 만약의 경우를 대비해서입니다. 한 번에 주식을 정리할 경우 조사가 나올 수도 있고 시장에 영향을 끼칠 수도 있어서 그렇습니다."

"그렇군요."

이어진 그녀의 날카로운 지적에 조용히 도장만 찍을 줄로 알았던 조재현 변호사가 진땀을 흘리고 있었다.

'영리하군, 유고희.'

모든 서류에 고희의 날인과 서명이 끝나고 공증이 이루어졌다.

"모두 끝났습니다. 사모님."

"수고하셨어요, 조 변호사님, 이제 사모님이 아니잖아요. 편하게 대해 주세요, 그동안 감사했습니다."

사람 할 말 없게 만드는 미소를 지으며 인사를 하자 조재현은 고개를 끄덕인다. 처음 보는 그녀의 허물없는 미소였다.

"그럼 먼저 나가 보겠습니다."

"그렇게 해요……."

조 변호사가 나간 후, 인환은 자리에서 일어나며 말했다.

"나가지."

"네?"

"식사 같이 하지."

"전……."

"약속 있는 것 아니지? 난 배고프군."

후우, 작게 한숨 쉬는 고희를 그냥 보내고 싶진 않았다. 지금 이 반길 상황도 편한 상황도 아니겠지만 그동안 본의 아니게 심한 말을 해서 미안하다고 한 번쯤 진심을 이야기하고 싶었다. 자신을 두렵고 무서웠던 존재로 기억되게 하고 싶지 않았다. 이기적이었지만 그게 그의 진심이었다.

그렇게 향한 식당에서 조용히 식사를 하는 고희를 가만히 바라보는 인환이었다. 이 여자에게서 앙탈이란 걸 받아 보았나? 2년, 마치 흘러가는 물처럼 조용히 자신의 곁에 머물렀던 여자였다.

여자란 시끄럽고(자신의 누나 강재희), 속물에다가 물질 밝히고 개념 상실에 어이 상실인 많은 여자들을 보아 왔던 터라 중늙은이 같은 고희가 인환은 이해되지 않은 미스터리이자 시간이 난다면 분석하고 싶은 외계 생물이었다.

조용하고 고풍스런 느낌이 물씬 풍겨나는 곳에서 인환과 식사를 하는 고희였다. 말조심, 입조심, 모든 것을 조심하는 여자 고희는 제가 알던 여자들과 너무도 달랐으며 기대한 이상을 보여 주었다. 계속 아내의 자리에 놓아두고 싶을 만큼.

그러나 제 이기심과 그녀의 자유에 대한 갈망이 너무도 크다는 걸 알기에 놓아주었는데, 왜 이리 맘이 복잡해지는 것인지.

"생활은 만족하나?"

"아직……."

"뭐?"

"만족이라는 거 아직 느끼지 못했다는 뜻이에요."

단순하지 않고 영악스러운 여자였다. 어떻게 저렇게 딱 맞는 정도의 대답만 골라서 할까? 만족한다라는 말이 나왔다면, 그건 저와 살았던 2년이 만족스럽지 않았다는 말과 같을 테니까. 그는 새삼 고희가 달라 보였다.

"앞으로 계획은 있나?"

"네."

수줍고 멋쩍어하며 말은 하지만 숨길 수 없는 기대로 얼굴에 홍조가 피어오르고 있었다. 미래에 대한 기대감에 가득 찬 고희를 보자 그게 또 못마땅한 인환이었다. 동시에, 자신의 옆에 있었을 때 한 번도 보여 주지 않던 그녀의 다른 모습이 불쑥 튀어나와 그를 당황하게 만들고 있었다.

"어머니는……."

"다녀가셨어요."

"유자차 잘 먹겠다고 하시더군."

"네."

대화가 끊긴다. 무슨 여자가 대답만 하고 질문을 되돌리지 않는 걸까? 내게 궁금한 게 하나도 없단 말인가. 이제 질문할 가치도 없다 이건가. 괜한 심술이 뭉실뭉실 피어오르고 있던 때였다.

"어어, 이거 우리나라 돈은 죄 번다는 강 사장 아닌가."

"아……."

하사당 당총재 이우재였다. 언젠가 경제인연합회 모임에 참석했던 고희도 그가 기억이 났기에 자리에서 일어선다.

"안녕하십니까, 총재님."

"하하. 기억하시는군요, 반갑습니다."

"부부가 오붓이 식사하는데 내가 방해했나 보군."

"아닙니다, 총재님."

총재 옆에 단아한 인상의 귀부인이 눈인사를 건넸다.

"다시 만나네요. 반가워요. 우리 부부도 오붓이 식사할까 하고 온 거예요."

"네. 다시 뵙네요, 사모님."

"반가워요. 강 사장님, 이번 송년파티 부인과 함께 참석할 거지요?"

"네? 아니……."

"꼭 와야 해요. 두 분 만났으니 초대장 따로 보내지 않아도 되겠죠?"

"네? 아, 네."

"그럼 식사하세요. 방해했나 봐요. 호호. 나중에 꼭 봬요."

고희는 얼결에 일어나 인환과 인사를 한다. 두 사람이 이혼한 사실을 모르고 있던 하사당 총재였다. 고희와 인환의 눈이 허공에서 부딪쳤다.

일이 꼬여 가고 있었다.

# 7화

"안 돼, 안 돼! 명아, 명아!"

고희는 땀에 흠뻑 젖어 잠에서 깼다. 아직도 꿈이 생생했다.

비틀거리며 냉장고로 가서 물을 꺼내 벌컥벌컥 들이켜는 그녀였다. 근래에 더 이상 꾸지 않았는데 긴장이 풀려서인가, 아니면 혼자 지내게 돼서인 건가, 연희동을 나온 뒤 꿈을 다시 꾸게 되었다. 오싹 한기가 스며들며, 누군가가 나를 지켜보고 있는 것 같은 느낌이 들었다.

손바닥으로 하늘을 가리면 가려진다던가, 결국 지울 수도 잊을 수도 없었다. 그녀의 마음속 그늘은 무거운 형벌처럼 자신을 짓누른다. 어둠 속에서 고희는 몸을 사시나무 떨듯 떨고 있었다. 겨울밤 추위로 느끼는 체감온도는 땀이 식어 훨씬 차갑고 소름이 돋게 했다.

공포 영화를 보고 난 뒤처럼 그림자만 보아도 가슴은 밀려드는 공포로 떨리며 덜덜거린다. 그녀의 얼굴은 백지장처럼 하얗게 질려 가고 있었다.

"누가…… 나 좀……."

집 안의 불을 모두 다 켰는데도 불구하고 한 번 느낀 공포의 무게는 삭아지지 않았다. 그 밤을 그렇게 꼬박 지새우고 있었다.

비가 추적추적 내리고 있었다. 따스하고 부드럽게 스며드는 봄비와는 다르게 겨울비는 비틀린 상처 속으로 스며들어 통증을 유발하는 것 같았다. 마음에 빗장을 건 그녀가 웅크린 채 계단에서 넋 놓고 앉아 있는 모습을 보자 서준은 안도의 한숨도 잠시, 저도 모르게 가녀린 어깨를 끌어당기고 싶은 맘이 들었다.

이성보다 손이 먼저 나가는 저의 조급함을 안으로 삭이며 서준은 그녀에게 서서히 다가가고 있었다. 괜찮으냐고 어디 아픈 것 아니냐고 왜 그러고 있느냐고 묻고 싶지만 기억 속에 갇힌 얼굴로 망연하게 비를 바라보는 그녀의 모습이 서준을 망설이게 했다.

서준은 고희를 찾고 있었다. 날마다 중앙 도서관에 출근 도장을 찍다시피 하던 그녀가 며칠째 보이질 않는 것이다. 별일 아니라고 치부하기엔 감이 좋지 않았다. 지독히도 저와 같은 냄새를 풍기는 고희였다.

뭐든지 혼자 하려 하고 남의 신세 지는 것 싫어하고 받으면 돌려주는 게 당연하다 생각하는 그런 유형의 사람. 그건 동질의 식이기도 했다.

'어디 아픈 건 아닌지, 핸드폰 번호라도 물어볼걸.'

다닐 만한 곳을 헤매다 거의 포기할 즈음 우산도 쓰지 않고 음대 한쪽 계단에 넋 놓고 앉아 있는 고희를 발견한 서준이었다. 감기라도 들면 어쩌려고 저러는 걸까.

우산을 들고 다가가던 그는 한눈에 그녀의 상태를 알아챘다. 안색이 좋지 않았다.

"어디 아파?"

"아니요."

거짓말이 서툰 그녀였다. 안색이 파리하고 곧 쓰러질 것만 같은 얼굴을 하고 있으면서도 곧 죽어도 아니라 한다.

"무슨 일인지 물어봐도 돼?"

"나중에요, 죄송해요."

"그래, 맘 편해지면 혹 누군가에게 이야기하고 싶어지면 그때 말해 줘. 이래 봬도 듣는 것 잘하고 입 무거우니까."

고희가 그를 바라보자 입에 지퍼를 채우는 시늉을 하며 익살스레 미소를 짓는 서준이었다.

"기쁨은 나누면 두 배고 고민은 나누면 반이라는 말, 그냥 있는 것 아니야."

고희는 집에 이틀간 두문불출하다 나온 참이었다. 비가 내렸기 때문이었다. 어둡고 습하고 차가운 비가 연일 주룩 내리자 더 이상 혼자 있는 집에서 버티기가 힘이 들었다.

"밥은 먹었니?"

"……."

"가자. 나도 안 먹었어. 저기 상대 뒤에 가면 맛있는 백반 집 있어."

선뜻 일어나지 않는 고희를 보며 서준은 한마디 더 한다.

"나도 혼자 먹는 거 싫어서 그래. 마주 보고 이야기하고 싶어서 그래. 내 수다 좀 들어 주라."

"선배님."

"어서."

우산을 가지고 오지 않았던 고희는 서준과 나란히 우산을 쓰고 안내하는 곳으로 향하고 있었다. 작은 우산 속에 다 큰 성인이 두 명이나 들어가 있으니 누구 한 사람은 어깨가 젖을 수밖에 없는 구조였다. 새삼 미안해진 고희는 바싹 몸을 웅크린다. 그런데 그 몸짓을 다른 뜻으로 오해했나 보다.

"춥지?"

"아니에요. 저 때문에 젖어서 어떻게 해요?"

"별걱정을 다한다. 난 신체 건강하고 대한민국 국방의무를 다한 사나이라고. 이깟 비 때문에 골골하진 않아."

믿음직한 남자의 말, 그리고 따스한 배려로 고희는 한기가 서서히 사그라지는 걸 느낀다. 어깨가 맞닿은 부분에 타인의 정상 체온 36.5도가 주는 안도감을 무엇으로 설명할 수 있을까? 그 어떤 위로의 말보다 존재감을 확실하게 나타내는 체온이 반가운 고희였다. 누군가가 자신을 찾았고 우산을 받쳐 주고 있었다. 베푸는 것에만 익숙했던 그녀에게 그것은 생소한 일이었고 존재함에 대한 기쁨을 느끼게 했다.

빗물이 누군가 흘리는 눈물처럼 보인다. 하늘에서 무자비하게 내리며 존재를 알리며 저의 위세를 보라는 듯 소리마저 요란하다. 가슴속에 답답함이 물꼬를 트자 쏟아지듯 넘실대며 흙탕물을 이룬다. 뒤섞이는 시원한 그 소리가 반가워 차라리 단번에 삼키고 씻겨 내려줄 것만 같아 기대감이 몽실 솟구친다. 사람이 한 명 곁에 있을 뿐인데 이렇게 달라지는 세상이었다.

어두운 때를 지나면 빛의 시기가 올 것을 믿는다. 다시는 돌아올 수 없는 강을 건넌다 하더라도 얻어지는 것이 있으리라 믿어 본다. 가슴을 열어 삶이 주는 아름답지만은 않은 어둠을 사색으로 어루만지고 인생에서 배운 지혜로 헤쳐 나가 보리라. 선한 끝은 있으리라는 명철한 믿음을 가지고 세월이 주는 망각이란 선물을 한 아름 안아보리라. 그렇게 스스로에게 힘을 내자고 다짐하는 고희였다.

콰르르. 우르르.

흠칫 몸을 떠는 고희의 작은 새 같은 움직임에 서준은 자연스럽게 어깨를 당겨 우산 안으로 들어오게 한다.

"비 맞는다."

"하지만 그럼 선배님이……."

"여자는 몸을 차갑게 하면 안 돼. 그런 것도 모르냐?"

점점 작아져 가는 빗소리, 비의 장막 안에 갇힌 우산 속의 두 사람은 시선을 마주한다. 마주치는 시간은 단지 수초뿐이었는데도 영원처럼 느껴지는 순간, 그들은 공명(共鳴)한다. 깊이 동감하며 함께라는 생각을 갖는다.

촤아아아.

빗소리가 다시 선명한 음색을 띠며 그들의 귓가를 두드리고 있었다. 통한다는 말, 이런 의미일까. 고희는 지금 이 순간을 잊지 못할 거 같다는 생각이 얼핏 들었다. 남자와 여자가, 사람과 사람이 영롱한 영혼을 마주하며 서로에게 각인되던 순간이었다.

오랫동안 잊지 못하는 순간은 누구에게나 있다. 인연이 어긋나 맺어지지 못했기에 더 애틋하게 남아 버린 찰나,

두 사람의 슬픈 인연의 시작이었다.

자신의 의지와는 다르게 자꾸 이어지는 강씨 집안과의 인연. 초대받은 망년회 파티 참석을 위해 고희는 귀고리를 차면서도 마음이 내키지 않았다. 그가 다이아 세트를 보내왔다. 한눈에 보기에도 엄청난 가격을 자랑하는 보석이었다. 그답다. 통이 크고 무슨 일이든 눈 하나 깜짝 않고 해내는 빈틈없는 남자. 무엇 하나 부러울 것 없는 남자가 전남편 강인환이었다. 그로서도 어려운 결정이었을 것이다.

"부탁해."

인환의 입에서 부탁이라는 말까지 나오고 나서야 고희는 부부 동반 참석이라는 웃지 못할 상황에 동참하기로 결정했다. 하사당 총재 이우재, 정권의 실세인 그를 무시할 수 없다는 것쯤 잘 알고 있었다.

"이번이 마지막이었음 해요."

"알았어, 다시는 이런 부탁 하지 않을게. 약속해."


레스토랑에서의 대화를 생각하며 씁쓸히 웃을 때였다.

띵동.

"나가요."

벨소리에 고희는 얼른 옷매무새를 정리하고 집 밖으로 나왔다. 그리고 대기 중인 차에 올랐다.

마지막이야, 마지막. 이런 우스꽝스러운 연극도. 참석하기로 결정한 거니까 그 사람 얼굴에 먹칠은 하지 말자고 다짐하는 그녀였다. 잡티 없는 깨끗한 피부에 흰색이 어울리는 그녀라 옷 고르는 데는 어려움이 없었다.

파티에 도착해서도 말을 아끼며 조용히 부인들과 어울리는 고희였다.

"허허. 강 사장, 부인이 미인이시라 신경 쓰이시겠는데요."

"별말씀을, 총재님."

인환은 눈을 들어 그녀가 부인들과 어울려 담소하는 모습을 바라보고 있었다. 송년회라서 그런지 파티는 화기애애했고 사람들은 너그러워지고 있었다.

그때였다. 누군가 재미난 제안을 한다.

"연말 아닙니까? 모두 서프라이즈 게임 어떠신지?"

송년맞이 서프라이즈 게임 규칙은 남편이 아내를 향해 눈빛만을 보낸다.(말은 엄금.) 얼마 만에 반응을 보이는지와, 눈빛만으로 아내가 하던 일을 중단하고 남편에게 와서 무슨 일이냐 물을 때까지 걸린 시간을 체크한다.

"가장 단시간을 기록한 부부가 오늘의 승리자, 부상으로 독일 슈트르가르트 발레단 로열석 티켓, 어떠십니까?"

한 장에 150만 원을 호가하고 전 좌석이 이틀 만에 매진된, 구하기 힘든 티켓이었다.

남자들은 의욕이 이는지 분위기가 한껏 고조된다. 무슨 유치한 게임이냐는 생각이 들었지만 인환의 입장으로서는 참여를 하지 않을 수 없었다. 결국 그도 고희를 향해 시선을 던졌다.

고희는 유난히 민감했다. 눈치도 빨랐거니와 기감 자체가 남들보다 발달한 그녀였다.

순간 고희는 글라스에서 눈을 들어 주위를 살폈다. 누군가 그녀를 지켜보고 있었다.

'인환? 그가 왜?'

그의 눈빛이 많은 말을 대신해 주고 있었다. 제게 와 달라고 말하고 있었다.

"잠시만 실례할게요, 부인. 남편이 부르네요."

"네? 아, 네."

고희는 쥐고 있던 글라스를 지나가던 종업원의 쟁반 위에 내려놓고 천천히 인환에게 다가섰다.

"무슨 일이에요?"

와아~

갑자기 터져 나온 함성에 고희는 깜짝 놀란다.

"하하. 이거 뭐, 10분이 채 안 걸렸습니다. 할 말 없게 만드는 데요? 강 사장, 부럽습니다."

고희는 어리둥절하다. 사람들이 그의 어깨를 툭툭 치며 인사를 해 댔지만 무슨 의미인지 도무지 알 수 없는 그녀였다. 때마침 음악이 흘러나오자 인환이 그녀를 이끌고 플로어로 이동한다.

"무슨 일이에요? 도대체."

"유고희."

"네."

"내가 부른다는 거 어떻게 안 거지?"

"그걸 꼭 말로 해야만 아는 거예요? 그냥 느껴졌어요, 날 부르고 있었잖아요. 와 달라고. 아니에요? 이상하다. 분명 그렇게 읽혔는데…… 당신 눈빛."

강인환 그는 오늘 처음 이 여자를 본 것 같은 이상한 착각 속으로 빠져들고 있었다.

"알레르기 있나?"

"네?"

"다이아에도 알레르기가 있는 거냐고."

그의 질문의 의도를 파악한 고희였다. 그의 말인즉 다이아를 왜 하고 오지 않았냔 말이었다.

"미안해요. 부담돼서 착용하지 않았어요. 주객이 전도되었다는 느낌이 든다고 할까요? 전 심플한 게 좋아요."

고민하다 결국 작은 금귀고리로 바꿔 단 그녀였다. 그리고 그 말에 인환은 인정해야만 할 것 같았다. 그녀에겐 단순한 디자인이 어울린다는 것을.

"잘 어울리는군."

"고마워요. 당신 입에서 칭찬을 다 듣고, 기분 좋은데요?"

두 사람은 마주 보며 웃고 있었다.

남남. 그래서인지 훨씬 편하고 자연스러워진 그들의 관계였다. 이날 고희 덕분에 그의 가치는 천정부지로 치솟으며 부러움을 한 몸에 받고 있었다.

아이러니하게도 이혼 후 인환은 고희에게 색다른 매력을 느끼고 있었다.

"오늘 고마워. 수고 많았어."

"네, 살펴 가세요."

집에 도착해 차에서 내리는 고희였다. 곧바로 출발할 줄 알았던 그가 그녀를 똑바로 직시하고 있었다.

"잠시 들어가도 될까? 차 한 잔 주지 않겠어?"

"너무 늦었어요. 미안한데 제가 좀 피곤해서요. 다이아는 사람 보내세요. 돌려 드릴게요."

"그건 선물이야."

"저, 싫어요. 전 이제 당신 부인도 아니고, 그런 거 받을 만큼 대단한 일을 한 것도 아닌데요. 비서 보내세요."

"알았어, 그렇게 하지."

"네, 안녕히 가세요."

고희는 깍듯이 인사하고 집으로 향했다. 그 모습을 바라보던 인환은 아파트 상층 거실에 불이 켜진 걸 확인하고서야 기사에게 말했다.

"출발해."

"네, 사장님."


고희와 헤어진 뒤 돌아간 집은 조용했다. 항상 보이던 사람이 보이지 않았다. 한 여사는 웬만한 일이 아니면 출근과 퇴근할 시간엔 무조건 배웅과 마중을 하는 사람이었기에 곧바로 의문에 대한 해답을 내놓는 박 씨였다.

부모님이 누이 재희의 집에 가셨다 한다.

"오랜만에 음악 좀 들어 볼까?"

인환은 샤워 후 간단한 스카치를 마시며 가운을 걸친 채 밖을 내다봤다. 목소리가 자연스레 떠올랐다.

"날 부르고 있었잖아요. 와 달라고. 아니에요?"

유고희. 죄의식과 미안함에 외면하며 살았다. 2년이라는 유예 기간에 묶여 그녀를 보려고도 알려고도 시도하지 않았다. 물론 그녀 탓도 컸다. 어서 빨리 세월이 갔으면 하는 듯한 그녀의 태도, 외식 제의도 거절하기 일쑤였고, 쇼핑하라고 카드를 줘도 무덤덤, 하물며 안으려 해도 원하지 않는 아이가 어쩌구 하면서 입바른 소리를 해 댔다.

2년 살았고, 이혼 도장을 미련 없이 찍은 그들이었다. 하지만 이제 와 그녀가 자꾸 눈에 밟히는 이유가 뭘까? 왜…… 이제 와서? 그는 난 자리가 허해서 그런가 보다 치부한다. 알게 모르게 생활 속에 젖어 있어 그런가 보다. 그는 거기에서 생각을 멈춘다.

하지만 무의식은 그의 진심을 반영하며 깨달음의 의미를 부여하기 시작했다. 의식이 없는 상태에서만 숨겨진 본심이 흘러 흘러 넘쳐나고 있을 즈음이었다.

인환은 그날 저녁 꿈을 꿨다. 2년 전 그들의 결혼식 장면이었다. 억지웃음 짓던 그들의 결혼식 날……. 아무도 원하지 않는 결혼식 날은 당사자들의 맘은 아랑곳없다는 듯 화사한 봄날이었다. 연희동 자택 정원에서 조용히 가족 친지들만 모여 조촐한 자리가 마련되었다.

그룹의 경영리더인 그가 도둑장가를 드는 날이었다. 그 흔한 보석 치장 하나 하지 않았고, 드레스 주름을 펴 주는 도우미 하나 없이 신부가 외로이 꽃길로 만들어진 버진 로드를 걸어 입장했다.

모두들 어서 이 넌센스가 끝나길 바라는 눈치였고 얼굴은 굳어 있었다. 신부가 예쁘다는 칭찬도, 두 사람이 잘 어울린다는 덕담 한마디도 없었다.

그렇게 고희는 강씨 집안의 일원이 되었다.

그리고 그날 저녁, 그는 고희와 우연히 서재에서 마주쳤다.

"아, 저기."

"책 읽을 건가?"

"네…… 아니요."

인환은 종일 겉돌던 그녀가 혼자 있을 곳을 찾아 서고로 숨어든 걸 눈치챘고, 의례적이나마 식사는 했냐 물어본 것이었다.

그런데,

도리도리.

그 반응에 한숨을 내쉰 그가 간단한 음식을 챙겨 왔다.

"천천히 먹어, 갑자기 먹으면 체하니까."

그녀는 그제야 자신이 무척 배가 고팠음을 깨달았다.

그녀가 다 먹고 나자 지켜보던 인환은 궁금했던 질문을 했다.

"왜 이런 결혼을 결심한 거지?"

"누군가는 행복해질 테니까요."

"그 누군가가 유 회장님인 건가?"

"네."

"후회할지도 몰라."

"이제 와 돌이킬 수 없는 일이잖아요. 최선을 다할 거예요. 모두에게 폐가 되지 않게 조용히 머물다 떠날게요."

"2년, 잘 지냈으면 좋겠어."

"잘 부탁드려요."

그를 향해 조심스러운 미소를 짓는 그녀는 대학을 막 졸업한 24살이었다. 기억 속 잔영처럼 새겨진 여자의 말간 미소가 그의 가슴속으로 파고들었다. 어딘가 새어 나온 빛조차 없는 서재인데도 그 순간 그녀 주위가 밝아진 것 같은 착각이 들었다.

수초, 그 수초 만에 사람은 사랑에 빠진다고 한다. 사람에 대한 호감과 비호감을 결정짓는다고 한다. 사랑한 이유도 다양하고 대상도 다르지만 한 가지 공통점은 있다. 빛나던 그때를 오래도록 잊지 못한다는 점이었다.

인환은 무의식의 경계에 갇힌 때에서야 항상 유지하던 경계와 이성의 자락을 내려놓는다.

그의 뇌수에 파고드는 고희라는 존재가 암세포처럼 무제한 증식하는 줄도, 조절 기능체계를 무너뜨리며 계속 세포 분열하는 줄 알지 못한다. 암세포는 고유한 위치를 고수하다 점차 위치를 벗어난 범위까지 증식한다. 혈관이나 림프관을 통해 몸속의 장기 속으로 빠르게 침투해 간다.

"유고희……."

중얼거리듯 그녀의 이름을 뇌까리는 인환이었다. 하지만 잠결에 그녀를 부른다는 것도 그녀를 부르며 말할 수 없이 달콤한 미소를 짓고 있다는 것도 그는 알 리 없었다.

# 8화

밥을 먹고 도서관에서 만나고 그녀가 듣는 강의를 이해하기 쉽게 설명해 주는 서준이었다.

고시생이 시간에 쫓긴다는 것을 알고 있는 고희로서는 미안하고 고마울 따름이었다. 법학 계열이 아닌 대학원 강의였지만 국문학 전공인 그녀의 공부에 다방면에 박식한 그의 교양지식은 보탬을 넘어 의지가 되어 줬다.

레포트를 쓰기 위해 어떤 서적을 참고할 것인가, 어떻게 논리를 펼쳐 나가야 옳은 것인가, 갈피를 잡지 못하는 그녀에게 핵심을 짚어 주기도 한다. −식민지 시기 작가들의 정치적 성향이 작품에 어떤 영향을 미치는가, −소설에 나타나는 폭력의 양상은 어떤 재생산 과정을 거치는가 등등 물으면 대답이 척척 나오는 백과사전 서준이었다.

그는 정말 뭔가를 이룰 인물로 느껴졌다. 언론학, 그리고 방송

학에도 조예가 깊었다.

여전히 거리를 두고 지나치게 허물없이 대하지 않도록 주의하고 있었다. 혼자라는 것에 익숙해져야 할 때이기도 했고 어찌 되었건 전, 방금 이혼한 알 만한 그룹의 며느리이자 누군가의 아내였지 않은가.

남들이 저를 강인환의 아내가 아닌 유고희로 대할 때까진 몸가짐을 바로 해야 한다고 생각했다.

그녀의 그런 생각을 아는지 서준도 일정선 이상 그녀에게 친밀하게 굴지도 다가서지도 않고 있었다. 분명히 우산 속에서 무언가를 느꼈던 두 사람이건만, 지독할 정도로 조심하는 성격은 마치 거울을 보는 것처럼 닮아 있었다. 자주 만나다 보니 그가 인기가 많은 남자라는 것도 알게 된 고희였다.

법학과에서 유명한 인물로 법대 수석 졸업, 학점 올 A+. 그가 고시에 합격하는 건 시간문제라고도 했다. 가끔 길을 걷다가도 여자들의 시선을 느끼는 고희였다. 그에게 다가와 모르는 것을 가르쳐 달라고 하기도 하고 카페에 우연인 듯 가장, 그들을 뒤따라와 굳이 누구라며 이름을 밝히고 가는 당돌한 새내기도 있었다.

서준이 이용하는 카페는 고희 혼자서도 자주 들르는 편이었다. 그의 말대로 간섭도 없었고 오래 머물러도 눈치 주는 곳이 아니었으니까.

그곳에서 그녀, 고희는 부탁을 받았다. 저번 함께 있는 모습을 보았다며 누구냐 궁금해하는 그의 과 후배에게 뭐라고 대답할 수 있었겠는가. 알고 지내는 사이라고 제 영역 사람이 아니니 안심하라고 말을 해야 하는 걸까?

결국 얼버무리는 그녀에게 나이가 한참 아래인 풋풋한 법대 새내기는 당돌한 부탁을 서슴없이 해 왔다. 저와는 다른 당당함과 자신감을 갖춘 법학과 14학번이었다. 스스로 사랑의 전령사가 될 줄은 몰랐기에 난감하기만 하던 고희는 고민에 고민을 더하다 받은 서신 즉, 러브레터를 그에게 전달했다.

"이게 뭔지 알아? 알고 주는 거야?"

"선배."

받아 든 편지를 읽지도 않고 눈앞에서 부욱 찢어 버리는 사나운 행동에 고희는 눈을 휘둥그레 떴다. 놀라 숨을 죽이는 고희를 바라보는 서준의 눈에는 격함, 그리고 서운함, 정제되지 않는 조용한 분노가 태풍의 눈처럼 밀려 드는 걸 겨우 참아 내며 서준은 한마디 말만 내뱉고 그녀의 시야에서 멀어져 가고 있었다.

"다시 이런 거 받아 오면 내가 무슨 짓을 할는지 나도 모른다. 알겠니?"

"선배?"

고희는 망연자실 홀로 남아 놀란 가슴을 진정시켰다. 많은 감정들이 그에게서 읽혀졌다. 굳이 분석하지 않아도 왜 그러는 건지 짐작만 할 뿐, 그녀는 떨리는 가슴을 쓸어내리고 있었다. 남자의 그런 눈빛은 처음 보았지만 본능적으로 알 수 있었다. 강인환, 전남편이 정염의 눈빛으로 몸을 샅샅이 탐하던 때와는 다른 가슴 떨리는 무엇이 서준 그에게 있었다. 서준의 눈빛에 질식할 것 같았다.

'선배, 선배를 위해서라도 인연을 맺지 않는 것이 옳다고 생각해요. 전, 누구에게도 영향을 주지 않고 받지도 않고 조용히 살고 싶어요. 그게 유일한 소망이에요. 돌이켜 보면, 힘들고 어렵다고 생각했던 일, 결혼은 인생의 전환점이었고 나를 강하게 만들었어요. 앞으로 탄탄대로일 선배의 인생이 훤히 보이는데 거기에 제가 낄 자리가 있을까요? 이혼한 것 때문만은 아니에요. 노파심이겠지만, 나로 인해 선배가 피해를 입는 일이 생길지 모른다는 두려움이 절 망설이게 해요.'

심란했다. 서준이 그렇게 사라지고 며칠 동안 모습을 나타내지 않자, 외려 말라 가는 건 그녀였다. 다행이라고 이렇게 자연스레 만나지 않으면 되는 거라고 되뇌면서도 다시 혼자가 된 그녀는 기운이 빠지고 기력이 없었다. 원래 먹는 것에 집착하지 않는 그녀였기에 종일 빵 한 조각에 우유 한 잔만 마실 때도 있었다.

"잘되었지, 뭐. 이혼녀와 만나 무엇을 얻겠어."

입으로는 그렇게 말하였지만 그녀의 두 눈은 연신 주위를 살피고 있었다.

고개가 오른쪽으로 한 번, 몇 분 뒤 왼쪽으로 한 번, 그리고 또 몇 분 뒤 다시 뒤를 돌아보는 고희의 모습은 잃어버린 부모를 찾는 어린아이의 불안한 정서를 대변해 주고 있었다.

그렇게 하루 종일 주변에 신경을 곤두세우다 집으로 돌아가는 길, 갑작스런 장대비에 흠뻑 온몸이 젖고 만 고희였다.

"으음, 응."

아침에 눈을 뜨니 온몸이 두들겨 맞은 것처럼 무거웠다. 탁자 위의 핸드폰 벨 소리는 끊임없이 울려 대고 있었다. 겨우 손을 뻗어 잡았는데 끊어져 버린다. 배터리가 없었다.

그녀의 고질병인 겨울 타기가 시작되나 보다. 겨울엔 감기를 달고 사는 그녀였다.

덜덜덜.

이가 딱딱 부딪칠 정도로 추웠다. 아파트는 중앙난방이라 일정 온도 이상 올라가질 않았다. 뜨거운 무언가가 절실히 필요했다. 미처 전기담요, 그런 것을 준비해야 한다는 것을 생각도 하지 못했다. 연희동은 온돌이라 그런 걱정은 없었던 탓이다.

'뭘 먹어야 약을 먹는데……'

냉장고 안은 먹을 만한 식재료가 하나도 없었고 요리를 할 만한 계란과 라면조차 하필 떨어졌기에 결국 그녀는 물과 약만을 삼키고 그대로 잠에 빠져들었다. 몸이 젖은 솜처럼 푹- 꺼졌다.

비상 상비약인 이름도 없는 해열제는 독하기만 할 뿐 아무런 효과도 없었다. 더욱 몸이 추욱 가라앉는다. 마치 깊고 깊은 늪 속으로 빠져드는 것 같았다. 무저갱-(無底坑, 악마가 벌을 받아 한 번 떨어지게 되면 영원히 나오지 못한다는 밑 닿는 데가 없는 구렁텅이)으로 끌려들어 가는 듯, 그 끝없는 추락의 느낌에 몸서리가 쳐졌다.

풀썩.

일어나야 한다고, 의식이 아직 한 자락 남아 있을 때 도움을 요청해야 한다고 생각은 하는데, 막상 전화를 걸려 하자 걸 만한 곳이 없었다. 누구에게 도와 달라고 한단 말인가. 대체 누구에게.

적막과 고요 속에 침잠해가는 고희는 我와 非我와의 경계선 상에 놓여 있었다.

고희야…….

명이?

고희야, 아하하.

명아.

⋮

고……희.

"유고희! 정신 차려!"

"선……배?"

그녀의 두 눈이 힘없이 다시 감기려 한다.

"정신 차리라고! 내 말 들리니?"

서준은 그녀를 업고 무작정 뛰어나갔다. 119를 부르면 된다는 것도 잊은 채 미친 듯 택시 잡아타고 응급실로 간 그였다. 걱정이 돼 미치는 줄 알았다. 학과에 사정사정해 그녀의 집 주소를 알아냈다. 핸드폰은 꺼진 상태고 모습은 보이질 않았기에 혹? 이라는 방정맞은 생각을 하며 불안을 삭이던 그였다.

결국 관리 사무소에 가서 버럭질과 회유를 섞어 가며 한바탕

난리를 피우고 나서야 아파트가 원격제어가 구비된 아파트임을 알게 되었다. 사람 확인과 범죄자 여부, 신분 조회, 관계 확인을 거쳐 현관을 연 그는 눈이 확, 뒤집어지는 줄 알았다.

"입원시키세요, 원."

"괜찮은 겁니까?

"근래 뭐 좀 먹었어요? 위가 텅 비었어요. 다이어트 하는 거 아니죠? 빈혈에다 영양실조, 피로 누적입니다."

혀를 차는 응급실 인턴이었다.

서준은 그녀를 입원시키고 곁에 앉아 머리를 쥐어뜯는다.

잠시 거리를 두자 한 것뿐이었다. 너무 화가 나서 보면 분노를 제어하지 못할 것 같아서였다.

일정 거리 이상 접근 금지를 유지하며 제 마음을 모르는 듯 러브레터까지 배달하는 눈치 없는 유고희가 미웠다. 그래서 잠시 벌을 주고 싶었나 보다. 자신이 괴로웠던 만큼. 시간을 준다는 핑계로.

제 어디에 그런 잔인함이 숨어 있었는가. 여자가 혼자 아파하고 쓰러질 정도까지 자신을 몰아쳐 대고 있는 줄 까맣게 몰랐다.

이혼, 어찌 아무렇지 않을 수 있을까. 그녀 성격을 고려할 때 그저 살다 나온 것만은 아닐 텐데…… 자신이 너무 무심했었다. 그녀의 상처를 대수롭지 않게 여겼다. 심화를 앓고 있는지 세심히 살피지 못했다.

상처를 감싸주기는커녕 화를 내고 내치다니 자신이 이 정도

였나, 이 정도밖에 안 되는 남자였단 말인가.

그는 회한으로 가슴을 쳤다. 자신과 지독히도 닮은 여자였다. 아파도 아프다 하지 않고 속으로만 끓는 타입. 겉은 멀쩡한데 속으로 곪아 있는.

"유고희, 너 정말 바보다, 아냐? 아니?"

그는 가는 그녀의 손목을 붙들고 자신을 한없이 자책하고 있었다.

누군가 어제 같은 오늘과 어제와 다른 오늘 중 선택하라고 한다면 어느 쪽을 선택할까. 시간을 되돌리고 싶을 만큼 행복했었는가, 상대성 이론을 몸으로 체감하며 시간이 빠르게 느껴졌었는가로 기준을 삼을 것 같다.

누군가에겐 시간이 아주 느리게 흘러가고 있었고 다른 누군가에겐 빠르게 흘러가고 있었다. 고희는 조금씩 마음을 열고 있었다.


가장 힘들고 외로운 건 아플 때, 이대로 죽어도 누구 하나 알지 못할지도 모른다는 막연한 불안 속에 허덕이면서도 선뜻 수화기를 들지 못한 고희였다. 응석 부리고 싶고 기대고 싶던 어머니라는 존재로 잠시나마 자리했던 한 여사에게 전화를 걸려다 몇 번이고 중도에 멈춰 버린 손가락이었다.

이젠 며느리가 아닌데, 이젠 정말 남인데 지나간 인연을 빌미로 폐를 끼치려 하는 제가 우스웠다.

곡기는 언제 마지막으로 했는지 기억이 나지 않았다. 독립하

면 구속에서 벗어나 속 시원하고 자유로울 줄 알았는데, 사람을
그리워하는 습성과 사람 안에 안온했던 기억들이 배어 혼자가
돼 버린 지금이 낯설기만 했다.

'나도 모르게 의지를 하였었나 봐. 마음을 주었나 봐. 단속한
다고 했는데도.'

어머님.

아버님.

형님.

민재야.

부르면 반응하셨다. 제가 웃으면 마주 웃어 주셨고, 좋다 하면
사 주셨고, 맛나다 하면 많이 먹어야 한다고 국을 담뿍 담아 주
셨는데…… 까마득한 오래전 일인 것처럼 느껴졌다. 궁금하고
보고 싶었다. 어찌 지내시는지, 감기는 안 드셨는지, 시아버님
바둑 상대는 누가 하는지.

정원에 자리 잡은 터줏대감 감나무는 겨울이라 앙상하겠지만,
이맘때쯤 나뭇가지 위에 살짝 얹어진 보송보송한 눈송이가 부는
바람에 가루가 되어 흩날리는 광경은 언제 봐도 경이롭고 아름
다웠다. 혹독한 겨울을 이겨 낸 나무들은 봄엔 더 아름다운 꽃
을 피웠다. 수목의 생명력은 인간의 의지력을 훨씬 뛰어넘기도
한다.

눈물이 났다. 배고프고 아프고 힘이 빠졌다. 누군가가 짠하고
나타나 서프라이즈라고 외치는 기적 같은 일이 내게도 일어나지
않을까? 기대는 기대일 뿐 그런 일은 고희 그녀에겐 일어날 리

없었다.

함께했을 땐 의지가 되었다. 나에게 관심 주지 않아도 남편이라는 든든한 울타리가 있었고 며느리로 온전히 대접받지 않았어도 할 일이 있었고 필요한 사람으로 존재할 수 있었다.

혼자가 된다는 것이 이렇게 외롭고 허전할 줄 몰랐다. 각오한 일인데도 그런데도 자꾸만 그 사람들이 생각나고 그리웠다. 지금 아프다고 아파 죽겠다고 하면 돌아봐 주실까?

엄살과 어리광 부리고 싶은 맘이 굴뚝같았지만 고희는 그저 병원 시트 자락만 꽉 움켜쥘 뿐이었다.

연희동.

그녀, 고희가 떠난 집안에 예기치 않은 손님으로 인해 파문이 일고 있었다. 강 회장의 장녀이자 인환의 누나인 재희가 6살 난 아들 민재를 데리고 본가를 방문했다.

"어? 외숙모 어디 갔어요?"

순간, 모두의 행동이 딱 멈춰 버린다. 맨 먼저 정신을 차린 재희가 멀리 갔다고 얼버무리자 매우 실망한 모습이다.

"민재가 보고 싶은데 언제 와?"

"공부를 하러 간 거니까 좀 걸려."

"좀? 몇 밤을 말하는데?"

"그건…… 한…… 1,000 밤?"

"에에엑! 그렇게 오래? 1,000 밤? 그냥 외숙모 오라고 해, 민재가 보고 싶은데! 오늘 동화책 읽어 주라고 가져왔단 말야!"

"엄마가 읽어 주면 되잖아."

"싫어! 숙모가 읽어 줘야 재밌단 말야. 숙모 데리고 와! 얼른."

침묵이 길어진다.

무뚝뚝한 강 회장도 허허, 너털웃음을 짓더니 슬며시 자리에서 일어난다. 한 여사도 고개를 돌리는데 미처 감추지 못한 슬픈 표정이 잔존하고 있었다. 인환도 조카 민재의 돌직구에 멍한 상태였다.

"민재야, 그만하지 못해? 얘가 오늘따라 왜 이래?"

"히잉. 엄마 미워, 오늘 내 여자친구 유라 이야기해 주려고 했는데……."

"여자친구? 너 여자친구 있어?"

"응. 유치원에서 가장 예쁘다, 짱."

기가 찬 재희는 분란을 일으킨 아들을 타박하고 있었다.

"요, 쪼그만 게 벌써."

콩, 하고 꿀밤을 먹이자 민재가 칭얼댄다.

"내가 이러니까 숙모한테만 말한 거야. 숙모는 얼마나 내 얘기 잘 들어 준다고. 꼬마라고 무시하지도 않고."

"뭐? 그럼?"

"응, 저번에 담에 오면 꼭 보여 준다고 약속했어. 사진도 찍어왔다. 엄마한텐 나중에 보여 줄게."

고희라는 이름이 흘러나오자 강 회장과 한 여사는 낯빛이 어두워졌다. 급기야 볼일이 있다며 자리를 뜨는 그들이었다. 거실에는 재희와 민재, 그리고 인환만 남아 있었다.

"민재야, 엄마에게 그 이야기 좀 해 봐. 응?"

"어? 숙모랑 나만 비밀하자고 했는데?"

"엄마가 저번에 민재 사 주라는 로봇 사 줄게."

"정말?"

약속! 도장, 복사까지 살뜰히 하는 민재였다. 그리고 이야기를 좔좔 풀어놓기 시작했다.

"헤헤. 비밀이 뭐였냐면 관심 가는 여자가 둘인데 하나는 별로 안 예쁜데 귀엽고 하나는 이름이 미령인데 진짜 이쁘다."

"그래, 그런데?"

"누굴 택할까 고민이라 했더니 숙모가 그랬어."

"뭐라고?"

"응, 여기 한가운데 있는 마음이 반응하는 아이면 된다고."

그러면서 가슴 정중앙을 손가락으로 가리키는 민재였다.

그녀가 민재와 비밀이라며 나누었던 대화.


"민재가 벌써 이런 나이가 되었구나. 정말 축복할 일인데? 그런데 두 사람이라고? 민재는 총명하니까 벌써 알고 있지? 진짜 좋아하는 여자아이가 누군지 말야. 그냥 바라보면 기쁜 아이, 맛난 거 있으면 젤 먼저 주고 싶은 아이가 누구지?"

막힘없는 대답이 돌아온다.

"유라, 차유라!"

"후훗. 답이 벌써 나왔네. 그렇지? 민재야."

"응…… 근데. 숙모, 미령이라는 애도 진짜루 예쁘다?"

"그렇게 예뻐?"

"응. 그래서 고민돼."

"쿡쿡. 민재는 솔직하구나. 음, 그럼 이건 어떨까? 민재는 로봇하고 민재가 항상 잃어버릴까 가지고 다니는 뽀로로 딱지 중에 하나만 선택하라면 어느 걸 가질 거지?"

"당연히 딱지지. 내가 이거 모으려고 얼마나 고생했는데."

"그래? 왜에?"

"숙모도 참, 것도 몰라? 그거야 엄마 졸라서 힘들게 얻은 거니까 그렇지. 잃어버리면 민재 잠 못 자."

"후후…… 그래, 그런 거야. 소중한 거 생기면 잘 지켜야 하는 거야. 좋아하는 건 많아, 바뀌기도 하지. 하지만 정말 소중한 건 잃어버리면 찾을 수 없어. 잃어버리기 전에 보호하고 아껴 주어야 하는 거야, 알았지?"

"응, 숙모. 유라를 내가 지켜 줘야 하는 거 맞지?"

"그래, 우리 민재 똑똑하구나, 정말."

머리를 쓰다듬어 주는 고희에게 폴짝 안기는 민재였다.

"이건 비밀인데 난 숙모가 제일로 좋아, 나중에 숙모랑 결혼할 거야."

"뭐? 아하하. 그건 우리 둘만의 비밀로 하면 어떨까?"

"응, 비밀 약속!"

"그래, 약속!"


"치이, 핸드폰에 유라 사진 찍어 왔는데. 숙모 미워!"

그 얘기를 들은 재희는 새삼 올케였던 고희를 떠올린다. 언제나 조용하고 부드러운 그녀, 잠깐이었지만 난생처음 질투란 것도 했었다.

어머니 한 여사가 딸인 저보다 그녀를 믿고 의지하는 것이 마땅찮았고, 항상 탐을 냈던 그 반지를 그녀에게 물려주려 했다는 말에 기분이 더욱 나빠졌었다. 나중에 그녀가 받지 않더라는 말을 듣고 고개를 끄덕였었지만.

'고운 사람이었구나. 한결같은 그런 사람이었어. 어쩌면 이기적이고 냉정한 동생 인환과 가장 어울리는 사람이었을지도.'

그녀는 새삼 그런 생각을 하고 있었다.

그때, 슬그머니 사라졌던 강 회장은 서재에 홀로 앉아 있었다. 항상 며느리인 고희가 차를 내왔더랬다. 지켜보고 무엇이 필요한가 귀신같이 파악해 내는 재주가 남다른 아이였었다. 강 회장의 눈꺼풀이 뭔가를 회상하는 듯 살포시 닫혀졌다.


"아버님, 천천히 하세요."
"그래."

안경을 벗어 내려놓으며 강 회장은 이대로 결혼을 지속해도 좋을 것 같다는 생각을 점차 하기 시작했다. 결혼 후 1년이 넘어가던 즈음이었다.

"아가."

"네, 말씀하세요."

"인환이 무뚝뚝하지만 한 번 몰두하면 다른 곳은 보지 않는 외곬이기도 하다. 그러니……."

잘해 보라는 언질임을 알아들은 고희였다. 하지만 잘해보겠다는 허튼 말로 기대를 품게 하고 빌미를 제공하고 싶지 않았다. 그건 또 다른 기만이었기에.

"전 떠날 사람입니다. 그 사람도 저도 그걸 알고 있습니다. 맘 쓰시지 마세요."

그녀의 단호한 대답. 그것으로 끝이었었다.


'아까운 그 아이를 놓아 보내고 후회하면 뭐 하랴.'

인간과 인간이 만나 눈을 마주치고 한솥밥을 먹고 같은 공간에서 이야기를 나눈다. 어떤 이들은 겉치레로만 상대를 대하기도 하지만, 인간이기에 정을 쏟고 부딪치고 애정이 차곡차곡 쌓이게 된다. 의도하든 의도하지 않든 상대의 말에 귀 기울이고 사람이기에 영향을 받는다.

혈연으로 똘똘 뭉쳐진 이기적인 집단인 강 회장 댁에서 객식구로 잠시 머물렀다 떠난 고희였다. 하지만 그녀가 모두에게 미친 영향은 눈에 보이지 않고 잡히지도 않는 무형(無形). 하지만 유형인 그 어떤 것보다 그들에게 큰 반향을 일으키고 있었다.

거의 비슷한 시기에 작고한 인환의 조부 강 회장과 고희의 조부 유 회장은 이를 예견했던 것이다. 동시에 사라졌던 또 다른 한 사람, 한 여사는 안방에서 한숨만 푹푹 내쉬고 있었다.

"어휴, 후우."

가슴이 답답했다. 그 아이를 생각만 하면 맘속에 돌 하나가 얹힌 것만 같았다. 함께 살기 시작한 지 얼마 되지 않았을 때, 고희에게 모질게 시어머니 역할도 했었던 한 여사였다.

납득할 수 없었다. 어찌 키운 아들인데 도둑장가를 들인단 말인가. 고희의 조부인 유 회장과 아무리 친분이 깊다 하기로서니 이렇게 꼭 하나뿐인 손자 혼사를 독단으로 결정해야만 했단 말인가. 인환이 제게 어떤 아들인데……! 억울하고 분한 마음을 억누르지 못하던 때였다.

하지만 일련의 사건을 겪고 나서야 제 옹졸함을 반성한 한 여사였다. 그 일은…….

# 9화

마지못해 아들 결혼식을 치른 한 여사의 맘은 지옥이었다.

시부이신 강 회장의 건강이 좋지 않으신 상태라 뭐라 불만을 제기할 수 없어 가슴이 답답하고 속은 타들어 갔지만, 결혼식 날짜가 잡히자 결국 인환이 두 손을 들고 말았다. 내세울 거라고는 유 회장의 친손녀라는 것 하나뿐, 그 이외에 알려진 고희의 프로필은 정말이지 어디 말도 꺼내지 못할 정도로 참담했다.

남들만큼은 아니더라도 구색은 갖춰야 하지 않은가, 알아보니 가관도 아니었다. 만약 유 회장님 둘째 아들이 급사하지 않았다면 존재를 찾지도 않았을 인물이 바로 고희라고 한다.

이게 말이 되는가 말이다. 상견례도 없이 약혼식도 생략하고 번갯불에 콩 볶듯 결혼을 하다니. 제 아들이 뭐가 부족해 그런 결혼을 해야 한단 말인가.

하지만 한 여사는 표정을 감췄다. 자존심이 상한 것을 누구에게도 들키고 싶지 않았다.

그래도 며느리인 고희가 밉게 보이지 않으려 애쓰는 모습이 가상하고 이제는 제 식구려니 내가 한 수 접어야지 하며 맘을 다독이던 한 여사였다.

그러다 두 사람이 신접살림을 차린 지 2개월쯤 되던 날, 부인들 모임에 참석했다가 열화가 끓어 귀가한 한 여사였다. 그녀가 며느릿감으로 찍어 둔 **그룹의 차녀 민이윤, 그 아이가 정화피혁 장남과 약혼을 한다는 소식을 접하자 놓친 떡이 더 커 보인다는 아쉬움과 아들과 며느리에 대해 꼬치꼬치 묻는 눈치 없는 여편네들 때문에 심사는 배배 꼬이고 말았다.

다녀오셨냐며 공손히 반절하는 며느리가 밉고, 또 이유 모를 화가 치솟자 한 여사는 매운 시어머니 역할을 톡톡히 하고 말았다.

사흘 휴가를 간 박 씨 대신 고희가 혼자 큰집 살림을 하던 중이었다. 그것만으로도 힘든 일이었는데, 시어머니 한 여사의 구박 아닌 구박은 정도가 심해져 가고 있었다. 식기를 모두 삶으라더니 나중엔 가장 힘든 이불 빨래까지 시켰다.

세탁기에 돌리면 그만이지만 강 회장 댁의 이불은 절반은 침대였고 절반은 보료였다. 전통 방식을 고수하는 강 회장 댁 풍습이었다. 일일이 손으로 홑청을 뜯고 손빨래를 하고 바느질을 해야만 했다. 요샌 지퍼가 달린 것도 나왔지만 그래도 손이 많이 갈 수밖에 없는 침구였다.

마르면 풀을 먹여 빳빳이 다려야 강 회장이 잠을 잘 주무신다는 말을 잊지 않고 당부까지 하는 한 여사는 자신이 얼마나 모질고 잔인한 권력을 행사하는지 미처 깨닫지 못하고 있었다. 회사에서는 상사가 권력의 중심이듯 집안에서는 한 여사가 곳간 열쇠를 쥔 막강한 권력의 핵심이었다.

강 회장 부부는 금요일 저녁 제주도로 골프 여행을 다녀온다. 인환은 출장 중이었다. 그래서 이래저래 박 씨에게 휴가를 준 것이다. 하지만 한 여사 그녀가 간과한 것 그건 고희가 하라고 지시한 일에 대해선 최선을 다한다는 것과 자신이 한 일에 대한 결과를 책임지는 성격이라는 점이었다.

이틀, 강 회장 부부가 골프여행을 다녀올 동안 쉼 없이 명받은 임무를 수행하는 고희는 밤이 되어서야 잠을 이뤘다. 잠결에 끙끙 앓는 소리를 내면서…….


부욱. 북.

찰박찰박.

실밥을 뜯고 이불을 커다란 대야에 넣어 애벌빨래를 한 후 맨발로 꼭꼭 밟아 때를 제거하는 수순을 고대로 따라 하는 고희의 몸짓은 쉼이 없었다. 마지막에는 너무 힘이 들고 허리가 뻐근해, 탈수 기능을 1분으로 설정했다. 밤에는 말려진 홑청을 꼼꼼히 다림질을 하고 꿰매는 작업을 한다. 다음 날 같은 작업의 반복.

핑~~!

결국, 잠시 휘청거린 고희였다. 단순 작업인 이불 빨래를 두 분이 돌아오시기 전까지 풀을 먹이고 다림질까지 하려면 시간이 빠듯해서 식사도 거르다 빈혈기가 생긴 모양이었다. 일어나다 현기증에 비틀대던 고희는 잠시 욕실에 기대서 있다.

'돌아오시기 전에 완성해야 하는데, 그래야 새 이불에서 편히 잠을 주무실 수 있을 텐데.'

고희는 아직 남은 호청을 바라보며 소매를 걷어붙였다.

"이렇게 새하얀 이불을 덮고 주무시면 잠이 잘 오실 거야 분명히. 힘내자."

뿌듯했다. 하얗고 빳빳한 면은 몸에 닿으면 말할 수 없는 시원함을 주었고 청량감에 저절로 잠이 올 수밖에 없다 생각하니 맘이 급했다. 자신의 손을 거쳐 재탄생하는 새하얀 이불들을 신기하게 바라보며 놀라고 좋아하실 얼굴을 상상하는 것만으로도 배가 불렀다.

얼굴엔 지우지 못한 피로가 엿보였지만, 그녀는 하던 일을 마무리 지어 갔다. 아쉽게도 그녀는 침대를 사용하기에 실크 소재 침구를 사용하지만 개인적으론 이런 면 재질이 훨씬 맘에 들었다. 잠이 잘 올 것 같았다.

'그 사람도 침대보단 보료가 몸에 좋을 텐데……'

부부라는 법적 제도하에 부부가 되어서인지 고희는 그가 걱정이 되었다. 하지만 제가 뭐라고 그런 제안을 하겠는가. 그리고 그 사람은 남의 말을 들을 사람은 아닌 듯 보였다. 굳은 입매에 강한 기질을 반영하는 짙은 눈썹이 그걸 말해 주고 있었다.

"쓸데없는 데 신경 쓰지 말고 네 일이나 잘해!"

라고 말할지도 모른다. 아니 강인환이라면 분명 그렇게 말하거나 그런 제안을 하는 고희를 위아래로 훑으며 코웃음을 칠 것이라는 생각이 얼핏 들었다. 어머님도, 박 씨도 그를 어려워하는 듯 보였다. 그녀가 생각하기엔 그가 이 집안에서 절대강자로 보였다. 그녀는 잠시 인환에 대해 관심을 가진 제 머리를 콩 하고 두드린다.

'유고희, 그는 남편이지만 네 사람은 아니야. 그걸 잊지 마, 착각하지 마. 다른 남편과 같을 거라고 기대하면 안 되는 거야.'

스스로에게 그렇게 최면을 거는 고희였다. 그녀의 나이 24살. 저도 눈이 있고 귀가 있는데 남편으로 자리한 강인환이 잘난 남자라는 걸, 눈길 가는 남자라는 걸 모르진 않았다. 결혼식 날, 기대하지 않았는데 먹을 것을 챙겨 주지 않았던가. 생각보다, 보기와는 다르게 마음은 따뜻한 사람인지도 모른다는 저만의 망상에 고희는 헛웃음을 지었다. 곧 완벽한 착각이었음을 알게 되었으니까.

눈을 마주치려 하지도 않았고 침실에 들어오는 빈도는 극히 적었고, 식사를 하는 도중에도 그녀보고 밥을 먹었느냐, 왜 함께 먹지 않는 거냐 물어보지 않았다. 철저히 그녀를 외면하는 인환의 행동이 무엇을 의미하는지 영리한 고희는 잘 알고 있었다.

부부지만 마음으로 묶이지 않은 청실과 홍실. 가벼운 말도, 속말도 그 어느 것 하나 쉽지 않아 다가가기조차 겁이 나는 사람이 강인환, 그였다.

하고 싶은 말은 가슴속에 고여 차곡차곡 쌓여만 가는데, 남편이라는 사람은 언제나 등을 돌리고 자신의 길을 찾아갈 뿐. 그녀는 2년이란 긴 고독의 그물에 갇힌 철저한 이방인일 뿐이었다.

자꾸만 바라보아졌다. 강한 어깨에 기대고 싶을 때가 한 번도 없다고 말한다면 그것은 거짓말일 것이다. 하지만 곁을 내주지 않고 외면하는 그에게 품었던 희미한 기대는 금세 사그라들었다.

푹.

착착.

구슬땀을 흘리며 고희는 잡념을 상쇄시키려는 듯 열심히 한 가지 일에 몰두했다. 조부의 건강이 악화일로로 치달을 즈음이었다.

"이게……."

한 여사는 대경실색한다. 설마 그 많은 빨래를 다 해 두었을 줄 꿈에도 생각지 못하였다. 하다가 말겠지 생각했던 그녀는 사람 손을 타 깔끔하게 마무리된 이불을 바라보며 입을 다물지 못한다.

한 여사의 눈이 고희의 모아진 두 손으로 향했다. 저 미련하고 아둔한 것이 하란 대로 다 한 모양이었다. 이곳저곳 생채기가 나 있었고 손가락은 대체 몇 번이나 바늘에 찔렸는지 반창고가 덕지덕지 붙어 있었다.

한 여사의 시선이 손에 머물자 그 아이가 변명이랍시고 중얼거린다.

"다음번엔 훨씬 익숙해질 거예요. 어머님, 빨래가 하얗게 되면 제 마음도 깨끗해지는 것 같아 기분이 좋았는걸요?"

말갛게 웃으며 저를 안심시키려는 며느리 유고희였다. 자신도 사람인데, 자신도 딸을 키운 어미인데, 이런 상황이 익숙하겠는가, 애잔하지 않았겠는가.

"어머니, 점심은 좋아하시는 열무국수 할까요? 드시면 식기를 소독할게요. 그것까지는 아직 못 했어요. 죄송해요."

"이, 미련한 것! 이, 아둔한 것!"

"어머니?"

"시킨다고 그 많은 걸 다 해? 시어미 독하고 모질다는 오명을 씌우려 아주 작정을 한 게로구나. 이렇게 며느리 구박한다 자랑이라도 하고 싶었니? 그래?"

"아니에요. 제가 생각이 짧았습니다. 전 기쁘게 해 드리고 싶어서 잘못했어요."

"아니긴 뭘 아냐? 그 손은 어쩌다가 그렇게……."

한 여사는 뒷말을 끝내지 못하고 등을 돌려 휑하니 나가 버리고 말았다. 그리고 홀로 방에서 눈물을 훔치고 있었다. 제 자식 귀한 줄 알면 남의 자식도 귀한 줄 알라던 어른들의 말씀을 잠시 망각했었다.

시집 보낸 딸 재희, 설거지 한 번 시키지 않았다. 아무리 딸과 며느리가 다를지라도 이리 처신하는 건 잘못임을 인정한 그녀는 그날 이후, 고희에게 살갑게 대하기 시작했다. 마음을 연 것이었다.


'새아가, 잘 지내누?'

언젠가 주려던 보석을 만지작거리며 한 여사는 고희를 떠올리며 그리워하고 있었다.

어느새 제 마음에 날개를 달고 살포시 내려앉은 나비 같던 아름다운 아이. 김장을 가져다줄 때 한참을 서서 배웅하던 그 예쁜 아이. 서로 엎치락뒤치락 부대끼며 의미가 되고 기쁨이 되었건만 이젠 남이 되었다 하여 부르는 것도 허락되지 않는 며느리. 법적으로 고부간이 아니기에, 미안하고 또 미안하기에 자주 전화를 걸어 볼 수도 없었다.

그 아이의 온기를 아직도 기억하는데 덩그러니 방 안, 손때 묻은 보료에 앉아 가슴만 끓이는 한 여사였다.

"미안하구나. 내가 참, 네게 미안하구나."

서러운 처지의 아이를 보듬지 못하고 보내니 좋은 것을 먹어도, 좋은 곳을 구경해도 허기가 졌다. 한 줌 손에 거머쥔 인생, 태어나자마자 손가락 사이로 빠져나가면 놓쳐 버린 행복을 다시 움켜쥐기 위해 인생을 살아간다는 누군가의 말처럼 한 여사에겐 고희가 놓쳐 버린 네 잎 클로버이자 버리지 못할 의미 있는 존재였다.

같은 시각, 고희도 한 여사를 그리워하고 있었다. 몸이 아파 병원에 입원한 지 이틀째, 내일 퇴원 예정이었다. 돌아가지 않고 곁에서 밤을 새우려는 서준의 등을 떠밀다시피 해 돌려보내고 병원 침대에 홀로 누워 있었다.

*"대신 내일 올 때까지 무조건 안정하고 잠을 자 둘 것. 약속해."*

*"네, 그럴게요."*

혼란스러웠다. 이미 모든 것이 끝났는데도 서준을 보면 마음을 받아들이기 머뭇거려졌고 자꾸만 연희동의 그들이 생각났다. 미안하고 죄스럽고. 이젠 며느리도 누군가의 아내도 아닌데, 그런데도 완전히 벗어날 수 없었다.

서준, 그가 다정하면 다정할수록 다가오면 다가올수록 꼭 바람피우는 여자가 된 것 같은 생각을 품는 제가 낯설었고, 이름만 남편이었던 인환이 떠올라 마음은 편치 않았다.

아직 이혼서류에 잉크도 마르지 않아서인 건가?

그녀는 뒤섞이는 생각들을 머리를 흔들며 떨쳐 내려 애쓰고 있었다.

어느새 이별(離別), 우연한 만남은 결국 이별로 종지부를 찍었다. 한 지붕 아래에서 희로애락을 함께한 탓으로 헤어짐을 대비하였음에도 불구하고 슬픔이 겹겹이 쌓여 눈물짓게 했다.

흘러 버린 시간을 잡을 수 없듯이 단속하지 못한 감정은 굳게 걸어둔 빗장을 열고 어느새 흘러 흘러 생각은 여전히 그곳에 닿는다. 사람이 그립고 추억이 아련해 그들을 놓는다는 사실에 눈빛이 어두워져 갔다.

'빈자리를 무엇으로 채워야 할까, 떠나 이렇게 아쉬운 마음이 들 줄 알았다면 덜 잘 할 것을, 조금만 마음 줄 것을.'

고희는 추운 듯 두 팔로 몸을 감싸 안는다. 겨울, 가지지 못한 자들이 싫어하는 계절이 다가왔다. 입동(立冬)이었다.

어여쁜 한 마리 나비가 되어 자유롭게 훨- 훨- 날아다닐 수 있다면 그곳에 다시 가 보고 싶다. 깃 접고 머물었던 그곳, 그곳에서 안온하고 행복했었다.

망각이라는 신의 선물로 잊히지 못할 일 아무것도 없다 하지만, 지금 내가 있는 현실에서 영원히 지워지지 않을 것 같은 기억, 그건 사람에의 목마름과 그리움이기에 중독처럼 자신의 마음을 잠식한 그들을 오늘도 불러 보고 있었다.

보고 싶다.

어머님,

아버님,

민재…….

그리움은 독이 되고 정은 넘치는 바다가 되어 그들을 영속시키고 있었다. 단칼에 끊어 내 버리지 못하는 인연이라는 고리가 그들을 단단히 묶고 있다는 것을 알지 못할 때였다.

혈연이라는 거창한 이름이 아니더라도 완전히 타인인 사이일지라도 이미 고희 그녀와 인환의 집안사람들은 서로의 맘 깊은 곳에 자리를 만들어 버리고 말았다.

탁. 탁.

작지만 신경을 거스르는 소음. 그건 인환이 손가락 끝으로 책상을 톡톡 두드리는 마찰음이었다.

그의 손엔 뜻하지 않은 부상으로 거머쥔 발레 공연표가 들려 있었다. 표를 하도 들여다봐서 시간과 장소, 좌석번호까지 완전히 외워 버린 인환이었다.


세종문화회관 -○○14년 12월 22일 토요일 5시 로열석.


삐이.

-네, 사장님.

"이번 주 토요일 일정이 어떻게 되지?"

-네, 한국 경제인 연합 모임이 인터콘티넨털 호텔에서 열릴 예정입니다.

"그래? 그 일정 뺄 수 있나?"

-네? 취소하라는 말씀이세요? 하지만 그 모임은……..

"취소가 어렵다면 나 대신 참석할 사람을 알아봐요. 아무래도 그날 바쁠 것 같으니까."

-알겠습니다.

인환은 머뭇거렸다. 하지만 결혼 당시 고희가 발레 공연을 보고 감동해 울었던 모습이 뇌리에 박혀 떠나질 않았다.

결국 발레에는 별 흥미 없는 그이지만 고희와 참석하기로 결심하고 휴대폰을 들었다.

따르르르.

-와, 정말 빠른데요. 벌써 도서관이에요?

"……."

-여보세요?

"나야.

-아……! 미안해요. 다른 사람인 줄 알았어요. 무슨 일이세요?

인환은 못마땅했다. 나긋나긋한 그녀의 음성, 아이스크림처럼 녹는 고희의 목소리였다. 그런데 건 사람이 자신이라고 밝히자마자 목소리가 왜 딱딱하게 변하는가 말이다.

"어디지?"

-밖이에요. 말씀하세요.

고희는 제가 병원에 입원해 있다는 사실을 감췄다. 그래야 하니까. 동정받고 싶지 않았다. 잘 사는 모습을 보여 줘야 하는데 이런 모습을 보면 뭐라고 생각하겠는가.

마침 인환도 며칠 전부터 그녀를 미행하는 사람을 철수시켜 그 사실을 알 수 없었다. 아파트도 안전하고 대학과 집만 오고 간다는 보고가 끝이었다.

마음은 좀 더 지켜보라고 지시하고 싶었지만 집착하는 제 모습이 낯설었고, 이제 인연의 고리를 끊어 내야 할 때라고 생각했다. 하지만 목소리만 들었을 뿐인데 울컥 치밀어 오르는 건 무엇 때문인지.

"망년회 부상으로 받은 발레 티켓이 나에게 있어."

-발레 티켓요?

"그래. 공연을 즐기던 게 기억나더군. 독일 슈트르가르트 발레단표야."

-슈트르가르트라고 했어요?

"그래."

고희는 침대에서 몸을 바로 세웠다. 일생 한 번 볼 수 있을까 말까 하는 공연이었다. 명성만 들어 보았지 직접 볼 수 있는 기회가 있으리라고는 생각도 못 한 그녀였다.

# 10화

입원한 날부터 서준은 꾸준히 찾아와 극진히 돌봐 주었다.

모든 것을 다 갖춘 전남편 인환과는 전혀 다른 사람, 가진 것이라고는 창창한 미래와 건강한 신체뿐. 그것이 고희가 쳐 둔 무장을 해제하는 열쇠로 작용했다.

어쩌면 저와 같이 외롭고 힘든 시간을 홀로 견디었을 사람 한서준, 그도 인간의 속성 중 가장 기본인 혼자 아닌 둘이 되고 싶은 것은 아닐까, 지치고 힘겨울 때 누군가가 필요한 사람이 아닐까라는 생각이 들자 죄의식은 점점 바래져 갔다.

베푸는 사람으로서의 충만감이 여실히 나타난 그의 얼굴을 보며 섣부른 거절과 밀어냄으로 그의 마음을 아프게 하고 싶지 않았다. 아니, 그러다 오해하고 멀리할까 두려웠다는 말이 진심이었다.

위기에 나타나 찾고 저를 살펴 준 사람. 명이 이외에는 친구 하나 없이 쓸쓸하고 외로웠던 그녀였다. 그녀의 속 좁은 생각과 우려를 아는지 서준은 우선 친구부터 하자 제안해 온다.

"이제부터 친구 하는 거야, 유고희. 알았어? 그러니까 감추고 숨기고 하는 일 없기. 편하게 전화하기, 어려운 일 생길 때 내가 무조건 네 편이 돼 줄 테니까."

남녀 사이에 친구가 가능한가의 문제에 yes, no로 확실한 답을 할 수 없는 고희였다. 그녀도 알지 못하니까. 장담하지 못하겠으니까.

하지만 어두웠고 외로웠던 삶에 한 줄기 비치는 서광처럼 주위가 환하게 밝아지는 것 같은 착각이 들었다. 그것만으로도 삶의 여유가 생겨 버렸다.

"바쁘잖아요."

"그래, 바빠. 요새 같으면 몸이 열 개라도 부족해. 하지만 네가 부르면 언제든 달려올게."

왜요? 고희는 묻고 싶었지만 입으로 삼킨다. 어떤 대답이 나올지 두려웠다. 네가 안쓰럽다고 네가 신경 쓰인다고 네가 불쌍해서 그렇다고 하면 어쩌란 말인가. 고희가 가장 싫어하는 단어가 동정이었다. 그건 어릴 적부터 넘치도록 받았으니까. 너무 많이 받았으니까.

"어머, 어머, 저 아이가, 그……."

"그렇다네요. 얼굴은 말끔한 게 엄마 닮았네요."

"듣자니 새아빠라고 하던데요?"

"그런가 봐요. 말이 새아빠지, 결혼도 안 했다던데요?"

"애가 무슨 죄가 있어요, 모두 어른들이 잘못이지. 참, 안되었네요."

말문이 트였을 때부터 들려오는 말들과 가엾다며 동정하는 시선들에 노출된 고희였다. 어려서부터 또래 아이답지 않다느니, 애늙은이 같다느니, 누굴 닮아 인물값 하겠다느니 그런 말들을 주워듣고 칼칼한 목 안으로 삼키며 조용히 인형을 가지고 구석에서 놀던 아이가 바로 고희였다.

동정심이라면 넘치도록 듣고 받았으니까. 그러니까, 더는 받고 싶지 않았다. 한서준, 그에게는 더더욱.


퇴원 날, 고희는 작은 가방을 손에 들고 어깨를 부축해 주는 따스한 손길과 함께였다.

'함께 걸어가는 길에 이렇게 다른 느낌이구나. 날 걱정하는 누군가가 곁에 있다는 것이 이런 느낌이구나.'

안도감이 가슴을 가득 채우고 안온함을 부여했다. 첫눈, 하얗고 차갑게 이미지가 굳어진 눈이라는 매개체는 오늘만은 포근한 이미지로 와 닿았다.

"눈이 따스해요."

고희의 말은 그에게 홀로 외롭고 힘이 들었다란 말로 들리기에, 서준은 가만히 고희의 손을 쥐어 왔다.

"추웠었구나. 그동안, 나처럼."

단정하듯 말하는 그의 말은 그녀가 느꼈던 아픔을 그도 겪었다는 것을. 그저 느껴졌다.

고희는 그저 위로의 말이 아니라 경험에서 우러나온 감정이라

는 것을 깨달았다. 두 사람은 닮은 사람들이었던 거다. 고희는
동정이 아닌 서로 공감하고 위로가 된다는 차원에서 긍정하며
고개를 끄덕였다.

"네. 추웠나 봐요, 선배처럼."

"내가 네 곁에 있을 거야. 네가 가라고 하지 않는 한. 그러니
응석도 부리고 애교도 부려. 알았어? 너는 애늙은이 같아."

"네? 애늙은이요?"

"넌 나이답게 굴어야 해. 그럴 필요가 있어."

"선배."

"도움을 구할 줄도 알아야 해. 혼자 모든 것을 할 수는 없어.
혼자 살 수 없는 것처럼. 너 쓰러지는 거 두 번 보고 싶지 않아.
내가 자책하는 거 보고 싶지 않으면 알아서 처신해라, 알겠냐?"

머리를 가만히 쓰다듬어 주는 손길과 낮은 음성을 고희는 평
생 잊지 못한다. 고맙고 편한 선배로 자리매김하기 시작했다.

인환, 그와는 달리 서준은 함께 있으면 너무 편했다. 너무도
다른 느낌이었다. 인환과 함께 있으면 그의 확연한 존재감과 날
카로운 눈빛 때문에 몸이 떨렸고 긴장으로 신경이 예민했었다.
성적 긴장감, 그것도 물론 두 사람 사이에 존재했었다. 만약 인
환이 술에 취하지 않은 채 그녀를 유혹했다면 그래도 그를 거절
했을까? 라는 의문에 대한 대답은 아직도 명확하지 않았다.

❖

강인환, 그는 이혼 후 얼마 되지도 않아 여자를 소개받았다. 그를 탐내는 사람들은 지천이었고 여자들 또한 한 번 결혼했던 그의 이력을 신경 쓰지 않았다. 아이도 없었기에.

대향그룹의 막내딸 윤소연, 그보다 10살이나 아래인 여자는 영국 음대를 졸업한 재원에 꽤 미인이었고, 자신감이 넘쳤다. 너무 넘친다는 게 눈살을 찌푸리게 했지만 그 정도는 그녀가 가지고 있는 집안 배경, 외가 쪽이 정재계 인사, 그리고 법률에 종사하고 있는 인물들이 대다수인 점을 감안한다면 참을 수 있을 정도였으니 문제가 되지 않았다.

그의 다음 상대자로 물망에 오른 그녀는 그가 참석하는 곳마다 나타나 눈도장을 찍기 시작하였고, 인환은 그런 그녀를 방치하고 있었다. 그리고 방치한다를 싫지 않다는 뜻으로 받아들인 소연은 한껏 고무된다. 자신의 매력과 젊음으로 그를 함락시킬 자신이 있는 그녀였다.

하지만 인생이란 뜻대로 흘러가지만은 않았다. 다른 방향으로 달리는 기차의 레일, 절대 만날 것 같지 않은 두 순환선은 급작스러운 궤도 수정으로 몸살을 앓게 된다.

강인환, 그의 궤도 이탈이었다. 아이러니하게도 소연의 밀어붙임과 자신만만함이 오히려 그로 하여금 고희를 떠올리게 하는 결과를 불러온 것이다.

무심히 지나쳤던 것들, 쉽게 잊히리라 생각했던 소소한 일상들이 하나둘 기억의 회로를 열고 아무 때나 튀어나와 그를 당황하게 만들었다.

일상 속에 언젠가 와 봤던 곳인 것 같고. 언젠가 해 보았던 일인 것 같고. 언젠가 누군가에게 비슷한 말을 들었던 것 같은 고개를 갸우뚱하게 만드는 착각. 그건 카오스 이론의 나비효과였다. 어떤 일이 시작될 때 있었던 아주 작은 변화가 결과에서는 매우 큰 차이를 만들 수 있다는 이론. 지금처럼 말이다.

"인환 씨, 우리 여행 가요. 겨울이니까 스위스 어때요?"

"아직 그럴 만한 사이는 아닌 걸로 압니다."

"재미없어요. 이미 알 만한 사람들은 다 아는 일인데 남의 눈을 의식하는 건가요?"

애교 섞인 비음을 섞어 가며 몽롱한 눈빛을 보내는 소연을 그는 가만히 지켜봤다.

당돌하다 못해 지나침. 그로 인해 기분이 나빠졌다. 자신을 여자에 환장한 놈으로 보는 것인가. 먼저 여행을 가자고 할 만큼 친숙한 사이도 아닌데, 제안을 쉽게도 하는군.

그는 뒷맛이 씁쓸했다. 쓴웃음이 나왔다.

'그녀 같으면 평생 입에서 나오지도 못할 말일 텐데.'

흠칫, 인환은 어느새 고희와 소연을 비교하고 있었다. 그러니까 비교한 처음이 언제였더라?

늦도록 회사에 남아 있는 그를 연락 없이 다짜고짜 찾아온 소연은 호텔에서 주문한 걸로 보이는 휘황찬란한 음식들을 테이블에 펼쳐 세팅했다. 척 봐도 몇 십만 원짜리 저녁이었다.

자주 접하는 음식이기에 예의상 몇 번 젓가락질을 한다. 인환의 젓가락질이 시원스럽지 않자 소연의 표정이 시무룩해졌다.

"맛없어요? 특별 주문한 건데."

"맛있습니다."

마지못해 응수하는 인환은 속으로 짜증을 삼키고 있었다.

"그렇죠? 이 호텔 주방장이 이태리 경연 대회에서 수상한 경력이 있어요. 셰프로 유럽 음식 박물관에서……."

소연의 길고 긴 의미 없는 요리사의 수상 경력을 읊어 대는 말, 집중이 되지 않고 먼 나라 이야기처럼 들렸다.

'시끄럽고 정신 사납군. 조용히 혼자 있고 싶어.'

인환의 본심이었다. 소연이라는 여자는 무슨 할 말이 그리도 많은 건지 듣는 둥 마는 둥 하던 그가 젓가락을 소리 나게 테이블에 놓는 걸 보고서야 지껄임을 멈추었다.

"입맛에 맞지 않나 봐요. 혹, 식사한 건가요? 다음엔 직접 그 셰프가 요리해 주라고 말하는 게 좋을 것 같네요. 회사에서 먹으니 맛있겠어요? 환경이 중요한데 그걸 간과했네요. 그렇죠?"

조용히 입 다물 줄 아는 여자, 기다려 줄 줄 아는 여자, 남의 말을 경청할 줄 아는 여자, 그리고 슬프게 웃음 짓던 여자가 생각이 났다. 자꾸만 생각이 났다. 왜? 그녀는 셰프를 부르지도 비싼 돈을 들이지도 않았는데, 그런데도…… 맛이 있었다.

음식은 간이 좌우한다. 그걸 손맛이라고 표현한다. 하지만 그녀는 일류 요리사도 아니었고 평범한 여자였지만 맛깔스럽게 음식을 담아내었었다. 물론 한 여사의 지도 편달이 있었겠지만 음식을 정성 들여 만들고 맛나게 먹는 모습을 흐뭇하게 바라보던 여자였다.

모처럼 쉬는 가을의 문턱, 일요일 아침.

그의 기억에 자리 잡은 한 조각의 빛바랜 추억.

누나 재희가 모임이 있다고 본가에 민재를 맡겨 두고 떠나 버리자 고 조그마한 게 하루 온종일 신경질을 부리며 난동을 피워 댄다. 조카만 아니면 머리를 쥐어박고 싶을 지경이었다.

하지만 고희 그녀는 아이가 답답한가 보다며 남자아이니 바깥 놀이를 시켜 주어야겠다고 가까운 공원으로 아이를 데리고 나가 겠다고 했다. 나갈 때에도 아이의 눈높이에 맞게 김과 깨와 참기름으로 버무린 꼬마 주먹밥과 샌드위치, 과일주스를 갈아 보온 병에 넣어 가져갔다.

처음엔 그들을 공원에 내려 주고 돌아오려던 계획이었지만, 푸른 하늘과 오랜만에 맞는 시원한 바람이 그를 머뭇대게 했다.

"민재야, 뭐 먹을래?"

"샌드위치."

샌드위치는 감자 으깬 것과 당근 작게 자른 것밖에 들어 있지 않았는데도 맛있었다. 하지만 당근은 싫기에 몰래 옆으로 뱉던 동작을 하던 인환은 하마터면 혀를 깨물 뻔했다.

"안 돼요. 당근이랑 야채 다 먹지 않으면 삼촌처럼 키가 크지 않을 거예요. 그리고 숙모 너무너무 슬플 거예요. 숙모는 골고루 먹는 아이가 좋더라."

"히잉, 당근 싫은데……."

눈치 보던 인환은 몰래 뱉던 동작을 멈추고 한 입 삼켜 봤다.

먹기 좋게 썬 당근의 싱싱한 질감이 아삭 씹혀 왔다.

"천천히 드세요. 당근은 소화가 잘 안 돼요. 샌드위치 좋아하시지 않으시잖아요."

"알고 있었군."

"조금만 관심을 기울이면 쉽게 알 수 있는 일인걸요."

살포시 웃는 그녀를 보며 문득 인환은 자신이 그녀를 얼마만큼 아는지 궁금해졌다. 그러고 보니 식탁에 앉아 밥 먹는 걸 못 본 것 같은데…….

그녀가 보온병에 담아 온 홍차를 내밀었다.

"홍차라고?"

"인환 씨처럼 태양인 체질은 차가운 것 먹으면 탈 나요."

그랬다, 자신은 차가운 게 맞지 않았다. 그걸 고희가 알고 있음에 인환은 기분이 묘해진다.

"따뜻한 음식은 몸을 보호해 줘요. 샌드위치 속 양배추가 차가운 성질을 가졌으니까 홍차가 중화를 시켜 줄 거예요."

조용히 설명하는 그녀는 아름다웠다. 그렇게 느껴졌다. 어느새 오수에 빠진 인환은 가까운 듯 멀리 민재와 고희의 즐거운 듯한 웃음소리를 듣고 있었다.

"아하하. 숙모, 거기, 거기!"

공을 주고받으며 아이와 여자가 까르르 웃고 있었다. 휴일의 한가로운 풍경, 그늘이 주는 시원함, 길고도 짧은 30분이라는 오수의 시간. 추억을 시간 위에 덧입히고 시간은 빠르게 흘러가기 시작했다.

나무 사이로 비추는 햇살은 더 이상 따갑게 느껴지지 않았다. 푸른 초목과 한낮의 태양은 서로 의미심장한 눈빛을 교환하며 눈 맞춤을 하고, 다정한 한때는 무의식이라는 기억 속에 무섭도록 제자리를 찾아 저장되었다.

아름답다고만 느꼈던 푸른 기억은 잊히지 않는 순간이 되어 기억이란 회로 속에 깊숙이 저장되었다가 어스름하게 하늘이 색칠을 바꾸고 그림자 자욱해질 무렵이면 갑작스레 튀어나와 두텁게 무장한 갑옷을 뚫고 말랑한 속살을 내비친다.

함께하는 공간에서 그들은 숨결을 얽고 눈빛을 교환하고 호흡과 숨결을 나누고 있었다. 한정된 시간 속에 굳어진 그들의 관계는 이미 어그러져 가고 있었다.

'왜 그 시간이 기억나는 걸까? 내게 특별한 의미가 있었나? 왜 자꾸 소연과 그녀를 비교하는 것인가.'

스스로도 명확한 해답을 찾지 못한 채 인환은 갈피를 잡지 못하고 흔들리고 있었다.

왜? 왜 널 떠나보냈는가? 왜 널 떠올리고 있는지 모르겠다. 정말 뭐가 뭔지 모르겠어. 수학공식이나 화학공식같이 정해진 답이라면 단박에 외우고 정답을 맞힐 수 있는데, 틀렸다고 말한다면 수긍할 수 있는데, 내 마음이 근래에 왜 이리 복잡한지 알 수 없다.

미련이 남아 있는 사람처럼 멍청이처럼 구는 내가 참으로 바보스럽기까지 하다. 왜 내 마음속에서 지워지지 않는 것인지, 왜 웃고 있어도 웃음이 나오지 않는 것인지, 홀가분하지 않은지 이유를 찾을 수 없다. 이제 너와 나 상관없는 사람인데 그걸 떠올리면 가슴이 콱 막힌 듯 숨을 쉴 수가 없다.

인정할 수 없다. 내가 너 때문에 흔들리는걸. 그토록 단속을 철저히 했는데도 불구하고 작은 틈을 비집고 어느새 자리를 잡아 버린 너란 존재. 이제 와 뭘 어떻게 하면 좋을까.

내가 놓아주어 행복하게 잘 사는 모습을 보면 맘 편할 줄 알았는데 정반대다, 정반대. 가슴이 따끔거리고 명치끝이 아릿하다. 이대로 잡을 수 없는 곳으로 훨훨 날아가 버릴까 봐, 영영 날 외면할까 봐 초조해진다.

"유고희……."

그의 본심, 인환이 마음을 조금씩 조금씩 흘리고 다닐 무렵이었다.

고희는 넋을 놓은 채 나탈리아 오시포바가 주연인 공연을 감상하고 있었다. 그녀의 모습을 이렇게 가까이서 볼 수 있다니 가슴이 벅차 말로 다 표현할 수 없었다.

로열석에 앉을 때까지만 해도 맘 편하지 않은 그녀였다. 서준과 동행하기로 한 약속이 틀어지자 실망감은 이루 말할 수 없이 컸다. 괜찮다고 잘 다녀오라고 했지만 고희는 일주일 내내 설레었던 맘이 바람 빠진 풍선처럼 사그라지면서 기운까지 빠졌다.

이런저런 이유로 졸지에 동행자는 전남편 강인환이 되어 버렸지만 공연을 보는 현재, 그 어떤 생각이 나지 않을 정도로 그녀는 춤에 몰입하고 있었다.

나탈리아 오시포바, 언젠가 동영상으로 본 그녀의 연습 모습. 날고 있었다. 날아오르고 있었다. 새처럼 훨훨 높이 더 높이. 그날 이후 그녀의 작품 모두를 구해 보았고 흉내도 내보았다.

사진과 앨범은 귀에 딱지가 앉을 정도로 보고 들었었다. 그녀의 공연이 막을 내리자 한참을 황홀경에서 헤어 나오지 못하는 고희였다. 눈빛은 꿈꾸는 소녀처럼 빛나고 있었고 얼굴엔 홍조가 물들어 있었다. 공연보다 그녀 모습이 더 흥미가 있어 지켜보는 재미가 쏠쏠한 인환이다.

'몰두하는 모습이 열 살 소녀 같군.'

눈앞에 감정을 드러낸 그녀는 제가 알던 유고희가 분명 아니었다. 막이 내려지고 한참이 지났지만 의자에 붙어 일어날 줄 모르는 그녀는 감동의 여운으로 정신을 차리지 못하는 것 같았다. 그 모습에 인환은 오늘 일정을 뺀 자신의 선택을 후회하지 않았다.

"즐거웠나?"

"네? 아, 네. 그럼요, 정말 멋지지 않아요? 점프 높이 봤어요? 파트너의 도움 없이 가장 높이 오르는 발레리나 중 한 명이에요. 그녀가 주연을 맡은……."

열심히 발레리나에 대해 설명하는 고희를 보며 인환의 입가에 흐뭇한 미소가 걸린다.

"즐거웠다니 다행이군. 자, 나가지."

"에? 아, 네."

그제야 주위를 살핀 고희는 모든 사람이 밖으로 나가고 인환과 저만 남아 있다는 것을 알게 됐다. 현실로 돌아온 것이다. 고마웠다. 처음으로, 강인환 그에게 진심 어린 고마움을 느낀 고희였다. 이제 남이니까 인사치레일지라도 분명히 밝혀야지, 말을 해야지 싶어 기회를 엿보는 고희였다.

"야아, 강인환. 공연 보러 온 거야? 연락 좀 하고 살자."

인환을 큰 소리로 부르는 남자는 그의 친구 민창혁 박사였다. 그는 오랜 기간 미국 병원에서 집도하다 이번에 귀국했다고 한다. 그도 파트너를 동행하고 있었다.

"안녕하십니까? 저는 이 녀석 불알친구 민창혁입니다."

"아, 네."

"하하. 들었습니다. 고희 씨죠?"

"……네."

"자자. 여기서 이러지 말고 조인하자, 괜찮죠? 고희 씨?"

"네? 저기."

"같이 가는 겁니다. 물론 제가 냅니다, 인환아, 내 차 뒤따라와라. 프랑스 식당 라볼류 알지? 거기야."

"창혁이, 너."

"따라와."

그는 파트너와 함께 저만치 앞서 가 버린다.

"어쩌죠?"

"갑시다."

고희는 자리가 불편하다. 하지만 그의 입장이라는 게 있었다. 민창혁, 그는 식사 내내 고희와 인환을 배려했고 농담도 하며 대화를 이끌어 갔다. 유쾌한 사람이었다. 인환은 고희가 긴장한 것을 아는지 그녀가 눈치채지 않을 만큼 이것저것 신경을 쓰며 챙기고 있었다.

민창혁은 그런 두 사람을 보며 싱긋 웃었다. 그는 이미 두 사람이 헤어진 사실을 전해 들었던 것이다.

'자식, 그게 이혼한 전처를 바라보는 눈이냐? 이 자식 바보 아냐? 츳.'

혀를 차는 창혁이었다. 강인환 그가 누구인가. 태어날 때부터 금 수저를 물고 모든 신의 사랑을 받은 지독하게 잘난 놈이 바로 그였다. 어려서부터 갖출 것 다 갖추는 퍼펙트 한 놈. 거기다 동물의 세상인 수컷 영역에서도 월등 유전자에 속해서 싹수없고 밥맛없이 굴어도 여자들이 줄줄 따랐다. 물론 인환은 거들떠도 안 봤지만, 그런 놈이 저런 눈으로 여자를 보고 있었다.

인환의 유명한 일화도 있다. 언젠가 여자 한 명이 인환에게 맘을 받아 주지 않는다면 죽어 버리겠다고 한 적이 있었는데 이 자식의 반응은 쇼킹 그 자체였다.

"그럼 죽어. 바쁘지 않으면 문상은 갈게."

그랬던 놈이 저런 눈으로 여자를 바라보는 날이 오다니 역시 세상은 살아 볼 일이다. 발레 공연장에서 마주칠 때만 해도 설마 했었다. 발레 이런 거 싫어하는 녀석이 부러 시간을 내 공연을 보러 왔다고 한다. 그것도 이혼한 전처와.

여자를 안 보는 듯하면서 작은 몸짓에도 반응하는 인환을 보며 창혁은 제 눈을 의심하고 있었다. 더 기가 막힌 건 저 녀석이 제 마음도 모른다는 것이었다.

'도와줄까? 미국서 결혼했다는 소식엔 그런가 보다 싶었는데, 그것만이 아니었던가 보군.'

유고희라……. 이놈에겐 딱 어울리는 여자 같았다. 아집 강하고 지기 싫어하고 세상이 자기중심으로 돌아간다 믿는 철저히 자기 본위 강인환에겐 뭐랄까, 마음을 끌어당기는 은근한 매력을 가진 고희가 썩 잘 어울려 보인다.

"입에 안 맞아?"

"아니에요. 맛있어요."

"다른 거 시켜 줄까?"

친구 앞이라서인 건가? 인환은 평소보다 친절했고 부드럽고 다정했다. 고희는 이상한 느낌이 들었다.

"정말 괜찮아요, 신경 쓰지 마요."

여자의 조곤조곤한 목소리가 사람을 차분히 가라앉게 만들었다.

'쉽지 않은 여잘 골랐군. 그래, 어디 강인환 네놈을 자극해 볼까?'

"고희 씨."

"네."

"지금은 뭐 하시는지 물어봐도 될까요?"

"대학원에 다녀요."

"어디 대학원인가요?"

"○○대학 국문학과예요."

"그렇다면 혹 민인섭 교수님 알아요?"

"네, 과 교수시잖아요."

"제 당숙 되십니다."

"어머, 그러세요?"

대화를 이어 가는 두 사람, 인환은 제가 소외된 느낌에 뭔가 부글거렸다. 그 모습을 보며 민 박사는 웃음을 겨우 참았다.

얼마 후, 여자들과 함께 고희도 잠시 자리를 비웠다.

"고희 씨 아름다운데?"

"그래."

"고희 씨랑 갈라선 거 확실하지? 혹시 사귀는 사람 있냐?"

"그게 너와 무슨 상관인데!"

그의 언성이 평소보다 높아졌다.

"아니, 관심 가지지도 못하냐? 자식, 민감하긴. 너, 혹시?"

"혹시 뭐?"

"에이, 아니지? 그렇지?"

얼굴이 굳어져 가는 친구 인환을 놀려 먹는 재미에 맛들인 민 박사는 속으로 고소해한다.

"고희 씨 말이야. 인……."

"그만해."

으르렁대는 인환이었다.

"야, 왜 그래? 너답지 않게 흥분하고 말이야."

"함부로 입에 올릴 여자 아니다."

"왜? 이혼했지 않냐? 그럼 이제 자유의 몸이."

"이 자식이 그래도!"

순간이었다. 멱살을 잡힌 민 박사는 그의 흥분한 얼굴과 힘이 잔뜩 들어간 팔을 번갈아 보며 빙글빙글 웃는다.

"알았다, 알았어. 이 손 좀 놔라, 숨 막혀 죽겠다. 잘못했단 목 졸려 죽겠다, 인마."

"아……."

다가오던 고희는 두 남자의 행태에 깜짝 놀란다.

"왜 그래요?"

"하하. 별거 아닙니다. 놀라지 마세요. 남자들은 이렇게 놀면서 친해지거든요. 안 그러냐, 강인환?"

다시 대화를 나누어도 인환의 굳은 인상이 펴지지 않자 가만히 바라보던 그녀가 그에게 팔을 뻗었다. 고희가 불안한 건지 팔을 뻗어 그의 팔을 가만히 잡아 왔다. 아무 말 없는 자연스런 행동, 인환이 자신의 팔 위에 놓인 그녀의 손과 얼굴을 번갈아 바라보자 그녀가 살며시 웃음 지어 줬다.

인환은 화가 가라앉음을 느낀다. 토닥토닥, 겹쳐진 그녀의 팔을 두드려 줌으로써 그는 자신이 이제 안정을 찾았음을 알려 주었다. 고희가 안심한 듯 희미한 미소를 짓자 그를 바라보는 인환의 눈에 따스한 불이 켜졌다. 그런 두 사람 모습을 안경 너머로 민 박사가 지그시 바라보고 있었다.

'사자를 조련하는 유고희라. 쿡, 고생문이 훤하군. 여자 발치

에 엎드린 너를 축하해야 하나? 여하튼 축하한다. 지옥 속으로 들어선 널 말이다. 그래도 인마, 부럽다.'

인환은 고희를 늦은 밤 집 앞까지 바래다줬다.

"오늘 고마웠어요. 그럼."

"고희, 내가 할……."

따르릉, 고희의 핸드폰이 때마침 울렸다. 액정을 본 표정이 굳어지더니 인환에게 고개를 살짝 끄덕이며 양해를 구했다.

"아, 여보세요. 선배, 저기, 밖이라서 그러는데 나중에 다시 통화해요, 네."

급격하게 굳어지는 인환의 얼굴이었다. 야심한 시각에 여자에게 전화를 거는 남자가 심상찮게 느껴졌다. 거기다 전화가 울릴 때 액정을 보고 눈을 반짝 빛내던 모습.

"저, 이만."

"누구지?"

"네? 아, 학교 선배예요."

대답을 들은 인환의 눈썹이 날카로운 빛을 띤다. 고희는 더 이상 그의 존재를 노출시키지 않는다. 누구에게 자랑하면 동티 난다던 어른들의 말을 기억하는 그녀였다. 더구나 그는 자신의 전남편이지 않은가.

"조심히 들어가세요."

뒤도 돌아보지 않고 가 버리는 여자가 바로 그의 전처였다.

"출발하지. 아니, 잠깐만. 나와 잠시 올라가지."

134

"네, 사장님."

인환은 차에 실어 놓은 화초를 기억한다. 어머니 한 여사가 고희와 발레 공연을 보러 간다고 하니 챙겨 주신 것이다. 선인장, 그리고 난초, 노란 꽃이 아름다운 산스리움이었다. 고희의 집이 횡한 것을 맘에 두고 신중히 고른 선물이었다.

인환이 몇 발자국 늦게 운전사를 대동하고 3개의 화분을 고희의 집 앞까지 가져왔다.

"내려가 기다리겠습니다."

운전사가 내려가자 인환이 벨을 눌렀다.

띵동. 띵동.

"누구…… 인환 씨."

"줄 게 있는데 깜박했어. 어머니가 보내신 거야."

"어머니께서요?"

시어머니인 한 여사가 보냈다는 화분들, 집으로 들어가도 되냐 물어오는 인환의 눈빛. 거절의 말을 안으로 삼키며 고희는 현관문을 열 수밖에 없었다.

"들어오세요."

그가 들어오자 고희가 곧장 소파 테이블로 가더니 핸드폰을 들고 누군가에게 말을 하는 모습에 인환은 눈살을 찌푸린다.

"선배, 손님이 오셨어요. 나중에 다시 해요. 네, 그럴게요."

다시 듣는 고희의 입에서 나온 말 선배, 자신과 헤어지자마자 통화를 한 게 분명한 시간 차였다. 뭔가 비틀린 감정이 샘솟는 인환이었다. 그래서 그녀가 사는 모습을 보고 돌아가려던 맘을 되돌려 자연스레 소파에 기대앉아 마실 것을 요구했다.

"차 한 잔, 부탁해도 될까?"

"……잠깐만요."

주방 국화차를 끓이기 위해 뜨거운 물을 준비하러 가는 그녀의 뒷모습에 시선을 고정한 인환이었다. 처음이 아니나 처음 본 것 같은 그녀의 가녀린 몸매와 작은 어깨를 보며 보호본능을 느끼고 있었다.

그러다 휙, 그의 눈이 고희의 집을 스캔한다. 딱 그녀를 닮은 집이었다. 군더더기 없는 깔끔한 스타일. 필요한 것만 비치된 적절한 공간 배치와 흑백의 조화가 어울리는 브라인드. 한 여사의 말처럼 삭막하게 보였지만, 넓어 보이는 시각적 효과를 최대한 살린 셈이었다.

그때, 주방에서 나온 고희가 차를 탁자에 올려놓고 권하자 그가 차를 한 모금 들이켜며 말했다.

후룩.

"어머님이 걱정이 많으셔. 혹 필요한 것 있으면 말해 원하는 대로 해 주라고 하시더군. 가구나 전자제품들 말이야. 여기 카드로 결제하면 돼."

인환이 카드를 내밀자 고희는 씁쓸하다. 항상 돈으로 해결하려는 습관이 있는 인환이었다. 그가 저럴 때면 자신이 그에게 바라는 건 돈뿐이라고 느껴졌다. 그건 또 다른 비참함이었다.

안 그래도 한참 밑지는 결혼을 한 인환이었다. 그가 제게 줄 수 있는 건 마치 돈뿐이라 과시하듯 내밀어진 카드는 골드였다.
한도가 없는, 아무에게나 만들어 주지 않는다는 바로 그 카드.

"필요한 것 다 샀어요. 넣으세요."

"놓고 갈게."

"아뇨! 가져가세요, 제가! 제가 원하지 않는다고 말하고 있는
거예요, 지금."

화가 난 고희다. 이 사람은 아직도 자신이 그의 소유물이라고
장식품이라고 생각하는 듯했다. 사람이 말을 하면 들어 주어야
하는데 항상 대화는 일방적이고 결정은 인환이 내린다. 그녀의
의사는 묻지도 않고 항상 이런 식이었다.

"왜 화를 내는 거지?"

"미안해요. 하지만 당신과 어머니에게 받을 건 이제 없어요.
부담스러워요. 그러니 가져가세요."

"부담스럽다라, 저 화분도? 어머니는 아직도 당신을 그리워하
고 걱정하는데 당신은 아닌가 보군."

"그런 말이 아니잖아요. 난……."

고희와 인환의 눈이 정면으로 맞부딪쳤다. 하지만 그와 만난
이후 처음으로 고희는 그의 눈을 피하지 않았다.

무섭지 않았다. 빚은 다 갚은 거니까, 이젠 달라질 필요가 있
는 거니까. 인환은 고희가 자신을 똑바로 바라보고 시선을 피하
지 않자 처음은 놀랐고 다음은 흥미가 일었다.

"사람 변하는 거 순간이군. 내가 아는 그 여자 맞나? 아님 지
금까지 본색을 감춘 건가?"

사람 약 올리는 것 같은 비틀린 그의 말에 익숙한 고희였다. 그의 도발에 응할 생각도 일절 없었고, 그의 주의를 끌고 싶지 않기에 고희는 홱 그에게서 몸을 틀어 버렸다.

"다 드셨으면 제 집에서 그만 가 주셨으면 해요. 늦었어요."

인환은 고희의 단호한 말투와 자신을 외면하는 듯한 태도에 빈정이 확 상했다. 아니, 아까 들어서면서부터 선배니 어쩌니 말을 들었을 때부터 간당간당 유지하던 이성이 어딘가로 날아가 버리는 듯했다.

"내 앞에서 등 돌리지 마, 유고희!"

홱.

그녀의 가는 어깨를 그러잡아 자신에게로 돌려놓은 인환의 눈엔 숨길 수 없는 소유욕이 드러나 있었다.

"무슨 이거 놔요!"

2년간 그가 알아온 고희처럼 순종적이거나, 왜 그러냐고 평소처럼 조용히 물었더라면 그랬더라면……. 단호한 여자의 몸짓은 철저하게 그를 거부하는 듯 느껴졌다. 급격히 상승하는 분노의 기운에 인환도 정신을 차릴 수 없었다.

언제부터였을까, 분명 처음부터는 아니었다. 여자가 자신을 잔뜩 경계하는 몸짓을 보인 것이 언제부터였지?

"항상 그랬어, 넌. 내가 마치 널 못살게 구는 남자로 느껴지게 만들었다고. 그런 눈으로 보지 좀 마! 내가 널 잡아먹기라도 해? 그래? 왜 나만 보면 무서워 도망칠 구멍부터 찾는 거냐고! 대체 왜!"

그녀가 알던 강인환, 그가 아니었다. 그녀가 알던 전남편 강인환은 단 한 번도 이성을 잃지 않았고 논리적이며 이치에 어긋난 짓을 하지 않는 퍼펙트 한 남자였다. 그가 왜 이러는 거지? 내가 뭘 어떻게 했다고 내가 그의 무엇을 자극한 거지?

고희가 두려움에 뒷걸음치자 인환의 눈빛이 점점 어두워져 갔다.

"날 똑바로 보라고 했어."

인환은 어느새 고희의 어깨를 다시 그러잡고 있었다. 그녀의 온몸이 경직 상태로 들어갔다. 비슷한 상황. 그날의 기억이 한꺼번에 오버랩 되며 인환이 기억 속의 사람과 겹쳐져 보였다.

"놔요, 놔! 놔, 놓으라고. 아아악."

카랑.

탁.

촤라락.

손에 잡히는 대로 책, 리모컨, 티슈들이 인환에게 마구 던져졌다.

"뭐……. 정신 차려, 유고희, 유고희!!"

정신이 나간 듯 던지는 집기들을 피하던 인환이 그녀의 어깨를 잡아 흔들었다.

"정신 차리라고!"

헉.

허어억.

⋮

"……괜찮아?"

고희가 나갔던 정신을 차렸을 땐 그녀의 몸이 소파에 비스듬히 누여 있었다. 주방에서 물을 따라 고희의 입에 넣어 주는 인환이었다.

"마셔. 주욱."

꿀꺽.

"한 번 더."

꿀꺽.

주는 대로 받아먹고 피곤한 듯 소파 기둥에 머릴 대고 누운 고희를 바라보는 인환의 눈빛이 심상찮았다. 하지만 고희의 눈은 반쯤 감겨 있었고, 당장 취조하듯 그녀에게 이유를 따져 묻고 싶지 않은 인환이었다.

"미안해요."

"신경 쓰지 마, 나도 잘못한 거니까."

고희가 피식 하고 웃자 인환의 안색이 급변했다. 그를 오해한 고희는 얼른 변명을 했다. 더 이상 부딪치고 싶지 않았다. 피곤했다.

"한 번도 사과한 적 없었잖아요. 너무 쉽게 잘못을 인정하는 모습이 낯설어서 그래요."

"나도…… 사람이야."

"그런 것 같네요."

"일어나지 마. 내가 문 닫고 갈 테니까. 푹 쉬어."

"네, 고마워요."

반쯤 혼절했던 고희를 두고 가고 싶진 않았지만 자신이 있으면 신경 쓰여 잠을 못 이룰 게 뻔했다. 인환은 굽혔던 무릎을 펴자리에서 일어나 현관으로 향하려다 잠시 잠에 빠진 고희를 내려다봤다.

'무슨 일이지? 유고희, 그 작은 가슴에 숨기고 있는 게 뭐야?'

인환은 저도 모르게 그녀의 이마에 손을 대고 열이 있나 가늠해 봤다. 미열이 있었다. 그는 자신의 이마를 한 번 짚어 보고 다시 고희의 이마를 짚어 봤다. 확실했다.

당장 주치의를 부르고 싶었지만 원하지 않을 것 같았다. 대신 인환은 잠든 고희의 몸에, 방 안으로 들어가 가지고 나온 시트를 꼼꼼히 덮어 줬다.

하지만 발걸음이 떼어지지 않았다. 마치 음극이 양극을 끌어당기는 자석처럼 그의 얼굴이 고희의 실루엣을 뚫어지게 훑어 내리고 있었다.

가는 몸매, 깊이 있는 눈, 그리고 입술. 그의 시선이 고희의 입술에 한참 동안 못 박혀 떨어질 줄을 몰랐다.

연희동.

인환은 샤워를 마치고 오늘 참석한 일 때문에 밀린 서류를 들춰 보다가 내던지고 말았다.

촤락~~

'미열이 있었는데 밤새 아픈 건 아닌지…… 걱정되는군.'

결국 고민고민하다 그녀에게 문자를 날린 인환이었다. 혹시 잠을 자고 있다면 깨우고 싶지 않았기에.

띠링~~

〈전 괜찮아요. 이제 다 나았어요.〉

답장이 오자 안심이 되었다. 하지만 여전히 일이 손에 잡히지 않은 인환이었다. 그의 신경을 거스르게 만드는 인물, 선배라는 사람 때문이었다.

'선배, 선배라…….'

그 때문에 밤새 뒤척이며 잠을 이루지 못한 인환은 회사에 도착하자마자 경호팀을 불러 고희 주변을 샅샅이 탐색하라 지시했다. 그녀가 아직 세상 물정에 어둡다는 말도 안 되는 이유를 붙여 가면서. 며칠이 지나 서준과 고희가 만나는 사진이 그의 책상 위에 올려졌다.

"이 사람이 한서준인가?"

"네, 사장님."

"어때 보였지?"

"꽤 다정해 보였습니다."

"흠."

잘생긴 마스크에 다정한 느낌이 드는 남자였다. 법학과 수석 졸업생이라. 선배라.

"나가 봐. 참…….."

"네, 사장님."

"유고희, 전처에 대해 샅샅이 조사해 봐. 뭔가 내가 모르는 일이 있는 것 같으니까."

"네, 알겠습니다."

인환은 사업가, 남다른 직감력의 소유자였다. 고희가 신경 쓰이니 비로소 이상한 점이 한두 가지가 아닌 것이 보였다. 조부의 유언도 그렇고 어젯밤 고희의 헛소리도 그랬다. 의미심장한 말들, 두려워하는 눈. 그건 그가 아랫사람들을 추궁할 때 자주 접했던 두려움의 눈빛이었다. 뭔가를 감출 때 경외하는 듯한 눈빛 말이다.

인환은 사진들을 살펴봤다. 두 사람이 웃고 있는 사진. 마주보며 눈을 맞추는 사진. 함께 밥을 먹는 사진. 사진들…… 빌어먹을! 자신에게는 허락하지 않던 웃음을 이 자식에게 남발하고 있었다. 마치 개화하는 꽃처럼 눈부신 미소를 지으며 그에게 화답하고 있었다.

쾅!

와르르르.

"사장님?"

"나가."

"하지만 피가."

"나가라는 말 안 들리나? 부르기 전에 아무도 들여보내지 마!"

"네, 네, 사장님."

그의 손가락이 책상 위 집기를 쓸어버리다 어딘가 날카로운 곳에 베였는지 빨간 피가 흘러내리고 있었다. 똑똑, 떨어지는 핏빛, 그것은 인환의 용케도 숨겨 왔던 붉은 연심이었다.

핏빛, 유난히도 붉은 피는 순도 100%를 자랑한다. 맺힌 핏방울이 바닥으로 톡 떨구어졌다. 그것을 남의 일처럼 바라보던 인환의 눈빛 색은 그가 떨군 핏빛 색과 완벽히 일치한다.

'뭐지, 이게 뭐지? 도대체 내가 지금 무얼 하고 있는 거냐고!'

그는 마호가니 책상에 털썩 주저앉아 얼굴을 두 손으로 감싸 쥐었다. 난생처음으로 사랑을 시작하는 인환이었다. 지금에야 사랑임을 인정한다. 자신의 전 부인 고희를 사랑하고 있었다는 것을. 함께한 세월로 인한 정 때문이 아님을. 그의 눈에 당혹감이 서린다.

'젠장! 믿어지지 않는군. 하!'

## 11화

 

고희는 아산병원 1층 로비에서 머뭇거리고 있었다. 민재가 아프다 한다. 입원했다 한다. 인환의 누나 재희의 연락이었다.

"소아과 병동이 몇 층이지요?"

"네, 4층입니다."

예뻐하던 아이 박민재, 4살 초롱초롱한 눈망울로 집으로 들어서는 그 아이를 본 순간부터 사랑했다. 자신이 어쩌면 영원히 가지지 못할지도 모르는 아이라는 신비스런 존재는 그녀를 단박에 몰입시킬 만큼 위력적이었다.

별빛달빛 닮은 까만 눈동자는 그녀에게 경이로움이었고 즐거움이었다. 외로움을 잊게 해준 존재였고, 그녀로 하여금 뿌듯한 마음을 들게 하는 풍요로움이었다. 숙모라고 부르며 달려와 안길 때는 어찌나 사랑스럽고 예쁜지 가진 것 전부를 내주어도 아깝지 않았다.

'잠시만 보고 오자. 아프다는데.'

잠시만이라면서도 고희는 1층에서 쉬이 발걸음을 떼지 못하고 망설이다 엘리베이터에 올랐다.

형님이라 불렀던 강 회장의 장녀 재희는 어려운 사람이었다. 자신을 꺼려했던 인물로 고희를 달가워하지 않은 인물이었다. 그런 그녀가 아들이 그녀를 찾는다고 어렵게 전화를 걸어 왔다.

민재가 고희만 찾는다고 한 번 와 주면 안 되겠느냐고 청하는데 어떻게 거절할 수 있겠는가. 그녀도 민재가 보고 싶었다. 관계를 정리했어도 정든 마음을 단칼에 잘라 낼 수 없었다.

그렇게 고희는 민재를 볼 수 있다는 기대를 가지고 병실로 향하고 있었다. 그런 그녀를 조금 떨어진 곳에서 인환이 지켜보고 있었다. 그녀를 경호하는 사람들로부터 그녀가 이곳으로 향했다는 말을 듣자 예정된 회의를 작파하고 무작정 이곳으로 방향을 튼 그였다.

'아름다워졌군.'

인환은 그 공연날 이후 차마 앞에 나설 수 없어 보고만을 받고 있었다. 그런데 사진에서 보는 것과 실물은 확연한 차이를 드러냈다. 선명한 화질로 인화된 사진 속에 있던 정적인 그녀의 모습은 만질 수 있고, 이야기할 수 있는 동적인 실체가 되어 인환의 시야를 가득 채웠다.

1층 로비에서 잠시 머뭇거린다 싶더니 엘리베이터에 올라타는 모습이 그녀의 신중한 성격을 대변해 줬다.

단발인 머리카락은 찰랑거리며 어깨에 닿아 청순해 보였고 간단한 립그로스만 바른 입술은 그 자체만으로도 충분히 매끄러워 보였다. 몸매가 드러나는 하늘색 원피스를 입은 그녀는 한 번쯤 뒤돌아보게 할 만큼 매력적이었다.

　조심스럽고 수줍어하는 고희의 자태에 시선이 떨어질 줄 몰랐다. 한 번 인지하기 시작한 맘은 어느새 부피를 키워 그의 눈을 멀게 하고 가슴을 후벼 파고 있었다.


"이제 숙모 어디 안 가는 거예요?"

"잠시 나온 거야. 우리 민재 보려고."

"히잉, 다시 가야 해요?"

"응, 퇴원할 때까진 날마다 올게."

"우와아, 정말? 그럼 나, 동화책 읽어 줄 거죠?"

"그럼~"

"나 숙모가 만든 김밥 먹고 싶어요."

"어머, 얘 좀 봐. 그만해, 숙모 힘들어."

"엄만 빠져! 매일 옆구리 터진 김밥만 만들고 동화책도 건성 읽어 주고."

"어머머! 박민재!"

"숙모, 헤헤헤."

　민재가 고희의 가슴으로 파고들었다.

"난 숙모가 젤로 좋아요. 민재 클 때까지 기다려 줄 거죠? 내가 꼭 숙모를 행복한 신부로 만들어 줄 거야."

"뭐? 아하하하."

고희는 오랜만에 웃음을 터뜨렸다. 민재의 애교에, 그리고 그 천진함에 모든 근심이 사라지는 것 같다. 천사란 이런 아이를 두고 말하는 걸까.

"숙모가 민재가 먹고 싶다면 열 개, 백 개도 얼마든지 만들어 줄 거야. 그러니 어서 나아야지."

"정말이지? 봐, 엄마. 엄마도 좀 배워, 숙모한테."

"어머머, 기가 차서……."

재희는 나타난 고희가 반가웠다. 아들 민재가 요 며칠 보고 싶다며 계속 칭얼댄 것이다. 어휴, 아이가 아니라 상전이 따로 없었다.

잠시 후, 잠이 든 민재 옆에서 조용히 이야기를 나누는 두 사람이었다.

"잘 지내?"

"네, 덕분에요."

"미안해. 부탁 들어주기 쉽지 않았을 텐데."

"아니에요. 다른 것도 아니고 아프다는데 당연히 문병을 와야죠."

조용히 읊조리는 그녀를 재희는 가만히 바라봤다. 이렇게 예쁜 여자를 왜 못 알아본 걸까? 바라보면 뭐랄까, 애잔하고 감싸주고 싶은데, 정말 동생 인환은 아무런 감정을 느끼지 않은 건가? 이렇게 고운 사람에게?

그녀의 가치를 재희는 이제야 인정했다. 모두 눈을 어디 두고 산 건지. 그나저나 지금 이러면 뭐 해? 이젠 남인데.

그때였다.

딸깍.

"어머, 인환아, 네가 이 시간에 여길."

"지나가다 시간이 나서 들른 거야. 민재는 어때?"

고희가 자리에서 일어섰다.

"안녕하세요."

인환은 말문이 막혔다. 안녕하세요라. 거리감이 느껴지는 인사말, 이젠 너와 난 부부가 아니고 남이니 인사치레를 챙겨야 한다는 뜻이었다. 침묵이 흐르자 재희는 동생 인환을 떠밀었다.

"우리 민재 깨겠다. 인환아, 네가 나가서 손님 대접 좀 해 줄래? 난 여기 있어야 해서."

"나가지."

"네."

커피 캔을 뽑아 병원 휴게실에 마주 앉은 두 사람이었다.

"잘 있었나?"

"네."

고희는 이곳에서 대낮에 그를 만날지 예상하지 못했기에 당황스러웠다. 일어나 보니 이불이 덮여져 있었고, 그가 그녀를 위해 한 일이라는 것을 알자 뭐라 설명할 수 없는 기분이 들었다. 문자로 그녀의 안위를 물어오는 그가 낯설었다. 함께 살았을 때 한 번도 보여 주지 않았던 세심함. 다가오지 말라며 온몸에 가시를 세운 고슴도치처럼 굴던 인환이 아닌가. 그가 한 말로 상처 입은

가슴은 너덜거리고 해져 상흔으로 남아 있었다. 고희가 눈을 드
니 인환이 그녀를 바라보고 있었다. 생소한 느낌이었다. 왜 저런
눈으로 날 보는 것일까. 동정인가?

"몸은 어때?"

"좋아졌어요."

"그래 보이군."

고희는 인환의 말투에 담긴 씁쓸함에 고개를 갸웃거린다. 잘
살고 있는 모습을 본다면 더 이상 신경 쓰는 일 없을 테니 그도
맘 편할 텐데, 그는 서운한 사람처럼 굴고 있었다. 고희는 저도
모르게 인환을 살폈다. 눈치 보고 살피는 일은 그녀의 일과였었
기에.


검은 눈동자, 그를 바라보는 고희의 눈동자엔 아무것도 담겨
있지 않았다. 그에 대한 원망도 미련도 없는 그저 맑진 눈이었다.
기분이 급격히 추락하는 걸 느끼며 인환은 주먹을 틀어쥐었다.

특별한 감정이라는 것을 이제야 인지하기 시작한 인환은 처음
겪는 생소한 감정을 어떻게 표현해야 하는지 알지 못했다. 사업
에서는 냉정함과 신속함과 결단력이 타의 추종을 불허하는 능력
있는 오너였지만 사랑이란 것은 처음 접하는 신세계였고 초보자
였다.

그가 누구냐고, 왜 사람을 가리는 네가 그 남자와는 격을 두
지 않는 거냐고 따지고 싶은 걸 뱅뱅 돌려 물어보는 소심한 사
람이 바로 그였다……

"친구는 사귀었나?"

"아니오."

거짓말. 그녀의 입에서 거짓말이 흘러나오자 인환은 기분이 급격히 추락한다. 고희가 거짓말을 하는 경우는 딱 두 가지 이유 뿐이었다는 걸 기억하고 있었다.

하나는 들어서 기분 나쁠 것을 알고 상대를 배려한다는 이유, 다른 하나는 누군가를 보호하려는 이유였다. 자신을 배려하는 것이 아니라면 사진 속의 그 남자를 숨기기 위함이 틀림없었다.

화악, 치미는 열기를 숨기고 태연한 척하느라 죽을 맛이었다. 그녀가 자신의 아랫사람이라면 업무에서 허점을 찾아 공격하겠지만 화가 난 이유도, 화를 낼 명분도 없기에 인환은 부글부글 끓어오르는 질투라는 거대한 괴물을 처음으로 대면해야 했다.

고희는 인환의 이상한 태도가 신경이 쓰였지만 다른 곳에 정신이 팔려 있기에 곧 잊어버렸다. 별수 없이 민재가 입원해 있을 동안 병원을 오고 가야 할 모양이다.

서로 다른 생각을 하고 다른 곳을 보는 이상한 모양새였다.

❖

인.

인환······.

인환 씨.

과거, 인환은 꿈을 꾸고 있었다. 과거와 현재가 엉키어 환영을 이루고 있었다.

그는 침대에 누워 있었다. 감기몸살이었다.

"······봐······요. 일어나세요."

고희?

"네, 이거 드세요."

인환은 꿈을 꾸는 거라고 생각했다.

"생강즙이에요."

현재? 아니 과거인 건가?

"어어? 남자가, 것도 어른이 음식 가리면 바깥에서 큰일은 어떻게 해요?"

"뭐라고?"

"내일 회사 나갈 거 아니에요? 나으려면 마셔요. 생강즙이지만 꿀이랑 배 넣어서 그리 맛없진 않아요. 어머님은 당신 먹인다고 사골 끓이시고 계세요."

"자, 아, 하세요."

"내가 먹을 수 있어."

"내 참, 누가 못 먹는대요? 아플 땐 황제 노릇하는 거예요. 아니면 언제 그래 보겠어요? 나도 당신 아픈 거 아니면 이런 닭살 돋는 행동 안 한다고요. 팔 아파요. 어서요."

이상했다, 이 상황은 과거인 건가? 아니면 현실? 고희의 살가운 태도와 아내처럼 구는 태도에 그는 정신을 차리지 못하고 있었다. 고희가 숟가락으로 떠먹여 주는 생강즙은 맛있었다. 착한 아이처럼 내미는 대로 다 받아먹는 인환을 대견하다는 듯 바라보는 고희의 눈빛에 힘입어 생강즙, 자신이 지독히 싫어하는 냄새나는 음식을 다 비워 냈다.

"아유, 착해라. 강인환 어린이 참 잘했어요. 자, 이제 누워 푹 자요. 저녁까지 푹 자면 몸이 가뿐해질 거예요."

"……."

신기하고 생소했다. 저 여자가 저런 눈빛으로 날 바라보다니. 그리고 나는. 꿈인 건가?

얼마나 잤을까? 고작 몇 시간 잤는데 그동안 밀린 잠을 다 잔 것 같은 개운함은 말로 다 표현할 수 없었다. 몸을 추스르고 옷을 갈아입고 내려가니 어머니와 고희가 도란도란 이야기 중이었다. 고부간의 다정함이 그의 발걸음을 멈추게 한다. 눈을 비비며 현실이 아니라고 할까 봐, 말을 건네면 부서지는 환영일까 봐 두려운 마음에 다가서지도 못하고 숨을 죽인 인환이었다.

"어머니, 이런 건 이렇게 끓여야 제 맛이 나나요?"

"그럼 적어도 사골은 반나절은 담가 핏물을 빼야 해. 그리고 끓여야 하지. 음식은 손맛이 아니라 정성이란다."

"아아. 그렇구나. 어머니, 그럼 이거는요?"

소소하게 물어보며 대답하고 질문하는 고부는 마치 모녀 사이 같아 보였다. 인기척을 느꼈는지 유독 기척에 예민한 고희가 뒤를 돌아다봤다.

"어머, 언제 일어났어요?"

순간, 그녀가 그를 향해 몸을 돌려 미소 지은 그 순간,

철렁~

왜 그때 심장이 떨린 걸까? 무장 해제한 상태로 마주 웃음 띠는 그녀의 미소에 왜 가슴이 철렁 하고 뒤흔들리는 것일까?

그가 멀거니 두 사람을 바라보며 얼음인 상태로 자리에 못 박혀 있자 두 사람은 오해를 한 것 같았다.

"약이 독했나 봐요, 어머님. 저 사람 저런 거 처음 봐요."

"츳츳. 그러게 말이다. 그러게 몸 챙기고 일하라니까. 말을 듣지 않더니."

한 여사의 타박 아닌 타박이었다. 하지만 그날 사골 맛은 최고였던 거로 기억된다.

"하하. 당신이 끓인 사골국은 맛이 최고야."

강 회장은 식사를 하면서 음식 맛을 칭찬한다.

"그래요? 당신이 인색한 칭찬을 다 하시고 그래도 맛있다고 해 주시니 좋네요."

고생을 알아주는 강 회장 말에 어머니가 기뻐하는 모습을 지켜보던 인환은 타이밍을 놓치고 나자 슬그머니 국그릇을 내민다.

"네?"

"더 달라고."

"한 그릇 더요?"

"응."

환해지는 고희의 얼굴이 그의 눈앞으로 선명하게 다가왔다. 점점 커지는 얼굴. 점점 앞으로 다가오는 얼굴. 그를 가득 담은 눈동자가 그의 시야에 가득 담긴다.

유.고.희.

유고희!

허헉.

새벽, 인환은 꿈자리에 눈을 번쩍 뜨며 잠에서 깼지만 어둠 속에서 한참 눈을 깜박거렸다. 과거의 기억과 자신이 무의식에서 원하는 미래가 겹쳐진 희한한 꿈이었다. 한참을 침대에서 일어나지 못하고 머뭇댄 그였다.

아쉬움의 자락, 꿈이 아니길 바라는 마음, 환상이 아니길 바랐기 때문에 현실로 돌아온 그는 실망감과 아쉬움으로 뒤범벅되어 손가락 하나 움직일 수 없었다.

결국 몸을 일으켜 가운의 매듭을 묶고 인환은 침실 창가에 몸을 기대고 서 있었다. 이제 더 이상 외면할 수도, 부정할 수도 없는 사실. 그는 고희를 원하고 있었던 거다. 이전부터, 훨씬 이전부터 그녀를 마음에 담았던 것이다.

흐음.

새벽의 찬 기운을 들숨으로 크게 들이마시는 인환은 제 우매함에 통탄하고 있었다.

그녀가 은근히 신경 쓰였던 것은 함께 살아서가 아니라 그녀를 사랑하고 싶어서였고, 상처 주는 말을 일삼았던 건 관심을 가진 여자아이가 저에게 몰두하지 않자 고무줄을 끊으며 심술을 부리는 초딩 남자아이의 맘이었던 것이다. 2년 동안 없는 사람처럼 그림자처럼 머물다 가려 하는 그녀가 어느 날부터인가 미웠고 괴롭히고 싶었다.

'이제부터 널 어떻게 할까, 그리고 난 무얼 해야 할까.'

인환은 생전 처음 일이 아닌 다른 일로 잠을 이루지 못한다. 늦은 홍역을 치르는 인환의 행보는 그 자신조차 나아갈 방향을 정하지 못한 채 갈팡질팡하고 있었다. 인생에 나침반이 있다면 항로를 벗어나지 않고 목적지만을 향해 흔들림 없이 나아갈 수 있겠지만, 직진과 순항만을 하던 선장 강인환은 예기치 않게 사랑이라는 격랑을 만나 작은 파도에도 휘청인다. 넓고 깊은 바다로만 가야 하는데 원하지 않은 암초지대로 저절로 향하는 걸 막을 수는 없었다.

그는 항상 낯선 것들을 두려워했다. 사랑이라는 감정에 휩싸이는 걸 무서워했다. 내가 나답지 못할 것만 같아 두려웠다.

하지만 선택의 여지가 없는 이 상황. 그는 이미 사랑에 빠져 있었다. 평생 하지 못하리라 생각했고 유치한 감정놀음으로 치부했던 사랑이라는 걸 그가 하고 있었다.

"선배."

두 사람은 3일 만에 고희의 집 앞 공원에서 다시 만났다. 서준이 자신의 후원자를 따라 일본 세미나에 참석을 했다 돌아왔기 때문이다.

"잘 지냈어?"

아니라며 솔직하게 고개를 젓는 그녀의 모습이 왜 이리 귀여운지.

"손 내밀어 봐."

"네코(ねこ), 고양이야. 일본에서는 행운의 상징이기도 해."

사기로 된 인형, 인사를 하는 듯 살짝 손이 올라간 귀여운 고양이 인형이었다.

"어머, 깜찍하고 귀여워요. 일본 사람들은 작게 만드는 데는 천재적인 것 같아요."

좋아하는 고희의 모습을 보며 서준은 가슴이 뿌듯했다. 맘 같아선 보석이 박힌 목걸이를 사 주고 싶었지만 현재는 이것으로 만족해야 했다.

고희는 그 어떤 보석보다 자신이 인형을 좋아한다는 걸 기억해 준 서준이 고마웠다. 선물이란 과하지 않게, 상대가 받아도 부담스럽지 않은 것으로 골라야 주는 사람도 받는 사람도 만족한다.

아직도 보송이라는 토끼 인형을 품에 안고 잠을 자는 그녀였다. 우연히 인형을 안고 자면 안정감을 느낀다고 말한 게 다였는데, 그걸 기억하고 있었나 보다. 작은 것까지 배려하는 섬세함이 그에겐 있었다.

"고마워요. 영원히 간직할게요."

자연스럽게 대화를 나누던 두 사람은 서서히 그녀의 집 쪽으로 걸음을 옮겼다. 시간에 항상 쫓기는 서준이 그녀를 집 앞까지 바래다주고 돌아가기 위해서였다.

그런데, 뒤돌아서 들어가는 그녀를 서준이 잡아채며 말했다.

"나 좀 봐 주라."

"무슨?"

갑작스레 입술을 덮어 오는 서준을 고희는 밀어내지 않았다.


꽈아악.

어둠 속, 차 안에서 의도치 않게 두 남녀를 지켜보게 된 남자의 눈빛이 심상치 않았다. 인환이었다. 형형한 눈빛에 살기마저 띤 그의 눈빛은 바라보는 사람으로 하여금 등골이 오싹하게 만드는 살벌함마저 느껴지게 했다. 핸들을 죽도록 부여잡은 인환은 치미는 화를 억누르느라 애를 쓰고 있었다.

'아직, 아직 나설 때가 아니야. 아직은……'

사업에서 힘이 들수록, 위기가 닥칠수록 냉정을 유지하는 인환이었다. 그는 두 사람을 갈라놓을 명분도 없었고 자칫하다간 두 사람을 더 자극하는 결과를 가져올 수 있을 것이다 판단한 그였다. 무섭도록 치밀하고 냉정한 인환이다.

'천천히 옭아매야겠지. 내 곁으로 데리고 와야겠지. 그녀가 눈치채지 못하게.'

머리로는 수없이 명령을 입력하면서도 마음이 급해지는 인환이었다. 하지만 그의 두 손은 숨길 수 없는 감정 때문에 부들거리고 있었다.

필요했다. 그래서 선택된 사람이 강 회장의 손자 인환이었다. 인환은 성격이 모나고 냉철한 인물이었지만 제 사람을 아낄 줄 알고 지키는 보수적인 교육을 받고 자랐다. 혹 그가 진심으로 고

희를 사랑하게 되면 금상첨화, 아니라면 이혼 후에라도 그녀를
절대 외면하지 않을 것이라 확신했던 것이다.

유 회장이 죽고 난 후 강 회장이, 강 회장이 세상을 뜬 뒤엔
인환의 부친 강 회장이 그녀의 수호천사 임무를 이어 가게 된다.

그만큼 철저한 이중삼중 안전조치를 해 둔 유 회장이었다. 그
는 고희를 진정 아끼고 사랑했던 것이다.

# 12화

인환은 시간이 흐를수록 자신이 불리하다는 판단을 내렸다.
그녀와 서준이 가까워지는 게 한눈에 보이는데 이대로 손 놓고
기다릴 수만은 없었다. 하지만 자신이 무슨 염치로 다가가 손을
내미냔 말이다.

그동안 그녀를 방치했던 시간들, 알게 모르게 내뱉었던 잔인
한 말들이 부메랑처럼 자신에게 고스란히 되돌아왔다. 하지만
후회하고 있기엔 시간이 별로 없었다. 한서준, 그가 고시에 합격
했으니 두 사람 만날 시간이 줄어들 게 자명했다.

'흐음, 빈틈을 노려야겠지.'

철저하고 치밀한 사업가답게 그는 전략적으로 고희에게 접근
하기로 결심했다. 자신이 그녀를 원한다는 사실을 깨달은 지금,
그녀를 다시 빼앗아 와야 했다.

'어떻게 자연스레 만날 구실을 만들까? 식사를 하자면 거절할

게 분명하니까 그녀가 약한 부모님을 이용할 수밖에 없는데……'

곧 자신의 아버지 강 회장의 생신이었다. 인환의 눈이 반짝하고 빛이 나기 시작한다.

'그 방법이 좋겠군.'

그는 부친 강 회장에게 도움을 청하자 맘을 먹었다. 그가 유일하게 약점을 드러낼 수 있는 분, 제 진심을 내보일 수 있는 분이기에 어렵지만 도움을 청하기로 결심한 것이다.


"아버지."

강 회장은 연락도 없이 아침 댓바람부터 할 말이 있다고 정원에 나가자더니 심각한 얼굴로 마주 앉은 아들 인환을 건너다봤다.

'저 녀석이 저런 얼굴을 한다는 건 뭔가 심각한 일이 있다는 것인데……'

"무슨 일이냐? 회사에 일이 생긴 것이야?"

"아닙니다."

"그래?"

강 회장은 대향의 막내딸 소연과 인환이 몇 번 만남을 가진 것을 알고 있었다. 저 녀석 성격에 몇 번이란 싫지 않다는 것으로 판단하고 있었지만 강 회장은 인환의 아버지였다.

아들의 얼굴엔 소연을 향한 한 톨의 감정도 보이지 않았다. 반대로 대향그룹 윤 회장 측은 몸이 달아 있는 상태였고, 거기다 소연이라는 아가씨도 인환을 무척 맘에 들어 하는 것 같았다. 그

이야기를 하려는 것인가 싶어 강 회장은 인환이 먼저 말문을 열기를 기다리고 있었다.

"아버지, 도와주십시오."

뜬금없이 도와 달라니? 뭘?

"너, 무슨 사고 쳤냐?"

"비슷합니다."

강 회장은 놀라 인환을 바라보았다. 강 회장이 자세를 바로한다. 인환이 그에게 도움을 청한 적은 지금까지 딱 두 번이었다. 한 번은 인환이 회사에 들어와 무리하게 사업 확장을 하다 부도 처리 직전까지 갔던 일, 또 한 번은 고희와의 결혼을 막아 달라고 했던 일이었다.

"무슨 일이냐?"

"그 사람, 다시 데려와야겠습니다. 아니, 데려오고 싶습니다."

"그 사람? 누구…… 너, 설마 새아기 말이냐? 고희?"

"네."

강 회장은 입을 딱 벌리고 말았다. 이놈이 지금 뭐라 한 거지? 고희 그 아이를 뭐 어쩌겠다고? 자신도 보는 눈이 있는 사람이었다. 그 아이를 놓으며 얼마나 안타깝던지, 왜 부친인 강 회장이 그 아이를 손자며느리로 원하셨는지 이해하게 되었다.

집안에 여자가 잘 들어와야 번창하는 법이라며 소원이라는 말씀에 울며 겨자 먹기로 받아들였던 아이, 유고희. 아이는 진국이었다. 어느 것 하나 허투루 하는 법 없었고 어른을 공경하는 마음은 가식이 아닌 진심이었다. 2년 동안 기대하지 않은 것은 아니지만, 결국 이혼을 결정하는 인환을 보고 다시 생각해 보면 안 되겠냐는 말은 차마 할 수 없었던 강 회장이었다.

"아버님, 아침 공기가 제법 선선합니다. 카디건이라도 걸치고 나가세요."

"아버님, 여기 차 가지고 왔어요. 쉬엄쉬엄하세요. 건강이 우선입니다."

"아버님, 입맛이 없으신 것 같아 미나리무침 만들어 보았습니다. 입에 맞으세요?"

어찌 예쁘지 않을 수 있단 말인가, 진심과 정성은 차를 끓일 때 은근히 우러나는 향과 같아서 자연히 스며들어 몸에 배이게 되는 것이다. 살아 보니 그랬다. 안 보이던 게 보였고, 사람의 배경과 가진 것보다 사람됨을 살피는 나이가 되었다.

"너, 지금 무슨 말 하는지 알고 있는 게냐?"

"네, 잘 알고 있습니다."

아들의 얼굴에 초조함이 서려 있었다. 가지고 싶은 것을 가지지 못해 안절부절못하는 아들 표정이 낯설기만 했다. 강 회장은 고희를 떠올린다.

"그 아이, 탐낼 만하지. 하지만 너의 이기심으로 데리고 올 생각이라면 놓아두거라."

"아버지."

"힘들었던 2년이었을 게야. 네 소유욕 때문이라면 더 힘들게 하고 싶지 않구나."

"소유욕 아닙니다."

"그럼 뭐냐? 이제 와 왜 그 아일 탐내? 잘 살고 있는 모습을 보니 다른 맘이 든 게야?"

인환의 비뚤어진 성격을 어느 정도 알고 있는 강 회장으로선 그렇게 생각할 수밖에 없었고, 잔인하지만 인환에게 일침을 가할 수밖에 없었다. 만지지 않고 방치했던 장난감을 누군가 찾아내 귀한 보물처럼 아끼는 모습을 보자 빼앗고 싶어 하는 어린 소년의 치기와 무엇이 다르단 말인가.

"저, 고희, 그 사람…… 사랑합니다."

"뭐어?"

아들의 입에서 사랑이라는 말이 튀어나오자 강 회장은 놀라 입을 다물 수가 없다. 이놈 입에서 낯간지러운 사랑 운운하는 말이 나오다니, 평생 들어 보지 못할 단어였다.

"너 이놈, 지금 뭐라고 했냐, 사랑?"

"네, 제가 우매해서 이제야 깨달았습니다. 그녀가 제 곁에 꼭 있어야 하는 여자란 걸, 제게 꼭 맞는 제 여자라는 걸 너무 늦게요. 한 번만 도와주십시오, 아버지."

인환이 고개까지 조아리며 자신에게 도와 달라 사정하자 강 회장은 눈앞이 아득해졌다. 보물을 제 손으로 내치고 이제 와 어쩌겠다고! 이제 와 찾는다고! 사람 마음을 돌아서게 하는 일과 엉킨 매듭을 푸는 일이 얼마나 어려운 일인지 아냔 말이다.

"허어……."

사업 문제라면 도와주기 차라리 쉬웠다. 돈으로 해결하는 거라면 차라리 간단했다. 강 회장은 연약하게 보이지만 심지가 단단한 고희의 얼굴을 떠올렸다.

"방법은 있고?"

자식 가진 부모 마음이 그렇듯 우선 제 자식이 먼저인 강 회장이었다. 고희를 생각하면 놓아주어야 옳다는 것을 잘 알지만 다시 데려오고 싶은 욕심, 아들이 어렵게 마음을 준 상대, 또 아내인 한 여사가 유난히 한숨이 많아진 이유, 그 모두가 고희 때문이라는 것을 알고 있었기에 늦지 않았다면 노력해 보는 것도 나쁘진 않겠다 판단했다.

"여러 가지 생각만 하고 있습니다."

"쯧쯧. 미련한 인사 같으니라고. 머리로 움직이는 게 아니다. 여자는 가슴을 움직여야 제 사람으로 만들 수 있는 법이야, 어찌 그걸 몰라?"

"……."

"네 마음이 그렇다고 하고 나 또한 그 아이가 돌아왔으면 한다. 네 어머닌 중증인가 보더라. 자다가도 벌떡 일어나 한숨 쉬는 게 늘었어. 넌 몰랐겠지만."

"어머니가요?"

"그래, 사람 정이란 게 무서운 게지. 네 어머니처럼 맺고 끊음이 확실한 사람도 빈자리 나니 갈대처럼 흔들리더구나. 어찌 안 그러겠냐. 사람 가리는 걸로 치자면 너보다 한 수 위인 사람이지 않냐."

그랬다. 한 여사, 인환의 모친은 겉으로는 사교적이고 인자해 보여도 아무에게나 곁을 주지 않는 사람 중 하나였다. 어쩌면 인환보다 더. 그런 분이 고희를 맘에 두고 며느리로 인정하셨던 것이다. 누나 재희가 고부 사이 질투 난다고 몇 번 이야기한 적이 있지만 지나가는 말로 치부했었는데…….

"어떻게 도와 달라는 말이냐?"

"이번 아버님 생신을 청평 별장에서 보냈으면 합니다."

별장이라, 그곳은 쉬고 싶을 때나 가족끼리 모임을 가질 때 이용하는 곳이었다. 강 회장은 번잡스러운 것을 싫어하는 편이라 생일은 보통 집에서 모여 가볍게 식사하는 편이었다. 그런데 별장에서 진행하자라…… 정말 아들 인환이 급하긴 하구나.

"내 아들이지만 기발한 아이디어구나. 헛허허. 가둬 두고 못 가게 하겠다, 이런 취지더냐? 생각은 좋은데 그 아이가 네가 뜻하는 바대로 따라올 아이일지. 보기보다 심지가 굳은 아이다. 고생 좀 할 게야."

"압니다."

그도 너무나 잘 알고 있었다. 2년간 한 번도 틈을 보이지 않은 무서운 사람이 그녀 아니었는가. 더더구나 현재 다른 녀석에게 맘까지 주고 있으니 난공불락이 따로 없었다.

"네 재주껏 데려와 봐라. 사업도 사업이지만 제게 맞는 반려를 선택하고 맞이하는 건 남자의 최대 숙원이지."

"감사합니다, 아버지. 잠시 아버지 이름을 팔겠습니다."

"뭐?"

"그녀가 쉽게 오겠다고 하지 않을 테니까요. 제가 청을 넣어도 거절할 확률이 높습니다. 그러니 아버님이 고희에게 전화 넣어 주십시오, 오라고요."

허어, 천하의 강인환 저 아이가 두려워하고 있었다. 거절당할까 봐.

"그 사람, 아버님 부탁이라면 거절 못 할 사람이란 거 아시잖습니까?"

"내가 부탁해도 안 오겠다고 한다면 어쩔 테냐?"

"그러면 다음은 어머니를 움직이고, 그래도 안 되면 민재에게도 부탁할 겁니다. 아버지, 저 꼭 그 사람 다시 얻고 싶습니다."

뒷북도 이 정도면 정말 신기록이었다. 적어도 이혼 전에라도 제 진심을 깨달았다면 일이 쉬웠을 텐데. 츳츳. 우매한 인사. 저 잘난 줄만 알고 하늘만 높은 줄 알았던 정중지와(井中之蛙)가 아닌가. 무릇 물건의 가치란 사용하는 사람과 어떻게 사용되는가에 의해 결정된다. 하물며 사람이야. 그 가치를 모르고 방치하다 나중에 땅을 치고 후회해도 늦는 법이다.

사업을 하는 사람은 자신이 갇힌 우물 속 세상에서 뛰쳐나와 새로운 안목과 세상을 보는 혜안이 필요한 법인데, 그 점이 항상 인환에게 부족하다 여겨졌던 강 회장이었다.

'이번 기회로 사람 귀한 줄 알게 된다면 제 사람도 얻고 노력하는 법도 배우게 되겠지.'

"노력해 봐라. 그러나 어디까지나 페어플레이하는 거다. 꼼수나 강압은 오히려 역효과를 불러올 뿐이야. 명심해라, 알겠냐?"

"네, 아버지, 감사합니다."

"식사하세요."

한 여사가 부르는 소리에 두 부자는 나란히 어깨를 하고 안으로 걸어 들어오고 있었다.

"아침부터 부자끼리 무슨 이야기하는 거예요? 나만 빼고?"

"허허. 임자도 참, 우리가 무슨."

강 회장이 새침한 한 여사를 다독이며 안으로 들어가자 인환은 새삼 부친 강 회장이 어머니 한 여사를 얻기 위해 고생했다는 이야기가 와 닿았다. 비슷한 집안끼리의 혼사라 정략으로 이루어졌다고 생각했지만 강 회장이 인환의 모친을 얻기 위해 부단히 노력했단 이야기를 누나 재희에게 들은 바 있었다. 그때는 관심도 없었고 그러려니 했었지만 그가 입장이 달라지고 보니 부친에게 비법을 전수받고 싶을 지경이었다.

식사 후 출근 준비를 하며 인환은 생각을 정리했다. 부친 강 회장이 그를 돕는다 하였으니 그는 우선 힘이 났다. 천군만마를 얻은 거나 진배없었으니까.

"고희."

입술을 달싹거려 이름을 불러 보는 인환이었다. 가슴속에 담아 놓은 것과는 다르게 이름을 부르니 새삼 소유욕이 불끈 치솟아 올랐다.

'넌 내 거다. 내가 늦게 깨달았지만, 너도 날 원하도록 만들거다. 내가 널 원하는 만큼은 아닐지라도.'

늦었다는 것도 알았다. 어렵다는 것도 알았다. 하지만 난생처음 하는 사랑이라는 파도 앞에 무릎을 꿇은 이상 그녀를 제 여

자로 데려와야만 했다. 놓친다면 평생 이런 감정을 일으키는 여
잘 만나지 못할지도 모르기에.

❖

−고희야, 나다.
갑작스러운 강 회장의 전화를 받은 고희는 당혹스러웠다.
−잘 지내냐?
"네, 아버님. 아니 회장님, 그동안 별고 없으셨지요?"
−그래, 별일 없었다. 그런데…….
"무슨 일 있으세요?"
−내가 어려운 부탁을 하려는데.
고희는 긴장하며 손을 꼬옥 그러쥐었다.
민재의 퇴원 후 시누이였던 재희가 몇 번이고 청담동 제 집으
로 한번 놀러 오라고 청하는 걸 거절하느라 애를 먹던 참이었다.
인연을 이어 나가는 건 바람직하지 않다고 생각했다. 정을 떼어
야 한다는 것도. 그녀는 전남편의 누나가 아닌가.
−네 시어머니, 아니 내자가 널 보고 싶어 하는구나. 그리고
내 생일이기도 하고.
"아, 생신."
이맘때쯤에 강 회장의 생일이 있었다. 3일전부터 시장을 보고
좋아하시는 신선로와 과일을 준비하고, 나름 바쁘고 즐거운 하
루하루를 보냈었는데……

-내 생일을 이전엔 청평 별장에서 간소하게 하려고 한다. 그래서 말인데 네가 와 주었으면 기쁘겠다. 어려울까?

"아버님."

고희는 쉬이 거절하지 못했다. 갑작스럽기도 했지만, 사람 사는 게 어려울 때도 돕고 즐거운 일일 때 서로 나누어 가지는 것이 아닌가. 정을 끊고자 멀리하려 애쓰고 있지만 강 회장이 얼마나 고민하고 제게 전화를 건 건지 충분히 짐작하기에 말을 가릴 수밖에 없었다.

고희가 머뭇거리자 강 회장은 한 여사를 히든카드로 끄집어냈다.

-네 시어머니가 널 무척 보고 싶어 한다.

고희는 마지막 가는 길 배웅하던 그날을 떠올렸다. 한 여사의 차가 시야에서 사라질 때까지 자리에 서서 느꼈던 막막함, 그리고 안타까움이 다시 고희의 가슴을 쳤다. 고희는 강 회장의 요청에 맘이 흔들렸지만 이내 생각을 정리했다.

우선 이혼한 전 부인이 그곳에 간다는 자체가 말이 되지 않았고, 인환 그가 누군가를 만난다면 실례가 될 게 분명했다. 나름 잘생기고 잘나가는 인환이니까 곧 재혼할지도 모른다는 생각도 들었다.

고희는 들숨을 한껏 들이마신 후 어려운 말을 내뱉었다.

"아버님, 아니 회장님 제가 뵈러 회사로 한번 찾아가는 것은 어떨까요? 청평 별장 초대는…… 죄송합니다. 제가 낄 자리는 아닌 것 같습니다."

강 회장은 다시 한 번 고희의 신중함과 경우 바름에 한숨을 내쉬었다.

'어쩔 수 없는 일이지. 멍석은 깔아 두었으니 나중 일은 하늘에 맡겨 봐야지. 인연이 노력만으로 이루어진다면 좋겠지만.'

"그러냐? 그럼 어쩔 수 없지. 내일 어떠냐? 오후에 식사 같이 하자꾸나."

-네, 그럴게요. 이해해 주셔서 감사해요. 회장님, 제가 6시경에 회사로 찾아가겠습니다.

강 회장은 전화를 끊고 비서에게 한정식 식당을 예약하라고 지시했다.

다시 엮이지 않겠다는 확고한 의지를 보이는 아이 유고희, 처음엔 도무지 돌아가신 부친의 생각을 이해할 수 없었다. 뭐, 살아생전 기인이라 소문난 분이셨으니 오죽할까. 죽마고우란 분의 손녀란 말만 하시고 바로 결혼 날짜를 잡으라 하시니 가족들이 모두 얼마나 황당했었는지 모른다.

이렇게 번갯불에 콩 볶듯 결혼을 시키려는 걸 보니 약점이 있거나, 무슨 하자가 있는 아이인가 싶어 멀리했었다. 하지만 버릴 것이 없었다. 마음 졸이며 살아온 것이 짐작되는 조심스러운 행동거지, 그리고 말투. 그 나이 또래가 가질 수 있는 건 분명 아니었다.

'무슨 일이 있는 거다. 아버지가 고희를 며느리로 들인 이유가 분명히 있을 거야.' 라는 추측은 시간이 지날수록 확신으로 변해 갔다. 매일 아침 6시 기상, 한 번도 어긴 일 없었고 실수도 하지 않았다. 혹시나 두 사람 사이 아이라도 생기면 자연스레 가족이 되지 않을까? 기대도 했지만……

'인환아, 부디 늦지 않았기를 바라자꾸나.'

"거절했다고요?"

"그래, 딱 부러지게 거절당했구나. 허허. 대신 내일 저녁 식사하기로 했다."

인환은 얼굴이 급격히 굳어졌다. 강 회장의 부탁을 거절했다. 그건 제 집안과의 인연을 잇기를 희망하지 않는다는 분명한 의사표현이 아니고 무엇이겠는가. 요 며칠 일이 손에 잡히질 않았다. 그놈과 그녀가 키스하던 모습을 본 뒤로 불면증에 시달리고 있던 인환이었다.

그런 인환의 모습에 강 회장은 혀를 끌끌 찼다.

'저 고집쟁이 아들놈이 여자를 맘에 들이는 일은 흔치 않을 텐데, 아니 처음이자 마지막이 될지도. 단단히 홍역을 치르겠구나.'

아들 눈빛이 살아 있었다. 꼭 제 젊을 적 한 여사에게 구애하던 그 눈빛을 고대로 빼다 박았다. 소유욕과 갈망, 그리고 처음하는 사랑 앞에 어쩔 줄 모르고 있었다.

경영인으로 모든 것을 갖추었지만 뭔가 빠진 듯한 인환이었다. 그건 남을 배려하고 기다려 줄 줄 아는 인내심과 절절함, 인환은 이제야 진정한 어른이 되어 가고 있었다.

❖

대향그룹 윤소연.

하필 고희가 강 회장을 만나러 오던 날, 그녀 소연의 불시 방문으로 두 사람은 정면으로 마주 서게 되었다. 한 명은 이혼한 전 부인, 한 명은 결혼할지도 모를 예비 신부라는 입장으로.

"안녕하세요, 난 윤소연이라고 해요. 유고희 씨 맞죠?"

"네."

강 회장의 사무실에서 화기애애한 대화를 나누던 세 사람에게 찬물을 끼얹는 소연이었다. 누가 먼저 이야기를 꺼낼지 애매한 상황에서 소연이 먼저 말문을 연 것이다.

"어머, 아버님 나가시나요? 저도 식사 대접하러 왔는데요?"

아버님. 아버님이라 부르는 소연과 난처해하는 강 회장을 번갈아 보다 고희는 곧바로 이 상황을 이해했다. 당당하고 자신감 넘치는 여자가 누구라는 것을. 자신이 누렸던 많은 것들을 고스란히 가져갈 사람이라는 것을.

가슴이 이상하게 콕콕 쑤신 듯 아파 왔다. 한때나마 제게 관심 주고 애정을 쏟던 사람들이 이제 다른 사람의 일거수일투족에 반응하고 움직일 거라는 예상. 가슴 안으로 황량한 사막의 모래바람이 휘몰아치는 것 같았다.

"고희 씨, 아버님과 인환 씨 오늘 제게 양보해 주면 좋겠는데요?"

선택의문문이 아닌 당연히 양보해야 한다는 말투. 그녀의 말에 그런 뜻이 숨어 있었다. 고희는 당황한 강 회장과 인환을 돌아봤다. 의도하지 않았던 일임을 믿기에 고희는 불편한 감정을 안으로 삭였다. 제자리로 돌아가려 하는 진통을 겪고 있는 거라고, 좋은 게 좋은 거라고 저만 조용히 빠지면 되는 거라고 판단을 내렸다.

"네, 그럴게요."

고희는 다소곳이 자리에서 일어섰다.

"고희."

"아가."

인환의 눈동자에 담긴 익숙하지 못한 감정. 그건 그녀를 향한 미안함이었다. 그것만으로 위안이 되었다. 천하의 인환이 당혹스러움을 감추지 못하고 있었다.

"다른 날 잡으면 돼요. 제가 다시 오겠습니다, 회장님."

시아버지에서 회장님으로 호칭도 자연스레 바뀌어 있었다. 그러자 소연의 얼굴에 가식적인 미소가 떠올랐다.

"어머, 그래 줄래요? 전 오늘 아니면 음악회 준비로 바빠서요. 고마워요."

"네, 전 이만."

상황이 순식간에 의도하지 않은 방향으로 흘러갔다. 인환은 제 우매함에 발등을 찍고 싶었다.

"바래다줄게. 나가지."

"아니에요. 전 괜찮……."

소연의 찌르는 듯한 눈길을 뒤로한 채 두 사람은 엘리베이터를 탔다. 전망 좋은 높은 상층에서 통유리로 된 엘리베이터를 타고 내려가는 두 사람 사이에 침묵이 낮게 깔려 있다.

"미안해."

"당신이 그런 말도 할 줄 알아요? 전 괜찮아요. 어쨌든 저는 과거의 사람일 뿐이니까요. 정말이에요."

팔에 살며시 손을 얹는 고희의 동작, 당신을 이해한다는 듯한.

그리고, 함께 친구를 만났던 날 느꼈던 그 감정, 속절없이 향해 가는 그녀를 향한 감정, 길들여져 있던 그녀가 주는 편안함에 인환은 숨을 삼켰다.

"들어가세요. 갈게요."

회사 로비, 점점 시야에서 사라지는 그녀를 보며 인환은 쫓아가 내가 원하는 사람은 너라고, 너뿐이라고 말하고 싶었다. 하지만 지금은 때가 아니었다. 지금은. 인환은 회장실로 돌아가지 않았다. 공장에 급한 일이 생겼다는 핑계로 부천으로 향한 것이다. 졸지에 강 회장과 단둘이 식사를 하게 된 소연은 입술을 깨물었다. 여자 특유의 직감이 좋지 않았다.

'강인환, 그리고 유고희. 당신들 아직 정리 안 된 거였어? 그런 거야?'

여자의 눈빛이 어둠 속에서 매섭게 빛나고 있었다. 위험. 그건 가질 줄 알았는데 가지지 못하는 것에 대한 선명한 분노였다. 많은 것들을 양보하면서까지 인환을 선택한 그녀였다.

그를 만나고 욕심났기에 재혼이라는 불명예스러운 타이틀을 가진 그의 두 번째 부인이 되기로 결심하였건만, 인환의 마음이

콩밭에 가 있는 게 확연히 보이는 게 아닌가.

❖

한서준, 그가 고시를 패스하고 사법연수원으로 들어간다. 사법연수원은 경기도 고양시에 위치하므로 자주 만날 수 없는 거리였고, 전 4학기로 나뉘어 걸리는 시간이 총 2년이었다.

수습 과목이 엄청나 고시공부를 할 때보다 만남은 자주 이루어지지 않을 것임이 분명했기에 서준은 불안을 감추지 못하고 있었다. 그녀를 믿지 못하는 것이 아니라 세상을 장담하지 못하는 것이다.

"고희야, 기다려 줄 거지? 나 믿지?"

끄덕.

"연수원 들어가기 전 네게 소개해 주실 분 있다. 나에겐 아버지 같으신 분이자 후원자야."

"이 교수님이요?"

"그래. 널 만나고 싶대."

얼마 후, 법학교수실에서 세 사람이 인사를 하고 마주 앉아 이야기꽃을 피우고 있었다.

고희는 딱딱하고 엄하리라고 예상한 이 교수가 살갑게 자신을 맞아 주고 인자한 미소를 짓자 마음이 붕 뜨기 시작했다. 서준에게 부모 같으신 분께 저도 마음에 들고 싶었던 탓이었다.

"이거, 이거 준비를 하나도 못 했네. 요새 학기 중이라서. 서

176

준아, 미안한데 숙녀분 대접할 것 좀 사오겠냐."

"괜찮습니다, 교수님."

"아니에요. 손님을 초대하고 이런 법은 없지요. 서준아, 수고 좀 해다오."

"네, 교수님."

탁.

그녀에게 눈짓을 하고 서준이 음료수를 사러 나가자 대호의 눈빛이 안경 속에서 차갑게 빛이 났다.

"유고희 씨."

"네? 교수님."

갑자기 메마르게 제 이름을 또박또박 내뱉는 이 교수의 말에 고희는 자세를 고쳐 잡고 두 손을 무릎 위에 올려놓았다.

"○○고등학교 다녔지 않아요?"

고희는 소스라치게 놀라 자리에서 벌떡 일어설 뻔했다.

"그걸 어떻게?"

"기억나지 않나 봅니다. 그곳에 초청을 받아 은사의 날 강의를 하러 간 적이 있는데."

"그, 그러세요?"

"아주 똑똑하고 영민했던 여학생이 한 명 있었지요. 강의 후 내 앞으로 와서 법률 자문을 구한. 그 학생과 유고희 씨가 친구였던 것으로 기억하는데 내 기억이 맞나?"

고희의 가슴이 두근거리다 못해 심장이 터져 나올 것만 같았다.

"그 학생 이름이 유명이었지, 아마?"

헉!

열쇠를 꽂아 뒤틀었을 때 확 열려지는 것처럼 그날의 기억이 났다.

친구 명이 대학 진학 시 법학을 전공하고 싶어 해 강연하던 교수에게 질문할 게 많다며 강단으로 나서던 그림이 눈앞에 그려졌다.

그때 그 교수가 이대호였었나? 대학을 갈 수 있으리라고 생각도 못 했고, 자신은 법학에는 아무런 흥미도 없었기 때문에 흘려들었던 강연이었다.

"맞는 것 같습니다."

대호는 비 맞은 새처럼 벌벌 떠는 그녀를 면밀히 살피다 슬쩍 말을 꺼냈다.

"서준이와 연인 사이인가요?"

"……무슨 말씀을 하고 싶으신 겁니까."

고집스런 눈매, 그리고 강단 있는 어조로 부당함을 꼬집는 고희의 모습에 잠시 감탄하던 대호였다. 그러나 거기까지였다.

"화재사건."

"지금 절 협박하고 계신 겁니까?"

"고희 양, 난 교수이기 전 서준의 아비가 될 사람이오. 곧 양아들로 입적시키려 준비 중이니까."

"양아들이요?"

"서준은 높이 날아갈 녀석이오. 아비로서 날개를 달아 주려고. 정치는 마음만으로 되는 게 아니니까."

"아니요, 모르겠습니다."

입을 꼭 다물고 불의에 대항하는 고희의 모습에 안쓰럽기도 하였지만 이 교수는 맘을 다잡았다.

"정치판이 어떤지는 누구보다 내가 너무나 잘 알고 있어요. 높이 올랐다 내려오는 롤러코스터처럼 두각을 나타내자마자 서준이 험한 꼴을 당하게 할 수는 없소."

"그런 일 없을 겁니다."

"인생 장담하는 거 아니에요. 나 또한 추락한 사람 중 하나였으니까. 그리고 지금까지 후유증에 시달리는 한 사람이기도 하고 말이오."

고희는 두 손을 맞잡고 잔인한 말을 서슴지 않고 해대는 이 교수를 바라보았다. 저 사람이 어떻게 알아낸 것일까? 아니, 저분 말처럼 누구라도 쉽게 알아낼 사실이라면? 어쩌면 좋을까?

"내가 잔인하고 모질다는 것 알아요. 하지만 내 자식이 아프고 괴로울 일 생기기 전에 미리 치워 주고 싶은 게 부모 맘일 거요."

사랑이라 확신할 수는 없지만 그에게 마음이 흘러가고 있었다. 그런데 장애물이 가로막히고, 넘지 못하는 옹벽에 부딪친 느낌이 들었다.

그때였다.

딸각.

서준이 환한 미소를 띠며 들어선 것은.

웃을 수 없어 어정쩡한 표정의 고희와 인자한 표정의 대호가 그를 반겼다.

"여기."

"하하. 수고했다."

"무슨 이야기 하셨어요?"

"문학이야기. 그리고 뭐, 이런저런 이야기지."

"문학이요? 어떤?"

대호의 눈이 살갑게 서준을 향했다가 시선을 아래로 깐 고희를 향했다.

"안나 카레리나."

"안나 카레리나라면."

"음…… 고희 양에게 추천하고 싶은 문학작품이어서 권하고 있던 중이었다."

고희는 가슴이 따끔거려졌다. 안나 카레리나, 그 작품을 운운하는 대호의 속내를 간파했기 때문이었다. 애절한 사랑이야기를 말하고 싶은 게 아니라는 것쯤 잘 알고 있었다.

모든 것을 버리고 사랑 하나만을 선택한 안나의 결말이 어떠했는가. 남자는 시간이 지날수록 자신이 홀대받고 지위가 격하됨을 견디지 못했고 급기야 여자를 외면하고 마는 슬픈 결말. 그것이 고희 그녀일 수 있음을 암시한다는 것을. 고희는 두려움으로 몸을 떨고 있었다.

치익.

칙칙.

나쁜 소음이 다시 들려왔다. 활활 타오르던 화재의 그날. 신경을 거스르던 그 소음. 머리를 쥐어뜯고 싶을 정도로 미치게 하던 그 소음이 다시 들려오고 있었다. 다시……

머리가 무거워졌고 몸은 천근만근 아래로 축축 늘어졌다. 봄바람처럼 살랑거리던 풋풋한 감정은 공포라는 이름하에 색이 바래져 갔다. 목이 따끔거리고 눈이 보이지 않고 귀가 먹먹했다. 고희는 차마 밝힐 수 없는 제 과거를 정면으로 맞닥뜨려야만 했다.

고희와 서준, 두 사람의 다정한 한때를 지켜볼 수밖에 없던 인환은 지옥 속을 헤매고 있었다. 아무리 궁리해 봐도 다시 만날 빌미가 제공되지 않았던 탓이었다.

한 여사나 민재를 통해 연락을 취해도 그녀는 거절을 되풀이했다. 승낙을 한대도 잠깐 와서 그들을 만나고 휑하니 가 버린 것 외엔 자신과의 우연한 만남조차 철저히 배제하고 있었던 것이다.

미칠 것 같았다. 술이 과했을까? 그답지 않게 과음을 하고 있었다. 강인환이 사랑에 흔들리고 중심을 잡지 못하고 있었다. 사춘기 소년처럼 처음 하는 사랑에 이리저리 흔들리고 있었다.

"강 사장님, 이제 그만 들어가시는 게 좋겠습니다. 많이 취하셨습니다."

스카치를 스트레이트로 비우는 인환을 보다 못한 바텐더가 그를 말리고 있었다.

"언제부터 바텐더가 어쭙잖은 간섭을 했나?"

"죄송합니다."

술을 비우고 비워도 쓰린 속이 가라앉지 않았다. 틈이 보여야 다가서도 다가서건만, 이러다 정말 그녀를 놓치는 건 아닐까?

인환은 마셔도 취하지 않는 술을 물처럼 비워 내고 있었다.

소연이 bar로 들어선 건 바로 그때였다.

자꾸만 만남을 피하고 자신을 외면하고 있었다. 인환, 그가 말이다. 애가 타고 바싹 독이 오른 그녀였다. 제 어디가 그 덜떨어진 여자보다 못하단 말인가.

"그만 마셔요."

"놔둬."

소연의 등장에도 눈길 한 번 주지 않다가 소연이 술병을 빼앗아 들자 그녀를 죽일 듯 노려보는 인환이었다.

"대체 왜 이래요? 아직 그런 여자에게 미련이 남은 거예요? 그럼 왜 이혼했어요? 이리 죽자 술 마시고 비틀거릴 거면!"

"경고하는데 그녀에 대해 함부로 말하지 마. 그리고 상관하지 마."

"나도 다 알아요. 나는 눈치도 없는 줄 알아요? 난 자존심도 없는 줄 알아요? 그 여자 뭐 볼 게 있다고."

"닥쳐!"

"뭐예요? 당신, 지금 내게 뭐라 했어요?"

"그 여자에 대해 함부로 지껄이지 말라고 경고했어."

"어휴, 무서워라. 그러셔요? 어쩌나? 난 함부로 말할 건데? 집안이 좋길 해요? 아님 능력이 있길 해요? 아님…… 아아, 잠자리 기술이 탁월한 건가?"

쫘악!

인환의 손바닥이 세차게 그녀의 뺨을 후려쳤다.

"뭐…… 이게 무슨 짓이에요!"

대경실색한 여자의 얼굴이 클로즈업되자 그제야 자신이 한 짓을 깨달은 인환은 한마디 사과 없이 재킷을 잡고 일어서 미련 없이 밖을 향한다.

"미안하다 사과는 안 해. 여러 차례 경고했으니까."

분해 어쩔 줄 모르는 소연을 밀치고 그는 bar의 계단을 올라가고 있었다. 어디 가 소리라도 크게 질렀으면 소원이 없을 것 같았다.

그런데, 소연이 그의 등 뒤에서 허리를 감아 붙잡았다.

"가지 마요. 인환 씨."

"……놔."

"내가 그녀를 잊게 해 줄게요. 응? 그러니까 잊어버려요. 이미 한 번 버렸잖아요. 이제 와서 미련하게 당신 왜 이래요?"

"나도, 나도 그랬으면 좋겠다. 전부 지나간 일로 잊어버릴 수 있었으면."

타악.

소연의 팔을 매정하게 떨궈 내리고 인환은 비틀대며 어둠 속으로 사라져 버렸다. 소연은 남은 자리에서 우두커니 서서 인환이 떠나간 어둠 속을 노려보고 있었다.

'이렇게까지 사정을 했는데, 내 자존심을 이렇게 뭉개? 내가 이리 애원을 했는데도?'

그녀는 모멸감으로 입술을 바르르 떨고 있었다.

# 13화

　집으로 돌아와 한참을 거울이 놓인 책상 앞에 앉아 넋을 놓은 고희였다. 숨기고 모르는 척 이대로 그와 만나면 안 되나? 아니, 그럴 수 없었다. 그의 은사도 알게 되었지 않은가. 그가 알게 될 날이 오는 건 시간문제였다. 그에게 짐이 되고 싶지 않았다. 이대호의 말처럼 약점도 되기 싫었다.

　대체 어떻게 해야 하는 거야, 어떻게. 눈 딱 감고 나 모르쇠로 일관한다면, 아니 그에게 고백해도 그는 고희를 이해한다고 말해 줄 것 같았다. 하지만 모두 알게 된다면? 죄 없다 하더라도 사건의 정황은 충분히 구설수에 오를 만한 빌미를 제공할 게 틀림없었다.

　그저 나만의 사람이라면, 고희 그녀에게만 허락된 특별한 사람이라면 문제 될 게 없었다. 그를 점지해 준 월하노인에게 감사드리며 일말의 죄의식을 덮어 버릴 수도 있었다. 하지만 살다 보면 바래지고 희미해지는 것이 사랑이 아닌가. 특별하고 그 없이, 그녀 없이 못 살겠다는 속삭임도 현실 속에 안주하다 보면 변화하지 않는가. 그가 그녀를 선택함으로 인해 그의 야망을 접을 수밖에 없다라 한다면 지금은 사랑을 선택함에 주저 없을지 몰라도 훗날 그녀를 원망하지 않는다는 보장이 어디 있는가.

자신의 존재 가치를 인정해 주는 사람들을 가지고 싶은 권력욕과 지배욕이 서준에게 있었다. 그는 거기서 삶의 의미를 찾는 것이 분명했다.

'모든 것에 눈 감고 나만의 행복을 추구한다면 과연 행복해질까?'

고희 그녀가 가장 두려워하는 건, 사랑이 행복함만이 아닌 그에게 공허와 고립을 가져다주지 않을까 하는 부분이었다. 행복하기 위한 모든 조건을 갖추고 살더라도 남자가 이루지 못한 것에 대한 공허를 느낀다면 그건 분명 불행의 시작일 것이다. 그것이 고희의 결론이었다.

그녀는 매우 복잡한 사람이었다. 아직 경험하지 않은 미래를 제 나름대로 해석하고 예측하며 서준의 손을 놓으려 하는 것이 비겁하다 생각되었지만, 그녀의 결론은 이렇게 내려졌다.

고희는 서준을 밀어내기로 결정했다. 논리 정연하게, 그리고 독하게 대해야 그가 그녀를 떠나갈 것이 틀림없었다. 그리고 고희가 먼저 인환에게 전화를 건 것이 그 처음이었다.

-고희?

"저, 부탁 하나만 들어주실 수 있나요?"

-무슨 일이야?

인환은 자신에게 찾아온 이 행운이 도저히 믿기지 않았다. 어제까지만 해도 출구를 찾지 못해 괴로웠던 그였다. 그녀가 잠시만 저를 도와 달라 할 줄이야. 서준 그를 떼어 내기 위해 거짓말을 해 달랜다. 얼마든지 이용당해도 좋았다. 얼마든지.

연수원에서 가까운 까페였다.

"무슨 일이야?"

서준은 꼭 만나야 한다며 찾아온 고희를 점심시간을 내어 마주하고 있었다.

"힘들죠?"

"죽을 것 같아. 하지만 파이팅이다."

"즐거워 보여요."

"그런가? 내 적성, 아니 내 꿈이었으니까."

"선배, 정치할 거지요?"

"왜? 싫어? 고생시킬까 봐 그래? 네가 정 싫다면 검사만으로도 널 먹여살릴 수 있다."

"아니에요. 그냥 궁금해서 물어본 거예요."

"내가 입문하면 우선 경제와 정치의 상관관계……."

이어진 그의 열띤 말들, 그가 얼마나 자신의 직업을 긍지 높게 생각하는지 알게 해 주고도 남았다. 시간이 흐를수록 말하기 힘든 일임을 알기에 고희는 작정하고 나선 길이었다.

헤어짐이 아름답지 않을 것이고, 그에게 독이 될지 모르겠지만 미적거리며 그를 힘들게 하고 싶지 않았다. 단칼에 베어 내야 할 감정, 찌꺼기나 부스러기조차 한 줌 남기지 않고 베어 내야 피를 덜 흘리는 게 남녀 간의 정분이었다.

"뭐, 뭐라고?"

"헤어지자고요. 저 재결합하기로 했어요, 전남편과. 일이 그렇게 되었어요. 미안해요."

"언제부터?"

"선배가 연수원에 들어간 뒤. 남녀 사이 알잖아요. 만남이 거듭되다 보니 없던 정도 생기고 그리고 서로를 원하기도. 미안해요. 돌이킬 수 없게 되어 버렸어요. 저도 몰랐는데 2년 동안 미운 정 고운 정이 들어 버렸더라구요. 그 사람 아이 아버지로도 손색없는 조건을 갖춘 사람이고 시댁어른들 좋으신 분들이에요."

"네가 내게 이럴 순 없어. 내가 무엇 때문에, 무엇 때문에!"

그의 절규를 지켜보며 고희는 아프도록 입술을 질끈 깨물었다.

"사람은 변하는 거잖아요. 선배가 떠나 있는 동안이 그 사람에 대해 다시 생각해 보게 되었어요. 이미 그 사람이 가슴 깊숙이 들어와 있더라고요."

"뭐?"

"미안해요. 진심이에요. 당신 때문에 진심을 알게 되었어요."

"유고희, 아냐. 네 그런 말, 난 믿지 않아."

"그 사람도 이 자리에 나올 거예요. 저, 인환 씨 여기요."

인환이었다. 성큼 다가온 인환이 고희 옆자리에 앉더니 걱정

스런 눈빛으로 그녀를 훑고 어깨를 껴안자 서준의 눈빛이 마구
흔들렸다. 제 여자를 향한 소유욕을 서슴없이 드러내고 그녀를
향한 사랑을 가감 없이 표현하는 그였다.

"괜찮아?"

"네."

앞으로 내려온 머리카락을 쓸어 주는 인환의 행동에는 숨길
수 없는 그녀를 향한 격한 애정이 스며 있었다. 두 사람만의 세
상에 갇힌 연인들의 몸짓을 바라보는 서준의 눈동자가 일그러져
갔다.

"네게 나는 대체 뭐였니?"

서준의 질문에 고희는 마지막 일격을 가하기로 결심했다. 지
금이 아니면 그는 결코 그녀 곁을 떠나려 들지 않을 것이 분명
했으므로.

"위안? 위로? 사랑은 아니었어요. 죄송해요."

위안, 위로라는 말로 그들의 관계를 정리하려는 다급해 보이
는 고희의 행동을 오해하는 서준이었다. 곁에 있는 사람에게 더
이상 상처를 주지 않기 위해라고.

서준의 눈빛과 인환의 눈빛이 허공에서 얽혀 들었다. 날카로
움, 그리고 매의 눈빛처럼 빛내며 자신을 경계하는 인환의 눈빛
에서 고희를 지키고자 하는 몸부림을 분명 보았던 서준이었다.

# 14화

어느새 고희는 대학원을 졸업했다. 억지로 잊으려 애를 쓰며 시간을 흘려보낸 고희였다.

눈물 흘린 만큼 강인해지고 아팠던 기억도 서서히 바래져 갔다. 인간이란 게 결국 자기 본위라, 견디지 못할 만큼의 고통은 없는 것이라고 믿으며 고희는 묵묵히 하루하루를 살고 있었다.

시간의 상대성 이론처럼 힘들고 견디기 어려웠던 순간은 처절하게도 느리게 지나가더니 이젠 제법 깊어 가는 계절을 느끼는 고희였다.

원하지 않아도 앞으로 나아가야 하는 외로운 길, 고희는 퇴근을 서두르며 핸드백을 어깨에 멨다.

그때,

"유고희 씨."

"네, 무슨 일이세요. 편집장님."

편집장 박한용이었다. 그는 사별한 남자로 예의가 발랐고 듣자 하니 중소기업을 운영하는 넉넉한 집안, 잘생긴 마스크 때문에 인기가 많은 사람이었다. 그가 고희를 눈여겨보고 있다는 것을 누군가가 귀뜀한 바 있기에 고희는 간격을 유지하고 있었다.

"시간 있습니까?"

"죄송합니다."

"또 거절이군요. 다섯 번째입니다."

서운함, 그리고 애운함이 묻어나는 말이었다. 그녀도 사람이기에 고희는 미안함으로 그의 얼굴을 외면하고 있었다.

한용은 자신에게 관심이 가는 사람이 생길 줄 몰랐다. 전 부인이 딸 하나만을 남기고 병으로 세상을 뜬 지 6년이었다. 그동안 재혼을 권유받기도 했고 주위에서 사람을 소개시켜 준다고 설레발을 쳤지만, 그건 죽은 사람에 대한 예의가 아니라며 물리친 게 벌써 6년이라는 시간이 지나가 버렸었다.

대학 캠퍼스 커플, 전 부인을 처음 만났을 때 같은 두근거림을 다시는 느끼지 못할 거라 생각하며 일에 파묻혀 지내던 중 편집부에 들어온 새내기 고희에게 저절로 눈이 갔다.

상사라는 권한으로 고희의 신상 기록을 보고 난 후 더더욱 맘이 쓰였다. 혼자였다. 아니 혼자가 된 사람이었다. 자신처럼. 다른 여자들과 섞여 있어도 시선은 항상 그녀에게 향해 가고 고정되어 가는 시간이 늘어만 갔다. 한 번, 두 번, 그리고 벌써 다섯 번째 거절에 부딪치자 서서히 초조해지는 한용이었다.

"할 말이 있습니다."

"……."

오늘은 쉽게 물러서지 않고 퇴근길을 가로막는 한용 때문에 고희는 난감했다. 시간을 할애한다는 것이 무슨 의미인가? 그가 무슨 말을 하려 하는지 짐작하기에 두 사람이 꺼리낌 없는 관계로 지낼 수 있는 현재를 바꾸고 싶지 않았다.

"편집장님."

"박한용입니다."

"저에겐 그저 편집장님이세요. 그 이상도 이하도 아닙니다. 다른 이름으로 부르고 싶지 않아요. 제 말뜻 아실 거라 믿습니다."

돌아서는 고희의 어깨를 저도 모르게 손이 먼저 나간 한용이 붙들자 고희의 몸이 홱 돌려졌다.

"뭐 하시는 거예요?"

"오늘은 시간 내세요. 꼭 할 말이 있습니다."

고집스러운 입매와 조용하게 타오르는 불길을 담은 눈이 고희를 바라보고 있었다. 그때, 멀리서 그녀의 이름을 다정하게 부르며 다가오는 누군가가 있었다.

"고희!"

"누구, 인환 씨?"

"여기까지 왜 왔어? 추운데 전화하면 내려오라니까."

"……당신."

"회사 동료? 누구?"

고희는 난감한 상황에서 누구 손을 들어 줘야 하는 건지 판단을 재빨리 했다.

"네? 여긴 편집장님 박한용 씨. 그리고 여긴…… 제 전남……
아니 강인환 씨예요."

두 사람을 얼결에 인사시킨 고희는 정신이 하나도 없었다.

"안녕하십니까, 강인환이라고 합니다. 우리 고희 거기서 일
열심히 잘한다고 하던데 정말인지 궁금합니다. 하하하."

인환의 자신만만한 태도, 자연스레 고희의 어깨에 두른 팔, 그
무엇보다 그녀가 그의 품 안에서 조용히 안겨 있다는 점이 한용
을 의기소침하게 만들었다.

"박한용이라고 합니다."

"아아, 편집장님이시군요. 이름 들어 알고 있습니다."

들어서 알고 있다니, 뭘? 고희는 인환에게 회사 일을 말한 적
이 없었다. 그저 어디 다닌다는 것 외에는. 하지만 현명하게 고
희는 입을 다물고 있었다.

"네."

한용은 난감해하는 고희의 얼굴에 입맛이 썼다. 아름다운 여
자는 많지만 마음 가는 여자는 오랜만이었기에 더더욱. 하지만
자신을 향해 호탕하게 웃어젖히며 인사하는 남자에게서는 제 여
자를 향한 소유욕이 물씬 풍겨 나오고 있었다.

"자, 예약해 두었어. 어서 가지."

"예약이요?"

"음, 요새 당신 입맛이 없었잖아. 좋아하는 해물파스타 먹자."

고희는 그가 갑자기 나타난 것도 적잖이 놀랐지만 그녀가 해
물파스타를 좋아하는 것을 알고 있다는 것에도 깜짝 놀랐다.

'대체 이 사람은 모르는 게 뭐지?'

고희가 머뭇대자 자연스럽게 그녀의 어깨에 팔을 두른 인환이 멀거니 서 있는 한용을 향해 목례를 했다. 결국 한용은 뒤로 물러설 수밖에 없었다.

"편집장님, 죄송해요. 먼저 가 보겠습니다."

"아, 네. 그럼 내일 봐요. 고희 씨."

지하 주차장이 아닌 1층, 곧바로 멈춰 선 외제 자동차에 오르는 두 사람을 바라본 한용의 얼굴에는 미처 감추지 못한 씁쓸함과 아쉬움이 소용돌이치고 있었다. 뒷좌석에 고희와 나란히 앉은 인환은 그 표정을 보지 못했지만 짐작은 하고 있었다. 그녀가 규모가 제법 있는 출판사에 취직한 순간부터 모든 것을 조사해 파악해 둔 인환이었다. 다시 눈 뜨고 빼앗기는 불상사를 반복하고 싶지 않았다.

그녀는 모르고 있었겠지만 이곳에 고희가 취직한 이후 곧바로 인환은 이 출판사의 경영에 참여하고 있었다. 그런데 근래 눈치가 이상하다는 보고가 올라왔다. 사진도 첨부되어 있었다. 박한용, 편집장, 부친 중소기업 운영, 사별, 딸 1명, 성격이 좋고 주위 사람들과 잘 어울린다. 아니, 그런 모든 것을 떠나 고희를 바라보는 저놈의 눈빛이 심히 거슬렸다. 사내로서 여자를 바라보는 갈구하는 눈빛 그건 제 눈빛과 거의 흡사했기에.

'정말이지, 왜 이렇게 나날이 아름다워져 가는 거야? 불안하게.'

사랑하는 사람에겐 직감이라는 게 생기나 보다. 오늘, 굳이 이

194

곳을 와야 한다는 강박관념에 시달렸던 것을 보면. 지방 출장으로 이틀 서울을 비웠던 인환은 급히 일을 마무리 짓고 서울로 올라오던 길이었다. 공항에 도착하자마자 본가가 아닌 고희가 근무하는 고려 출판사로 방향을 지시한 인환의 눈에 두 사람의 모습이 포착된 것이다.

"여긴 어쩐 일이에요? 해물파스타라니요?"

"미안, 예약한 거 거짓말이었어. 당신이 곤란한 상황으로 보이던데, 아닌가?"

고희는 입을 다물었다. 곤란한 상황이 맞았으니까.

"아니에요. 고마워요, 도와줘서."

후우~

고희는 차창 밖으로 시선을 두고 한숨을 길게 내쉬었다. 이걸로 마무리 지어졌으면 싶다. 좋은 사람 같으니까. 자신도 조용히 살고 싶으니까.

"날 이용해."

그때, 인환의 입에서 믿기지 않은 말이 튀어나오자 고희는 핵고개를 인환에게 돌렸다.

"뭐라고 했어요?"

"날 이용하라고, 이용해도 좋다고."

놀라 휘둥그레진 고희의 눈동자가 제게 향하자 인환은 저도 모르게 너그러워졌다. 보고 싶었다. 이틀 출장이었는데도 일주일 같게 느껴졌다. 그녀와 헤어진 이후 시간이 이처럼 더디게 간다는 것 실감하고 있었다. 가슴이 답답할 때도 있었고 속이 터질 때도 있었고 뭔가에 쫓기는 사람처럼 달려가고 싶을 때도 있었다. 그리고 오늘처럼 자신을 향한 그녀를 보고 있으면 그저 행복하기도 했다.

그는 기다리고 있었다. 서준이 떠난 이후 마음을 열지 않는 고희에게 서서히 다가가고 있었다. 다른 일 같으면 중도에 과감히 포기하고 급선회할 일이었지만, 난생처음 접한 사랑이라는 감정 앞에 인환은 자신도 모르던 많은 감정을 발견하고 놀라워하고 있었다. 그중 한 가지가 인내였다. 그녀가 놀라지 않게, 그녀를 다그치지 않으려 무진장 애를 쓰는 그였다. 한없이 너그러워진다는 건 그녀에게만 적용되었다.

"당신 지금 뭐라고 말하는 건지 알아요?"

"왜 내 말이 그렇게 이상한가?"

고희는 대답할 말이 궁색해졌다.

'뭐라고 해야 하나? 당신은 이런 사람이 아니지 않느냐고, 독하고 매정하고 독설로 치자면 타의 추종을 불허하는 사람이지 않느냐고 말해야 하는 걸까?'

고희가 대답을 머뭇거리자 인환은 녹아내릴 듯한 미소를 지으며 그녀를 바라봤다.

"릴랙스 해. 내가 당신을 곤란하게 만든 적 있나?"

고희는 잠시 생각에 잠겼다. 없었다. 이상하게도 한 번도 없었다. 뭘 요구한 적도 없었고 막무가내 만나자고 한 적도 없었으며 불편하게 느껴지도록 행동한 적도 없었다.

"아뇨."

"내가 불편해?"

"아니라면 거짓말이죠."

새침하게 대답하는 고희가 제 눈에 그렇게 귀여워 보일 수 없었다.

"하하하. 솔직하군."

그의 웃음소리를 들으며 고희는 이상하다는 생각이 들었다. 아니, 눈으로 보았기에 망정이지 아니면 믿지 않았을 거다. 강인환, 이 사람이 농담도 하고 웃기도 했던 사람인가? 보아도 믿기지 않았다.

"왜 그러지?"

"당신, 내가 알고 있는 인환 씨 맞아요?"

"왜 아닌 것 같아?"

"네, 꼭 귀신에 홀린 것 같아요."

"사람은 변한다잖아. 나도 변해 가는 거겠지. 좀 더 둥글어지고 남의 눈치도 살피고."

"……."

"왜 믿기지 않나?"

"솔직히 그래요. 낯설기도 하고요."

"좋은 방향으로 바뀐 것이 아니다, 이 말인가?"

"아니에요. 음…… 이전보다 좋아 보여요. 여유도 있어 보이고요. 정말이에요."

"고마워. 그런 의미에서 저녁 살게, 가지."

거절하려다 문득 고희는 가십란에서 언급된 기사를 떠올렸다.

윤소연의 기사였다. 그녀가 기다리다 지쳐 백기를 들었나 보다. 삼화제지 이상혁과 약혼설이 떠다니는, 꽤 신빙성이 있는 뉴스였다.

'왜…….'

인환의 옆모습을 훔쳐보며 고희는 왜 이 사람이 이혼한 전 부인을 챙기는 것인지 궁금했지만 차마 물어볼 용기는 없었기에 입을 다물고 있었다. 하지만 이젠 궁금해졌다. 외면하기엔 긴 시간이 아니었던가.

처음엔 그저 혼자된 자신을 동정하는 줄로만 알았는데, 이 남자 이상하게 변해 가고 있었다. 전화를 해 안부를 물어 오고 조금 길다 싶으면 귀신같이 눈치를 채고 전화를 끊었다. 무리하지 않게 약속을 잡고 만남에 있어서도 깔끔하게 집에 데려다 주고 돌아섰다. 절도 있고 깔끔하고 뭘 원하는 것 같지 않은데. 그게 더 이상했다.

사업가가 아무것도 원하지 않는데 시간을 들이고 공을 들인단 말인가? 왜? 왜?

고희는 이혼한 후 2년 만에야 의문을 가지게 되었다.

달라진 점은 또 있었다. 지금 들어서는 곳 분위기가 고희가 선호하는 그런 곳이었다.

음식도 음식이지만 고희는 인테리어가 깔끔한 곳을 선호했다. 화이트와 블랙으로 고풍스럽게 보이는 외관은 절로 감탄이 나올 정도였다.

"맘에 드나?"

"이런 곳은 어떻게 안 거예요?"

"비서가 추천해 주더군."

"예뻐요. 어머, 저기 그네도 있네요."

예쁜 그네가 음식점 한 켠에 마련되어 있었다. 맘에 들어하는 여자의 몸짓에 인환의 마음도 덩달아 한껏 부풀어 오르고 있었다. 가랑비에 옷 젖듯 고희를 물들여 가는 인환이었다.

행복한 기억이 흔적으로 자리할 때까지 기다리기로 작정한 그였지만 그도 남자인지라 다른 건 참아 주겠는데 그녀 곁에 남자가 접근하는 건 두고 볼 수 없었기에 생각보다 몸이 먼저 움직이고 만 것이었다. 자꾸만 제게 시선을 고정하는 고희를 신경 쓰며 인환은 서서히 제 마음을 드러내어야 할지 고민하고 있었다.

"음식이 입에 맞지 않아?"

인환이 깨작거리는 고희를 바라보다 질문을 하자 고희는 집었던 나이프와 포크를 내려놓았다.

"식사할 기분이 아니라서, 미안해요."

딸그락.

고희가 먹지 않자 곧바로 식사를 중단하는 인환이었다.

"아까 만난 편집장이라는 그 사람을 신경 쓰는 건가?"

"신경 쓰이지 않는다면 거짓말이겠죠. 날마다 부딪칠 사람인데……."

인환은 쿵 하고 가슴이 내려앉는 소리를 들은 듯싶었다.

"신경 쓰인다고 했나? 내가 아는 그런 뜻인 건가?"

"그 사람은 제 타입이 아니에요."

인환의 가슴이 숫제 검게 타 버린지도 모르고 고희가 덤덤하게 자신의 마음을 밝혔다. 그러자 천국과 지옥을 오간 듯해 인환은 눈앞이 아찔했다. 하지만 포커페이스의 그는 얼른 본심을 감추고 별일 아니라는 듯이 응수해 주었다.

"타입? 무슨 타입?"

"글쎄요. 음…… 학구적이고 자기 일을 열심히 하고 결단력이 남다르고 짙은 검은……."

벌떡.

말을 하던 고희가 갑자기 자리에서 일어나 화장실로 달음질치자 인환은 자리에 가만히 앉아 있었다. 그녀의 눈동자에 이슬이 맺히는 것을 분명 보았기 때문이었다. 좋아하는 타입을 열거하고 보니 서준 그가 생각난 게 틀림없었다. 시간이 지날수록 자신의 여자가 시들시들해지더니 이제 대꼬챙이처럼 말라 가고 있었다. 바라보는 사람 가슴 아프게 시린 웃음을 짓는다. 다른 사람을 향해 환하게 웃는 모습은 맘에 들지 않았지만, 두 번 보았었던 눈부신 미소를 다시 보고 싶은 욕심이 있었다.

'내가 당신에게 서서히 다가갈 시간을, 기회를 줘. 내가 당신을 사랑할 기회를. 고희.'

한참이나 시간이 지났어도 고희가 돌아오지 않자 인환은 계산을 끝내고 고희를 찾았다.

흑, 흐흑. 윽.

고희가 울고 있었다. 차에 가려져 보이지 않게 쪼그려 앉아 어둠 속에 몸을 감추고 서럽게 울고 있었다.

조금 진정이 되었지만 코끝이 발간 고희에게 인환이 말문을 열었다.

"자동차 한 대 골라 봐."

"네?"

"어머니가 당신 고생하는 거 못 보겠다고 한 대 뽑아 주라고 명령하셨어. 거절하면 찾아오시겠다고 하시는 걸 말리느라 애먹었거든. 어머니 집착증 은근히 있는 것 잘 알지? 아마 당신이 허락할 때까진 날마다 전화하고 찾아오실 거야."

"어머님이요?"

"그래."

인환은 강 회장 다음으로 한 여사, 제 어머니를 이용하기로 했다. 물론 한 여사와 입을 맞춰 둘 필요가 있었다. 아직 제 마음을 밝히진 않았지만 들키는 건 시간문제였다. 윤소연과의 약혼설이 어물쩍 넘어가고 이후 누구와의 만남도 불허하자 이상하다는 것을 눈치채고 있었다.

"제가 필요 없다고 말씀 올릴게요."

"뭐, 그러든가. 그런데 요새 어머니 몸이 예전 같지 않으셔."

"네? 어디 안 좋으신 건가요?"

펄쩍 튀어 오르는 고희의 반응에 약간 죄의식도 드는 인환이었지만 이왕지사 이용해 먹기로 한 거 마음을 굳게 먹는다.

"음, 당뇨가 있어서인지 자주 피로해하시더군. 적적해하시는 것도 같고."

고희는 가슴이 철렁했다. 몸이 좋지 않으시다니 혹 누워 계시는 건 아닐까? 음식은 잘 드시고 계신 걸까? 이런저런 생각에 고희의 머릿속이 순식간에 뒤죽박죽되어 버렸다.

인환은 그런 고희를 지켜보다 은근슬쩍 말을 흘리고 있었다.

"입맛도 없으신 것 같아."

"뭘 잘못 드시는 거예요?"

"아주머니가 이것저것 하는데 잘 안 드셔."

"어머님 잣죽 좋아하시는데."

"알아. 내가 유명한 죽집에서 사다 드렸지만 안 드시던데?"

"어머님이 은근히 입맛이 까다로우세요. 잣죽은 정성이 많이 들어가는 음식이에요. 믹서에 한 번 아니고 두 번 갈아야 곱고 한꺼번에 물을 부은 다음에 중간 불로…… 중요한 건 다 된 다음에 간을 해야 하는데."

"어려운 부탁이겠지만 한번 와서 끓여 주면 안 될까?"

"네? 그건."

"안 되겠지?"

"……."

고희는 입술을 잘근잘근 깨물고 있었다. 어떻게 하지? 아프시다는데 외면할 수도 없고, 그렇다고 그 집에 다시 들어갈 용기는 더더욱 없었다. 인환은 쉽사리 결정할 고희가 아니라는 것을 알고 있었고 슬며시 뒤로 물러날 줄 아는 영악한 사람이었다.

"미안, 강요할 생각은 없었어. 못 들은 거로 해."

인환이 순순히 뒤로 물러서자 안도의 한숨을 푹 내쉬는 고희를 등지고 뒤돌아선 그의 얼굴에 미소가 얼핏 서리는 것을 그녀는 눈치채지 못했다.

'칼을 뺐으니 휘두르는 건 어머니에게 맡기면 되겠군.'

정확히 하루 뒤, 한 여사는 전화를 걸어 고희로부터 자발적으로 집을 방문하겠다는 약속을 얻어 냈다. 멍석을 미리 깔아 둔 아들의 술수를 적절히 요리한 한 여사였다.


–몸이 전 같지 않고 입맛도 없구나.

"어머님, 잣죽이라도 끓여 드릴까요?"

–어휴, 너 고생하잖니.

"아니에요. 드시고 싶으세요? 제가 가서 끓여 드릴까요?"

–……그래 주겠니? 그럼 입맛이 돌아올 것도 같구나.

한 여사의 말투엔 기운이 하나도 없어 보였다. 고희는 저도 모르게 눈물이 핑 돈다. 건강하셔야 하는데, 아프시다니 얼마나 먹고 싶으시면 어렵게 부탁을 하실까 싶어 맘이 급해졌다.

"어머님, 내일이 주말이니까 일찍 갈게요. 더 드시고 싶으신 건 없으시고요?"

–네가 와서 내 말동무라도 해 주면 살 것 같구나. 보고 싶다, 아가야.

"어머님."

고희는 보고 싶다는 말에 눈을 깜박거린다. 눈물이 나올 것 같아서였다. 저를 걱정하고 그리워하는 사람이 이 세상에 단 한 명이라도 있다는 것이 눈물 나도록 기뻤다.

"네. 저도, 저도 어머님 보고 싶어요."

인환은 그날 밤 내일 고희가 오기로 했다며 들떠하는 한 여사를 지켜보며 입가에 미소를 달았다. 일석이조. 그녀를 다시 자신의 바운드로 데려오는 것, 종종걸음 치며 바삐 다니던 그녀에게 자연스레 차를 사 줄 수 있는 계기를 마련하는 것, 두 가지가 동시 이뤄질 수 있기 때문이었다.

'고희, 내 사람, 이제 본격적으로 움직여야겠군.'

# 15화

천천히.

조심히.

조금씩.

그녀를 자신의 것으로 만들기 위해 2년을 묵묵히 인내하며 참았던 인환이었다. 바보처럼 놓치고 나서야 소중한 것을 알았던 탓으로 그는 수도하는 수도승의 자세로 그녀에게 공을 들이고 접근해 가고 있었다.

"박한용 편집장 다른 지부로 보내요."

고려 출판사 경영이사인 인환의 말 한마디로 박한용은 서울 강남지부에서 가장 거리가 먼 강서지부 편집장으로 발령을 받게 되었다. 항상 이기적이었고 앞을 향해 돌진하는 인환이었다.

사람을 잃는다는 것, 사랑을 잃어 공허함도 맛보았고, 제 무덤 파는 줄도 모르고 그 사람의 손을 놓아 버리는 바보짓도 했기에 지금 이 순간이 얼마나 중요한 시점인지 파악이 끝난 인환이었다.

무작정 우격다짐만으로 그녀를 데려오고 싶지 않았다. 아니, 그런다고 따라올 여자도 아니었다. 그녀도 자신을 원하게 만들고 싶었기에 인환은 인내하며 기다리고 있었다. 치열하게 사랑했던 기억도, 몸이 멀어지면 마음도 멀어지듯 아픔도 사라지리라 확신하고 있었다.

무려 2년이었다. 그녀가 그에 대해 가졌던 선입견, 편견, 생각을 바꾸기 위한 노력의 시간. 바라보는 시선에 따사함이 담긴 정도는 아니었지만, 전처럼 꺼리고 무서워하고 상처받을까 움츠렸던 모습은 아니었기에 우선 1단계는 성공한 셈이 되는 것이다.

만약 고희가 서준과 이루어졌다면? 그럴 일은 절대 없었을 것이다. 분명 그가 움직여 빼앗았을 것이다. 인환은 고비를 넘긴 셈이었다. 자신의 것을 빼앗기는 건 용납 안 되는 인환이었다. 비겁한 수를 써서라도 두 사람이 이루어질 수 없게 만들었을 것이 확실하기에 인환은 그런 상황으로 몰지 않은 자신의 운에 감사하고 있었다.

부부의 연, 하늘이 내린다 믿고 싶었다. 인환은 고희를 제 사람 만들기 2단계에 막 진입하는 중이었다. 그건 그를 남자로 인식하게 만드는 작업이었다. 곁에 있으면 든직한 사람, 언제나 도움의 손길을 내밀 수 있는 사람으로.

❖

하늘이 뭐라도 내릴 것처럼 잔뜩 찌푸린 회색빛으로 감싸여 있었다. 고희는 아침 일찍 대형마트로 장을 보러 나왔다. 돌아갈 때 택시를 이용하자니 주말이라 잘 잡히지도 않을뿐더러 멀리 우회해야 했기에 망설이던 참이었다. 누군가를 위해 뭔가를 해 줄 수 있는 기쁨. 고희는 그 기쁨을 만끽하며 다시 만날 한 여사 와 강 회장이 좋아하는 반찬거리와 선물을 사고 있었다.

'이럴 때 소형차라도 있었으면…….'

이러지도 저러지도 못하던 고희가 결국 돌아갈 땐 택시를 타 자 결심하던 때였다.

따르르.

─어디지?

"……인환 씨?"

─어머님이 당신 데려오라고 하시는데 어딘가 해서.

"아니에요, 택시 타고 갈게요. 신경 쓰지 마요."

─시끄러운 소리 들리는데, 마트인가?

고희는 혀를 내둘렀다. 시끄러운 소리 하나만으로 이곳이 마 트인 줄 알아내는 무서운 직감력의 소유자 강인환, 이 사람은 도 저히 속일 수가 없었다.

후우, 자신도 모르게 한숨을 내쉬던 고희가 이실직고했다.

"네, 홈플러스예요."

─짐이 많지는 않고?

순간 고희는 주위를 휘휘 둘러봤다. 어디서 저를 바라보고 있 는 건가? 완전 족집게 무당 수준이었다.

"당신, 작두 타야겠어요."

―뭐? ……하하하.

인환은 고희가 한 말의 의미를 알아채고 호탕하게 웃어젖힌
다. 그녀는 모르겠지만 경호원을 붙여 두어 그녀가 어디 있는지,
무얼 하는지 보고받던 인환이었다. 다음은 보고받지 않아도 어
떤 상황일지 짐작하는 건 그에게 식은 죽 먹기였다.

―데리러 갈 테니 기다려.

"여길 온다고요?"

―음. 금방 갈 거야…….

"잠, 잠깐만요."

뚜우우.

이미 끊겨 버린 수화기를 들고 멍하니 서 있는 고희였다. 이
사람 뭐지? 정신을 도무지 차릴 수가 없었다. 이곳 마트에 자신
을 데려가기 위해 몸소 온다니, 강인환이 말인가? 그룹의 리더
가 될 도도하고 잘난 그가? 시간을 쪼개도 하루 24시간이 바쁜?

그리고 얼마 후,

드륵.

고희는 눈앞에 카트를 밀고 가는 인환의 등을 바라보면서 제
눈을 의심하고 있었다. 면 폴로티에 감색 바지를 걸친 인환의 등
장과 앞서 카트를 밀고 나가는 동작이 너무 자연스러워 그녀는
미처 제지하지도 못했다.

"어머, 두 분 일행이시죠? 포도주가 행사 기간인데 어떠세요?
무료 시음하시고 가세요."

고희가 당연히 지나치려 하자 인환이 걸음을 멈추고 흥미를 보이고 있었다.

"원산지가 어디입니까?"

"이건 칠레산, 이건 베네수엘라, 그리고 이건 이탈리아에서 온 와인입니다. 시음해 보세요."

"난 운전해야 해서 안 되겠고, 저 사람이……."

인환이 뒤따라오는 고희를 바라보자 점원이 얼른 타깃을 그녀로 바꾸는 듯싶었다.

"호호. 사모님 입맛에 딱 맞는 포도주는 여기 있어요. 남편분께 어울리는 포도주보다 여자들이 음용하는 체코 모라비아 산 포도주는 순수한 맛으로 유명하답니다. 일체의 첨가제를 쓰지 않은 테이블 와인으로 값도 싸고 질도 좋구요. 간단한 선물 용도로도 이 한 병이면 훌륭하답니다. 자, 여기 드셔 보세요."

고희는 거절하기 참 난감했다. 종업원은 꼭 팔아야 한다는 사명감에 불타는 듯 초롱초롱한 눈빛으로 고희를 바라보며 압박하고 있었고, 전남편인 저 남자는 뭐가 그리 즐거운지 빙글거리며 이 상황을 즐기는 듯했다.

'남편분이라니, 이혼한 지 꽤 되었는데…….'

"손님, 여기 있습니다."

그녀가 머뭇거리자 인환이 고희를 안심시키는 말을 건넸다.

"술이 약한 거 알아. 그래도 이건 포도주고 도수 낮은 거니까 마셔 봐. 어머님도 좋아하셔."

"정말요? 어머님이 포도주 좋아하세요?"

"응, 난 당신이 아는 줄 알았는데? 당신 입맛에 맞는 게 어머니에게도 맞을 것 같군."

고희는 한 여사가 포도주를 좋아한다는 말에 고무되어 연거푸 권하는 포도주를 석 잔이나 마셔 버리고 말았다. 물론 영업력이 탁월한 종업원의 상술과 능란한 인환의 부추김이 교묘하게 작용한 탓이었다.

찰칵.

고희가 조수석에 앉아 벨트를 매자 지하 주차장에서 짐을 가득 실은 인환의 차가 입구로 향했다.

고희는 자꾸만 감기려는 눈을 깜박거리고 있었다. 분명 도수가 낮다고 했는데 석 잔을 먹으니 알딸딸해진 그녀였다. 2년 전 같으면 절대 있을 수 없는 일들이 지금 벌어지고 있었다.

'정신 차리자. 유고희, 정신 바짝 차려야 해. 잠시 친절을 베푼다고 맘을 놓아 버리는 건 위험한 일일 테니까.'

하지만 눈에 힘을 주면 줄수록 차량이 주는 편안한 흔들림에 도저히 감기는 눈을 어쩌지 못한 고희였다.

툭.

고희는 결국 잠이라는 마수에 항복하고 등받이에 머릴 기댄 후 곯아떨어지고 말았다. 누군가를 믿고 의식을 놓아 버릴 수 있다는 것이 의미하는 것이 무엇일까. 곁을 지키는 사람을 믿는다는 신뢰가 없다면 불가능한 일이다. 특히 고희 그녀에겐.

눈에 보이지 않는 사실, 그리고 감춰진 진실들이 서서히 수면 위로 부상하기 시작한다. 만질 수도 없지만, 정체를 알 수도 없지만, 두 사람 사이엔 유대감이 형성되어 가기 시작한다. 보이지 않았던 것이 보이고 외면했던 것에 눈길이 머무른다. 그리고 자신도 모르게 고희는 인환을 의지하고 있었다.

스륵.

인환은 부드럽게 주차장을 빠져나와 그늘에 잠시 정차했다. 술에 취한 그녀를 데리고 갈 정도로 생각이 짧지 않았던 탓도 있지만 무방비하게 느슨해진 그녀의 얼굴을 들여다보는 게 더 행복했던 탓이었다.

손가락 사이를 빠져나가는 검은 머리카락의 촉감. 어느새 바라보기만 해도 배가 부르다던 생각은 뒷전이고, 머리카락을 오르내리던 손끝에 힘이 실리며 고희의 입술 선을 덧그리는 인환이었다.

"으음……."

행여나 잠이 깰세라 숨죽이던 인환은 고희의 안전벨트를 풀어주려다 그녀의 뒤척임에 그 자리 그대로 얼음이 되어 버렸다. 달싹거리며 입술을 가르고 흘러나오는 미성, 살짝 벌려진 입술에 고정된 인환의 눈빛이 어두워지며 뜨거워져 갔다. 위험한 날것의 눈빛. 거기엔 여자를 원하는 남자의 음흉한 바람이 고스란히 담겨 있었다.

촉.

2초 도둑키스를 감행한 인환은 고희가 별 반응이 없자 용기를 내 다시 한 번 그녀의 붉음을 탐하기 시작했다.

초옥.

"으응……."

맘 같아선 입안을 가르고 제 붉음을 그녀와 함께 얽어 격하게 빼앗고 싶었지만, 초인적인 인내로 참은 인환은 그녀의 콧등과 이마에 가벼운 입맞춤을 했다.

촉.

촉.

잠자는 숲 속의 공주 같았다. 보고 있으면 이렇게도 가슴이 뿌듯하고 행복한 것을 왜 이제야 인정하게 된 것일까? 유고희, 그녀를 언제부터 사랑하게 되었던 것일까?

그녀가 있어야 제 인생에 반쪽이 완성된다는 것을 깨달은 지금, 늦지 않았기를, 부디 그녀의 마음이 제게 향하기를 바라면서 인환은 자신도 기지개를 펴고 고희 옆에서 느긋하게 눈을 감고 있었다. 머문 시간은 단지 30분이었지만 2년간의 결혼 생활 동안 느꼈던 그 어떤 순간보다도 친밀한 바람이 둘 사이를 훑고 지나갔다.


투둑.

두둑.

두두둑.

빗방울이 하나둘 떨어지고 유리창에 물그림자가 얼룩처럼 번질 때 고희가 먼저 눈을 번쩍 떴다. 잠시 자신이 어디 머문 것인지 주위를 둘러보던 고희의 시야에 머리 뒤로 깍지를 낀 인환이 운전석에서 눈을 지그시 감고 있는 모습이 못 박혔다.

술기운에 정신을 놓았었나 보다. 그녀를 배려해 그가 이곳에 정차한 것이라는 것, 그저 그것만이 알아졌다.

이 사람이 내가 알던 강인환일까? 도플갱어나 그런 거 아닌가? 변해도 너무 변한 인환의 태도와 모습에 고희는 혼란스럽기만 했다.

그때 눈을 뜬 인환의 눈동자와 정면으로 맞부딪친 고희였다. 자신을 똑바로 바라보는 눈, 그 속에 담긴 정염, 불길. 응? 무슨? 고희는 말도 안 되는 상상을 하는 자신에게 헛웃음을 짓고 말았다. 내가 아직 술이 덜 깬 건가?

"취했었나 봐요."

"머리는 아프지 않아?"

"네."

나무라지도 빈정거리지도 않는 인환은 무척 매력적이었다. 고희는 그가 그룹의 리더라는 사실을 떠나서고라도 눈길이 가는 남자라는 것을 인정했다. 사실 자신과 이혼하고 곧 재혼할 줄 알았었다. 그런데 예상을 뒤엎고 그는 아직도 혼자였다.

"고마워요."

"뭐가?"

강 회장 댁으로 향해 가다 결국 고희는 진심을 토로한다.

"알잖아요, 내가 취한 모습 보여 주기 싫어했을 거라는 걸. 알아주어서 고맙다는 말이라는 거."

"부탁 하나 할까?"

"부탁이요? 뭔데요?"

"날 경계하지 마. 네게 해(害)되는 일은 절대 안 해. 난처하게 만들고 싶지 않아. 내 맘은 그래, 믿어 줘."

"……노력할게요."

-고맙다, -죄송하다, -미안하다 삼종 세트인 이 말은 대인관계에선 효과가 아주 크지만 인환은 되도록 고희에게 듣고 싶지 않았다. 여전히 그를 밀어내려 격식을 차리는 것으로 느껴졌기에.

"부탁해."

# 16화

집으로 향하는 길, 아니 이전 시댁으로 향하는 길.

익숙하면서도 익숙하지 않은 풍경. 알고 지낸 지 4년이 넘었건만 낯설기만 했었던 전남편 인환과 가는 동행 길은 이상하다 못해 낯선 세계에 잠시 와 있는 듯한 착각을 불러일으켰다.

인환은 뭐 그리 즐거운지 입꼬리에 미소를 매단 채 간혹 우스갯소리도 지껄였다. 물론 정색을 하고 말을 하는 거라 재미있다기보다 이 사람이 날 놀리려고 하는 건지 잠시 헷갈렸지만.

"가장 억울하게 죽은 사람 이야기 알아?"

"네? 그게 무슨?"

"맞춰 봐."

"음, 교통사고로 죽은 사람?"

"결혼식이 내일인 신부, 졸다가 한 정거장 더 가다 죽은 사람, 간신히 버스를 잡아탄 사람, 버스번호를 잘못 보고 탄 사람."

"……."

"재미없나?"

고희가 이상한 표정을 지은 채 그를 바라보자 인환이 사거리 신호등에서 차를 정차해 그녀를 바라보았다.

"왜 그런 눈으로 보는 거지?"

"이상해요."

"뭐가?"

"당신, 이런 실없는 농담하는 사람 아니잖아요. 내가 알고 있던 그 사람 맞나요?"

인환은 고희가 하는 말을 충분히 이해하고도 남음이 있기에 그저 피식 하고 웃고 말았다.

"재미가 없나 보군. 그런 말 하는 걸 보면."

실망한 것 같진 않지만 씁쓰레한 인환의 표정이 마음에 걸려 고희는 사족을 달 수밖에 없었다.

"아니에요. 아주 재미없진 않았어요. 하지만 그런 유머를 정색하고 말하는 사람이 어디 있어요? 마치 연극 대사를 줄줄 읊는 것 같잖아요. 억양과 높낮이를 조절하고 익살스러운 표정을 하면 훨씬 와 닿을 것 같아요."

자신이 무색해할까 봐 횡설수설하는 거라는 것을 알기에 인환은 저도 모르게 미소를 띠었다.

"참고하지. 다음번엔 좀 더 연구해서 들려줄게."

미안해, 다음번에 참고할게, 이런 말 벌써 몇 번째 인환에게 들으면서도 제 귀가 잘못된 건 아닌지 의심하는 고희였다. 자신감 대마왕에 잘난 척이라면 이 세상 최고 자리에 오른 절대지존인 강인환, 그가 노력을 한다고 한다. 자신의 말 한마디에 반응하고 고쳐 보겠다고 한다. 이게 무슨 상황인지 당최 감이 오지 않았다.

"너무 변하지 마요."

"응?"

"사람이 갑자기 안 하던 짓 하면 빨리 죽는단 말에요."

"뭐? 하하하."

호탕하게 웃어젖히는 인환의 웃음소리가 공중으로 흩어져 갔다. 고희는 절제와 이성을 내던지고 여유로움과 소탈함까지 느껴지는 그의 모습이 생소하였지만 보기 좋다고 생각한다.

'아아, 이 사람도 사람이었구나. 이 사람도 휴일을 즐기고 농담도 할 줄 아는 사람이었구나.'

고희의 입가에도 자연스러운 미소가 감돌았다. 그가 자신이 남이 되고서야 보여 주는 색다른 모습들이 서로 영속되지 않은 관계 때문일 거라고 짐작한 고희로서는 인환이 그녀를 맘에 담고 좀 더 편하게, 자연스레 다가서려 노력하고 있음을 눈치채지 못하고 있었다.

사랑을 쟁취하는 방식엔 여러 가지가 있겠지만 인환은 이 방법을 선택했다. 가랑비에 옷 젖듯 서서히 그녀를 물들여 가는 방법. 그것은 마음 열기를 두려워하고서 다가서는 사람들에게 경계심부터 갖는 그녀의 성격을 완벽히 파악한 인환의 무서운 통찰력이 그대로 적용된 것이었다.

지켜보기만 하는 2년이 지났으니 상처가 아물어 가는 지금, 서서히 그녀의 마음속으로 파고 들어갈 시점이라 판단한 인환은 그가 보여 주지 않았던 새로운 면을 하나씩 하나씩 보여 주기로 결심했다. 물론 그의 성격상 매우 어려운 일이었지만, 그녀에게 대시할 방법을 찾는 도중 솔직하고 진솔하게 다가가는 방법이 주효할 것이 판단하였기에 자신이 변하기 위해 노력하고 있었다.

고희의 입가에 아릿한 미소가 담기고 긴장으로 일관되었던 그녀의 몸이 자신의 곁에서 서서히 이완되어 가고 있음을 귀신같이 알아챈 그의 기분은 날아갈 것만 같았다.

그렇게 부드러운 분위기로 집 안에 들어서자마자 한 여사가 뛰어나와 반겼다.

"아가야."

"어머니."

손을 붙들고 놓아주지 않는 한 여사 때문에 고희는 거의 끌려 가다시피 소파에 마주 앉았다.

"얼굴이 왜 이래? 뭘 먹고는 다니는 거니?"

분명한 여사의 문병하러 온 길인데 어느덧 환자는 고희가 되어 있었다.

"먹고 다녀요. 살도 쪘는걸요."

두 손을 놓아주지 않은 채 고희 이곳저곳을 살피는 한 여사의 눈빛에 담긴 진심에 고희는 눈물이 나올 것만 같았다.

"어머니, 식사는 하셨어요? 장을 봐 왔는데."

"온다는 소식에 아침도 아직이다. 같이 먹자. 아주머니."

앞치마에 손을 닦으며 박 씨가 거실로 나오자 식사를 준비하라며 환히 웃는 한 여사였다. 알았다고 대답함과 동시 고희와도 눈인사를 나누는 박 씨였다. 여전히 말없이 덤덤하게 집안일을 도맡아 하는 그녀의 모습이 반갑기는 고희도 마찬가지였다.

"어머니, 제가 주방에서 일을 도울게요."

"아니다. 이미 준비해 두었다."

"하지만 어머니, 잣죽을 끓여야 하는데……."

"조금 이따 하자. 오늘만 날이더냐. 것보다 회사 다닌다고? 거기 이야기 좀 해 봐라."

화제를 돌려 고희의 일상을 물어오는 한 여사의 요청을 거절하지 못하고 고희는 이야기보따리를 하나둘 풀어놓기 시작했다.

"호호. 그래? 그래서? 네가 실수를 했더냐?"

"처음이라 저도 몰랐었거든요. 그날 난리도 아니었어요. 내일 교정 편집이 들어가야 하는데 결국 편집부 전원이 그 일에 매달리고서야 겨우 마감 직전 원고를 넘길 수 있었어요."

"다행이로구나. 회사일은 힘들지 않고?"

"나름 성취감도 들고 재미도 쏠쏠해요."

고부 사이에서 이젠 모녀처럼 보이는 두 사람의 이야기가 끝날 줄 모르고 이어지고 있었다. 인환이 2층으로 올라갔다가 내려올 때까지.

"어머니, 저 배고픕니다."

"어? 아아, 그래, 그렇지. 식사해야지?"

식탁은 정갈하지만 고희가 좋아하는 나물과 채소로 이루어져 있었다.

"아주머니, 고맙습니다."

"아유, 작은 사모님, 아니 그……."

호칭을 뭐라 부를지 몰라 당황한 박 씨에게 고희가 웃으며 대답을 해 주었다.

"고희라 부르세요."

"에구, 그래도 어떻게."

"그렇게 불러 주세요. 잘 먹겠습니다……."

박 씨는 오랜만에 온 고희와 한 여사, 그리고 인환이 식사하는 모습을 보며 시중을 들고 있었다. 원래 스스로 불편해 나가 있던 그녀였지만 오늘은 뭐랄까? 다른 느낌이 드는 식탁의 분위기였다. 고부가 아닌 모녀 사이 같은 두 사람, 그런 두 여자를 부드러운 눈빛으로 지켜보며 식사하는 인환의 모습이 낯설게 느껴지는 그녀였다.

'내가 시력이 나빠진 건가?'

박 씨는 고개를 휘휘 내저었다.

'오랜만이라 그러겠지. 이런 생각을 품는 것도 앞서 가는 거야.'

박 씨는 알지 못하고 있었다. 남이기에 객관적인 입장이기에 더 정확히 판단 내릴 수 있다는 것을.


"하하하."

"호호."

강 회장이 골프 치고 돌아와 합류한 뒤 모처럼 단란한 시간을 보내는 고희였다. 오랜만에 느껴 보는 가족적인 분위기에 흠뻑 취해 가던 그녀는 인환이 마트에서 사 온 포도주를 눈치채지 않게 권하는 대로 받아 마시고 있었다.

이야기 도중에 손에 쥐여 주기도 하고 목이 마를 때쯤 귀신같이 알고 따라 주는 그녀였다. 인상을 찡그렸지만 마시다 남길 수도 없는 상황에 눈 딱 감고 마신 게 벌써 세 잔을 넘어가고 있었다.

"어머니, 포도주 맛 어떠세요?"

"음, 맛나구나."

"어떤 포도주 좋아하세요?"

"응? 포도주? 글쎄다. 난 포도주보다 샴페인이 입에 맞더구나."

"네? 하지만?"

고희는 순간적으로 인환을 돌아다보았지만 시치미를 딱 뗀 그는 고개를 살짝 돌리는 것으로 고희의 의문을 잠재워 버렸다.

그렇게 대화는 밤 10시가 되도록 이어졌다. 꾸벅꾸벅 고개를 끄덕이는 고희를 2층에 올라가라고 권하는 한 여사였다.

"아니에요. 집에 가야지요. 너무 늦었어요."

"무슨 말이니? 내 2층 침대 깨끗이 시트도 갈아 두었다. 자고 내일 아침 가거라. 일요일이잖니, 너 혼자 이 밤에 어찌 보내냐. 내 맘이 편하지 않다. 어서 올라가 쉬렴."

"어머니."

"그렇게 해요. 나도 밀린 일이 있어서 바래다주긴 곤란하니까. 혹 내가 꺼려져 그러는 거요?"

"아니에요, 그건. 하지만……."

혼자서라도 간다 말하고 싶었지만 몸은 축축 늘어지고 눈은 감기기 시작한 상태였다. 눈꺼풀을 빨래집게로 집어 올리지 않는 한 5분 이내 쓰러져 잠들 것만 같았다.

"올라가요. 어머님이 전부 준비해 두신 것 같은데."

"……네."

고희는 준비한 옷으로 갈아입고 곧바로 침대에 파고들었다. 푹신한 오리털 베개가 주는 촉감과 이곳이 주는 안정감이 물밀듯 밀려오자 고희는 어느새 베개를 베고 저만치 꿈의 세계로 달려가고 있었다. 아름다운 꿈, 행복했던 시간, 처음으로 안온함을 느꼈던 그 시간으로 빠르게 달려가기 시작했다.

딸칵.

인환이 방으로 들어섰다. 침대에 고희가 편한 얼굴로 단잠에 빠져 있었다. 인환은 그녀의 모습을 내려다보다 이마에 키스를 한다.

"잘 자. 집에 돌아온 걸 환영해."

"음……."

뒤척이는 고희의 잠투정에 인환의 입가가 저절로 느슨해졌다. 도둑 키스는 한 번이 어려웠지, 두 번째부터는 간이 커진 인환은 얼른 붉은 그녀 입술에 제 입술을 포갰다. 술 냄새가 알싸하게 풍겨 났다. 그녀 특유의 향기도 배어 있는 것 같아 좀처럼 입술을 떼지 못한 그였다.

"사랑한다. 이제 날 돌아봐 주라. 네 남자로."

대답이 없는 고희를 내려다보던 인환이 시트를 당겨 목까지 덮어 주고 어둠 속을 걸어 나오고 있었다.

딸각.

휙.

작은 그림자가 어디선가 자신을 덮치는 듯싶더니 어둠 속에서도 뚜렷하게 느껴지는 놀란 목소리가 인환의 귓전을 파고들었다.

"너, 지금 거기서 뭘 한 거니?"

"어머니."

"너…… 너, 고희 그 아이 그 아이에게 키스한 거 맞니? 그래?"

"……."

어둠이 익숙해지자 경악하는 한 여사의 두 눈동자가 인환의 검은 눈동자와 맞부딪쳤다. 한 여사의 손에는 보리차가 담긴 물병이 쟁반 위에 올려져 있었고, 쟁반은 그녀의 심정을 고스란히 대변하듯 파르르 떨리고 있었다.

# 17화

"너……."

"내려가서 자세히 말씀드릴게요. 어머니."

한 여사는 놀란 가슴을 쓸어내리고 있었다.

고희에게 물을 가져다주러 올라갔는데 살짝 열려 있는 문틈으로 익숙한 실루엣이 보였다. 아들인 인환이었다.

저도 모르게 숨죽인 채 다가간 한 여사는 인환이 고희의 이마에 입술을 맞추는 모습을 보고 하마터면 비명을 지를 뻔했다. 거기다 뭐라고 중얼거리는 것인가, 내가 들은 게 맞나?

*"사랑한다. 이제 날 좀 봐 줘, 네 남자로."*

거실에 마주 앉은 인환과 한 여사의 얼굴이 긴장으로 딱딱해져 있었다.

"어머니."

조급함, 그리고 복잡한 심사를 숨기지 못하고 한 여사가 인환

224

의 말을 도중에 가로채고 말았다.

"너 지금 뭐 하는 거니? 내가 잘못 본 거지?"

어차피 알아야 될 일이었다. 인환은 한 여사가 고희를 어여뻐
하는 것은 알고 있었지만 어떻게 나오실지 장담은 할 수 없었기
에 조심스럽게 접근하던 중이었다.

"아닙니다, 제대로 보신 거 맞습니다."

"뭐…… 뭐라고?"

딱.

탁탁.

탁.

갑자기 매섭게 등짝을 후려치는 한 여사의 손맛은 매섭고 아
릿하기까지 했다.

"너, 너, 이 녀석 뭐냐! 지금 장난하니? 그래? 사람 가지고 장
난하는 거 아니라 했지? 네가 지금 뭐라고 하는지 알고나 있는
거니? 누가 누굴? 네가 고희를 뭐 어쩌고 어째? 안 그래도 힘든
아이야. 너 때문에 2년 독수공방하고 이제야 겨우 제자리를 찾
아가는 아이란 말이다. 그런데 뭐 하자는 거니? 응? 네가 손 내
민다고 다시 고맙습니다 하고 얼른 받아들일 줄 알아?"

탁.

탁.

인환은 모친의 매운 손을 고스란히 맞고 있었다. 그만하시라
고 한다거나 그게 아니라는 변명이라도 했다면 한 여사는 더욱
길길이 날뛰었겠지만 제 잘못을 잘 안다는 듯 의기소침한 표정

으로 그녀의 주먹질을 고스란히 맞는 인환의 태도에 한 여사도 금방 힘이 풀리고 만다.

털썩.

"어머니."

힘을 모두 소진한 듯한 여사가 소파에 몸을 깊숙이 파묻자 인환이 고개를 들어 그녀와 눈을 마주쳤다.

"압니다. 그래서 기다렸습니다. 제가 한 잘못을 아니까, 그러니까 성급히 움직이지 않았습니다. 그런데 더 기다릴 수가 없어요. 불안해서 이러다 영원히 놓치는 것 아닌가 해서. 어머니, 도와주십시오."

"뭐…… 뭐라고?"

"그래요, 당신이 나서 봐요."

"여보."

언제 나왔는지 모습을 드러낸 강 회장이었다.

"당신은 알고 있었어요? 그런 거예요?"

한 여사는 기가 막히는 듯 두 부자를 바라보며 허탈한 표정을 짓고 있었다.

"아줌마, 나 냉수 좀."

이상한 기류를 느낀 박 씨 아줌마가 얼른 냉수를 따라 주자 한 번에 들이켠 그녀였다. 머릿속이 뒤죽박죽되어 버렸다.

화가 난 건지 아님 기가 막힌 것인지 그녀 자신도 어느 쪽인지 알 수 없었다. 당혹감, 배신감, 불안감, 분노, 열기가 치솟아 자리를 박차고 주방에 들어온 그녀였다.

"하! 기가 막혀서."

남자들의 속성. 그중 제 것이기에 찾아야겠다는 이기적인 생각은 어미인 저조차도 몸서리치게 했다.

어쩜 젊을 적 강 회장을 고대로 빼닮았는지. 처음 만난 자리에서 내 타입이 아니니 없던 것으로 하자던 한 여사의 말을 개코딱지만큼도 듣지 않던 남편이었다. 남들은 열렬히 그녀를 구애해서 그만 튕기라고 말했지만 그건 모르는 말이다.

강 회장이 얼마나 집요하고 원하는 것엔 무서울 정도로 집착을 해 댔는지 말이다. 결과가 좋으면 과정은 잊힌다고 하지만 제 아들조차 저리 막무가내식, 무대포로 여자를 들었다 놓았다 할 줄은 미처 몰랐었다.

'도둑 심보 같으니! 남 주려니 이제야 아까운 사람이라는 거 보이누? 에라, 썩을 놈!'

한 여사는 마음속으로 인환에게 욕을 퍼붓고 있었다.

친자식인 인환이었지만 고희를 딸처럼 아끼기에 인환이 얄미웠다. 그러게 2년간 좀 잘할 것이지. 이제 와 뭘 어쩌자고 이제 홀로서기하고 잘 사는 그 아이를 흔들어. 뭘 어쩌자고 뒷북을 치냔 말이다.

눈이 어디 처박혔었는지 보석도 못 알아보고 돈만 그렇게 벌고 다니더니 남 주려 하니까 아쉽고 아까운 모양이었다. 여자가 오라면 오고 가라면 가는 부리는 부하인 줄 아나 보다.

"아줌마, 냉수 한 잔 더요."

결국 거실엔 강 회장과 인환만이 마주 앉아 있었다. 휑하니

주방으로 들어가 버린 한 여사를 따라가 보았자 된서리만 맞을
게 분명했기에 부자는 입을 다문 채 시계 초침 가는 소리만 듣
고 있을 따름이었다.

"서운해 마라. 나보다 네 엄마가 받아들이기 힘들 거다. 저 사
람…… 고희를 양딸로 삼고 싶어 했거든."

"네?"

"후후. 며느리를 양딸로 삼고 싶을 만큼 그 아이를 맘에 들였
단 말이다, 내 말은."

"죄송합니다."

"이제부터 시작일 게야. 네 어미 저래도 결국엔 네 편이 될
수밖에 없을 테니 걱정은 하지 않는다만, 정말 걱정인 건 고희
마음인 게야. 여자 맘 되돌리기 어렵다. 보통 정성으로는 되찾아
올 수 없을 거다. 네가 먼저 지칠 수도 있고."

"기다림으로 그녀를 얻을 수 있다면 기다릴 겁니다."

강 회장은 인환의 확고한 의지에 빙그레 미소를 짓고 있었
다.

자신을 많이 닮은 아들이 인환이었다. 여자 문제에도 외골수
인 것조차도 절 빼다 박았다. 한 여사를 얻기 위해 그가 젊을 적
고군분투한 것을 알기나 하는 건지…….

딸 재희와 아들 인환은 그의 보물이었고 자랑이었다. 외손주
인 재희의 아들도 귀엽고 사랑스러웠지만 친손자를 품에 안고
싶은 욕심이 한가득인 강 회장이었다.

문득 작고한 부친 강 회장이 남긴 유서가 떠오른 강 회장은

고개를 갸웃거렸다.

"개봉하지 마라. 고희 그 아이에게 무슨 일이 생겼을 때만, 그때만 개봉해야 한다."

"네, 아버님."


뭔가 있다는 것만 짐작했을 뿐 그 서신은 금고 깊숙한 곳에 밀봉되어 잘 보관되고 있었다.

워낙 살아생전 기인이라는 말을 들었던 부친이다. 그런 부친을 보고 자란 강 회장도 사람을 가장 귀하게 여기고, 사람을 잘 곁에 두어야 성공한다던 가르침을 그래도 답습하고 있었다.

"너무 뜸만 들이지 말고 밀어붙여라. 이 애비 기다리다 숨넘어가겠다."

"알겠습니다."

"그래그래. 허허헛."

강 회장과 인환이 머릴 맞대고 뭔가 열심히 궁리하는 중이었다. 거절하지 못할 제안, 고희 그녀를 울타리로 끌어들이려는 묘수를 짜내고 있었다.

"그러니까 다정하게 하란 말이다."

"다정하게 말입니까?"

"그래, 뭐니 뭐니 해도 여자는 자상하고 부드럽고 말을 잘 들어 주는 그런 남자를 좋아하거든."

"언제 그렇게 해야 할까요?"

"츳츳. 것도 모르냐? 위험한 순간이나 어려움에 처했을 때 짠 하고 나타나 도움의 손길을 내미는 거지."

"아……."

"여봇!"

한 여사는 기가 막혔다. 겨우 마음을 다스리고 거실로 돌아와 보았더니 남편 강 회장이 인환에게 비법이랍시고 무언가를 전수하는 게 어디서 많이 들어 본 수법이었다.

"허허. 언제 왔어?"

"당신, 나 좀 봐요."

"응? 뭐? 왜?"

당황하면 나오는 강 회장의 입버릇, 세 가지 의문사를 동시다발적으로 남발하는 버릇이 있었다. 한 여사도 소싯적 그의 덫에 걸려 깜박 속았던 적이 있던 것이다.

안방으로 불려 온 강 회장이 시선을 자꾸 피하자 그녀는 팔짱을 낀 채 남편을 노려보았다.

"험험, 그게 저기 인환이가 잘 모르는 것 같아 훈수를 좀……."

"자알~하십니다. 그 방법 써먹으려는 거 모를 줄 아십니까?"

"무슨 방법?"

"흥. 시치미 떼시겠다, 이거죠? 저와 결혼 전 써먹었던 방법 말입니다!"

"허허허. 임자, 기억력도 좋아. 그걸 아직 기억해?"

"시끄러워욧. 내가 정말 순진해서 그게 다 작위적인 일이었는데 홀랑 넘어가 버렸죠. 그때 말입니다."

"안 그러면 어쩌누? 임자를 눈앞에서 홀라당 빼앗기게 생겼는데."

당시 한 여사는 인기가 좋아서 강 회장과의 만남 뒤에도 여러 곳에서 선 자리가 들어오던 참이었다. 그중 박인천 회장의 차남 박민규가 그녀에게 러브콜을 여러 번 보내던 참이었었다. 말이야 바른 말이지만, 만약 강 회장이 아니었더라면 그와 잘되었을 수도 있었다.

"그러지 말고 도와주구려."

"……"

"인환이 2년 기다렸어. 반성도 많이 했고, 처음엔 나도 긴가민가했지만 진심이라는 것 지금은 내가 믿어. 도와줍시다."

"하지만……"

"뭘 어쩌자는 것은 아니오. 나도 세상 살아 봐서 알아, 깨진 그릇 다시 붙이는 거 어렵다는 거. 돌아선 여자 맘 움직이기 힘들다는 거. 그렇지만 어쩌나 아들이 그 아이 사랑한다지 않은가. 저놈 평생 여자에게 그런 말 안 할 놈인 줄 알았거든. 우리 아들이지만 여자에게 차갑고 무심한 거 알잖은가. 이러다 친손주도 못 안아 보고 늙어 죽겠어."

한 여사는 감정에 호소하는 말에 마음이 흔들렸다. 이기적이고 염치없는 일이라 여겼을 땐 그저 인환 그 녀석이 미워 욕도 했지만, 다시 고희가 며느리가 될 수 있다면이라는 새로운 희망이 마음을 들뜨게 했다.

"계획은 있어요?"

"내가 자타가 공인하는 모사꾼 아닌가."

"어련하시겠어요."

"하하하. 임자가 나서 주면 일이 훨씬 수월해질 거요. 아들이 환하게 웃는 거 본 게 언제 적인지 기억도 안 나. 인생이라는 게 항상 바른 길로만 갈 수 있는 건 아니지 않소. 고난도 있고 역경도 있고, 그리고 후회할 일도 생긴다는 거. 하지만 내가 당신과 함께였기에 이 자리에 있는 것처럼 저 아이도 그런 사람을 곁에 두게 하고 싶어. 인생에서도 다복한 사람이길 바라, 욕심인 거요?"

"……당신."

아들이지만 어릴 적부터 상전이던 인환이었다.

어미로서 굽실대었다는 것이 아니라, 자식이어도 어렵고 키우기 힘들었다는 뜻이었다.

워낙 제 할 일 알아서 잘하는 인환인지라 손이 가진 않았지만 가끔은 다른 아이들처럼 실수도 하고 거짓말도 하고 곰살궂게 구는 아이였으면 하고 바랐던 적이 있었다.

하지만 어쩌랴, 성격이 그런 것을. 그나마 누나인 재희와 조카 민재에게 가뭄에 콩 나듯 부드러운 모습과 웃음을 보여 준 게 다였다.

자식이 환하게 웃고 행복할 수 있다면 부모로서 무엇인들 못해 줄 것인가.

강 회장의 말처럼 한 여사도 인환이 행복이 넘치는 미소를 짓는걸 한 번쯤 보고 싶은 열망이 있었다. 다행일지 불행일지 알 수 없는 미래였지만 노력이라는 걸 해 보기로 결심한 한 여사였다.

"당신이 계획하는 일, 어디 보따리 풀어 보세요."

부부의 방에는 늦게까지 불이 꺼지지 않고 있었다.


내겐 선택의 여지가 없다. 당신을 내게 오게 할 수 있다면 누군가의 도움을 받아야 한다면 받을 것이고, 이기적인 놈이라 손가락질하면 감수할 거다. 정신없이 흘러가는 시간 속에서 네 생각을 하면 마음이 충만해지는 기쁨이 존재한다.

하루에도 몇 번씩 그리움이라는 단어를 체득하고 있다. 고삐를 서서히 당겨야겠지. 이젠 내가 인내심이 바닥이거든.

인환이 2층 서재로 올라와 고희가 잠자는 방문 앞에 서 있다가 막 돌아서던 참이었다.

따르르.

"여보세요."

—…….

"여보세요?"

—흐응, 강인환 씨?

"……윤소연 씨?"

—제 이름 아직 잊지 않으셨네요?

"무슨 일이십니까?"

소연의 혀 꼬부라진 말, 그녀가 이미 상당히 취한 상태임을 짐작하게 했다.

-무슨 일이 있어야 하나요? 참, 저와 술 한잔할래요?

"늦었습니다."

-늦었다고요? 만나기 싫은 거겠지요.

"……많이 취하신 것 같은데 이만."

-잠깐만요!

"말씀하십시오."

-저, 곧 약혼해요.

"미리 축하드립니다. 삼화제지 이상혁 씨와 잘 어울리는 것 같습니다."

-그 말밖에 못 하는 건가요?

"미안합니다."

-내 어디가 맘에 안 드는 건가요? 고칠 곳이 있다면 고칠게요. 난…….

"소연 씨, 난 사랑하는 사람이 있습니다."

-전처 말인가요? 이혼했다는?

"……."

-기가 막혀서 말이 안 나오네요. 이 윤소연이 고작…….

"그만하시죠. 후회할 말 더하기 전에."

-그래요, 그만하죠. 내가 이 정도까지 구차하게 굴지 몰랐어요. 술기운 때문이었다고 생각해 주세요. 그리고 마지막으로 충고 한마디 하지요. 갑자기 변하지 마세요. 주변 사람 적응 안 되잖아요? 그리고 행복한 표정도 짓지 마세요. 부숴 버리고 싶어질 테니까.

"기억해 두겠습니다."

—됐어요. 이만 끊죠.

딸깍.

인환은 소연이 이상혁과 약혼을 앞둔 마당에 전화를 걸어 온 사실이 께름칙했다.

정략으로 결혼하는 것이 정석인 이곳 생리를 아는 그로서는 별다른 느낌을 받지 못했었지만 오늘 소연의 악담을 듣고 기분이 묘해졌다. 어찌 되었건 정을 흘리고 다닌 자신이 문제라면 문제였던 것이다.

인환은 핸드폰에서 소연의 전화번호를 수신 거부로 설정해 뒀다.


다음 날 아침, 식탁에 둘러앉은 그들이다.

"네? 자선파티요?"

"응 나 혼자 가기 그렇구나. 네가 시간이 있으면 나와 함께 가지 않으련?"

"하지만……."

"걱정 안 해도 돼. 그곳에 자선사업가 몇 분과 후원자들만 참석할 테니까. 어렵겠니?"

눈망울 초롱초롱 애원하는 눈빛을 보내는 한 여사 때문에 고희는 머뭇거리고 있었다.

"아니다, 되었다. 내가 주책이지. 너 불편해할 거 뻔히 알면서. 그냥 기부금만 보내야겠다."

"어머니."

금세 꼬리를 내리고 축 처지는 어깨가 안쓰러워 고희는 어쩔 바를 몰라 하고 있었다. 그 모습을 훔쳐보는 인환의 입가에 보일 듯 말 듯 한 미소가 올려졌다.

# 18화

일요일 아침, 고희는 한 여사의 마수에 걸려 결국 자선파티에 동행하겠다고 승낙하고 말았다. 기뻐하시는 모습을 보니 차마 거절의 말이 나오질 않았다.

"인환아, 뭐 하니? 고희, 답답하겠다. 나가서 산책 좀 해라."

"전 괜찮아요."

"너, 아침 먹여 보내야지. 내가 맛있는 거 해 줄 테니 인환이와 잠시 나가 산책하고 오너라."

거의 등을 떠밀리다시피 한 고희가 밖으로 향하자 인환과 그녀의 모습을 뿌듯한 듯 바라보는 한 여사였다.

"그리 좋아?"

"당신은 좋지 않으세요?"

"허허. 당신이 기운 차리니 나야 좋지."

"부자가 작당을 하고 절 속이고 있었다니, 내 서운합니다."

"속이려던 건 아냐. 인환이 신중하고 음흉한 놈이 아니오?"

"흥, 그게 누굴 닮은 건지는 아시죠?"

"뭐? 하하하. 그렇지, 그래. 나를 닮은 거지."

이제는 세월이 얼굴에 자리해 웃으면 주름살이 곱게 접히는 강 회장이었다. 하지만 강 회장이 젊을 적엔 얼마나 열정적이고 다혈질이고 음흉스러웠는지 모른다. 가끔은 무섭기도 했던 사람이었다.

집요할 정도로 그녀에게 몰입했고, 나중에 들어서 안 일이었지만 한 여사의 부친을 압박했다고 한다. 원망도 했고 미워도 했지만 결국 그 모든 것이 저를 향한 사랑이 기본 전제가 되었다는 것을 알고 있었기에 그녀 또한 강 회장을 마음으로 받아들이게 되었다.

아들인 인환이 그런 그를 닮아 집착하는 면이 심한 것이 아닐까 우려했지만 보아하니 고희를 사랑하고 있는 게 훤히 보였다.

"잘 되게 만들어야겠어요."

"당신과 내가 힘을 합치면 천하무적이 아니겠나?"

강 회장과 한 여사가 눈을 마주치며 빙그레 미소 짓고 있었다. 이제 척하면 척, 착하면 착. 말하지 않아도 기침 소리만 들어도, 눈썹을 살짝 꿈틀대기만 해도 상대가 무슨 생각을 하는지 훤히 아는 두 사람이었다.

"연애, 우리 아들이 이제야 연애라는 걸 하네요. 한참 늦은 이제야 말예요."

한 여사는 정원을 거니는 두 사람을 넋 놓고 바라보다 자리에서 벌떡 일어난다.

"아, 참참, 고희가 좋아하는 음식 해야지. 내 정신 좀 봐."

호들갑을 떨며 주방으로 향하는 자신의 아내를 바라보는 강 회장의 얼굴에 편안한 미소가 깃들었다.

재벌가의 딸답지 않은 소박함. 처음 만난 그날 자신을 거절해 달라며 소신을 밝혔던 당당함에 한눈에 반했던 강 회장이었다. 계속 거절하며 멀리하는 그녀 때문에 어찌나 애가 닳던지. 어떻게 자신을 거절할 수 있느냐는 자만심이 와그르르 무너졌던 건 그녀가 자신을 싫다 하고 다른 사람과 선을 본다는 소식이 들렸던 즈음이었다.

호텔 1층에서 마주친 한 여사의 손목을 아프도록 부여잡고 강제로 차에 태운 뒤 차를 몰았던 강 회장이었다. 그의 무서운 표정에 몸을 사리던 한 여사를 조용한 수목원으로 데리고 가 결국 그녀 앞에 무릎을 꿇고 구애했다.

솔직함이 그녀를 뒤흔들었을까. 어쩌면 단순한 곳에 답이 있었는지도 모른다. 거대한 꽃다발보다 마음 담긴 소중한 장미 한 송이가, 미사여구를 들이대며 빼기는 것보다 너 아니면 안 된다고 직접 말하는 것이 마음을 움직인 것 같았다.

강 회장은 한 여사의 행복한 모습에 제가 더 행복해졌다. 저런 반려를 제게 점지해 준 것처럼 아들 인환에게 어울리는 짝이 고희라고 확신하는 강 회장이었다. 작고하신 부친은 어쩌면 이기적이고 독불장군 같은 손자인 인환을 위해 고희를 점지해 주었을 거라 짐작도 되었다.

두 사람은 정원을 한 바퀴 돌며 아침 산책을 하고 있었다. 한 번도 나란히 어깨를 하고 이렇게 걸어 본 적이 없었기에 고희는 인환의 곁에서 몇 발자국 떨어져 거리를 유지하고 있었다.

"회사 다니는 데 어려운 일은 없어?"

"네."

"자선파티 건은 미안해."

"아니에요. 저도 도움이 된다면 가야죠."

"고마워."

"네?"

"고맙다고, 내키지 않았을 텐데."

고희는 새삼 인환을 바라보고 놀라워하고 있었다. 이 사람이 자신과 2년 전 결혼했던 그 사람이 맞나?

"꼭 귀신을 보는 것 같은 표정이군."

"당신…… 혹시 여자 생겼어요?"

"뭐?"

"그렇잖아요. 갑자기 당신답지 않아진 거, 도무지 적응이 안 돼요."

"내가 그렇게 못된 사람이었나?"

"좋은 사람은 아니었어요."

"하하하."

고희가 툭 내던지듯 토로하는 말에 인환은 크게 웃음을 터뜨렸다. 자기방어를 철저히 하는 사람이었다. 한 번도 저렇게 사심

없이 호탕하게 웃어젖히는 것을 보지 못했던 고희로서는 인환이 웃는 미소가 근사하다고 생각할 정도로 그는 멋져 보였다.

'내가 시력이 나빠진 건가? 다른 사람도 아니고 저 사람이 멋져 보이다니, 나도 참.'

앞서거니 뒤서거니 하며 일상적인 대화를 나누는 두 사람은 무척 어울리는 한 쌍처럼 보였다. 처음이 어려웠지 두 번째, 세 번째 인환의 웃음은 훨씬 자연스러웠다. 어느새 고희도 긴장을 내려 두고 편하게 인환을 상대하고 있었다.

시간이 주는 혜택을 누리는 두 사람이었다. 지루하게만 느껴졌고 어서 가기만을 서로가 기다렸던 그때를 지나 남남이 되고 나서야 어깨를 나란히 하고 같은 곳을 보고 걷고 있는 이 아이러니한 상황을 어떻게 설명해야만 할까.

시간을 멈출 수 없기에 오늘도 열심히 살아가는 그녀였지만 푸른 새벽의 기운이 충만한 지금, 같은 사람이지만 다른 사람 같아진 인환의 곁에서 새삼 세월의 무상함과 변해 가는 제 자신을 돌아보며 그녀는 벅참과 서글픔을 동시에 느끼고 있었다.

순간순간 견딜 수 없을 것 같았던 그의 무심함에 지독히도 상처받고 움츠렸던 제 모습, 흔들리는 의지와 심사를 다잡으려 무심해져 가던 모습도 어른거렸다.

이리저리 휘둘리는 줏대 없는 여자의 마음이 갈대 같아 이대로 안온하게 보호받고 싶어 했던 적이 한 번도 없었다고 단언할 수 없기에 앞서 가며 제 걸음에 보조를 맞추는 인환의 등을 바라보며 고희는 많은 생각들로 인해 입을 함구한다.

시간이 바뀌는 것을 알리는 듯 아침 해가 솟아 주위가 점차 밝아지자 고희의 시선이 백 번, 천 번도 더 보았었던 정원수 나무로 옮겨져 갔다. 서로를 얽듯이 가지가 겹친 나무들의 모양새는 마치 여럿이 함께 사는 군락을 상상하게 만들었다.

괴롭고 힘들었던 시간은 지나고 나면 흐르는 물처럼 자연스레 잊혀지고 조금은 아픔도 바래져 갔다. 엉켜 서운했던 감정은 덜어 내고, 속 좁은 자가 아니기를 바라기에 가만가만 달래 주는 세월의 쓰담쓰담에 고개 숙여 순종했다.

몇 살 더 먹었기에 전과 같은 사람은 아니었다. 기다리고 바라보고 분노하는 일에 한 템포 박자를 늦출 줄도 알게 되었고, 종종 부딪치는 억울함을 평정을 가장해 감추는 방법도 터득했다. 삶이란 그런 것이었다. 세월의 순리 앞에 시름을 내려놓을 줄 알게 된 고희였다.

고희는 긴 한숨 대신 가슴 깊숙이 아침의 시원한 공기를 한껏 들이켰다. 그 모습을 사랑스럽게 지켜보는 인환이었다.

'내가 불편하지만은 않은 것 같아 다행이야. 자, 다음은 날 의식하도록 만들어야겠지?'

고희를 집에 바래다주고 인환은 유치한 부모의 연애조작 사기 건에 기꺼이 동참했다.

"알았니? 그때 네가 짠 하고 나타나란 말이다."

"어머니, 좀 유치한 것 같은데."

타악.

등을 손바닥으로 두들겨 맞은 인환이었다.

"애 좀 봐. 아직 정신 덜 차렸어, 너. 그렇게 이거저거 따지고 할 거니? 유치라니?"

"죄송합니다."

"내가 미리 조연들은 물색을 해 둘 거니까 리얼할 거다. 마침 그분 따님이 중앙대 영연과 재학 중이거든. 오호호."

인환은 언제 이런 걸 마련한 건지 한 여사가 써 온 연극 대본을 바라보며 한숨을 내쉬고 있었다. 그곳에는 인환이 할 대사까지 자상하게 형광펜으로 표시되어 있었다.


부친 모친 퇴장.

인환 등장.

인환의 대사.

인환 퇴장.

나쁜 년 1.

더 나쁜 년 2.

인환 재등장.

인환의 카리스마 작렬.

고희를 감싸며 그곳을 빠져나온다.


대본 시나리오는 간단했다. 동네 불량배들에게 걸려 당황한 여주가 짠하고 나타난 남주에게 도움을 받아 사랑에 빠진다는 설정과 비슷한 상황 연출극. 다만 불량배 대신 나쁜 년 1, 2가 있다는 것이 달랐을 뿐이었다.

'어머님도 참, 조연 1, 2라고 하시면 되지. 이건 또 뭐람?'

투덜거리며 중얼대는 인환의 얼굴엔 싫고 귀찮은 감정보단 잘해야 한다는 소명감이 선연했다.

하지만 인생이 뜻하는 바대로, 계획하던 대로 흘러가기만 하면 얼마나 좋을까. 그곳에 소연이 참석할 줄 몰랐던 인환이었다.

# 19화

"그래, 내 한턱 단단히 낸다니까 그러네."

한 여사가 열을 내며 누군가와 통화를 하고 있었다. 인환에게 말해 두었던 일전의 중앙대 연극영화과 재학 중인 미소였다. 다도회 모임 동무인 박 여사의 막내딸로 성격이 사근사근한 예쁜 아가씨였다.

미소와 미소의 친구 1명을 더 포섭해 둔 한 여사의 얼굴엔 기대감이 그득 차오르고 있었다.

미소와 입을 맞추어 둔 한 여사는 상황과 대본을 착실하게 미소에게 일러 주었고 미소는 친구가 나쁜 년, 자신이 더 나쁜 년을 담당한다면서 즐거워하기까지 했다. 물론 조금은 남사스럽기도 하였지만 고희를 며느리로 삼는 일에 이 정도 쪽팔리는 것쯤은 일도 아니라고 여겼다.

시나리오는 단순했지만 연기력 여하에 따라 파장이 클 것으로 짐작되었다.

미소 또한 이번 일이 중요하기는 마찬가지였다. 자신의 연기력을 입증할 절호의 기회이자 연예계 진출을 반대만 하시는 어머니를 설득할 명분을 제공하는 일이었기에 최선을 다하려 맘먹고 있었다.

어느 정도 사정을 들어 상황극을 준비하는 미소는 얼굴이 가물거리는 고희라는 여자에 대해 부러움을 느끼고 있었다. 잘난체가 심한 인환 오빠이긴 하지만 스펙이 남다른 남자에게 사랑을 받고 시부모에게 이렇게 대환영을 받는 사람이 어디 있겠는가 말이다.

'아, 진짜 부럽당.'

자선파티 물론 취지는 좋지만 절반은 돈 자랑과 사회 체면 때문에 울며 겨자 먹기로 자선을 하는 경우가 허다했기에 서로 자선을 했다 내세울 겸 모이는 자리가 그 자리였다. 원래 이런 자리에 잘 나가지 않는 미소는 참석하자마자 더 나쁜 년 역할을 맡는 제가 한탄스러웠지만 어차피 저는 연예계로 진출할 목표를 가진 사람이지 않은가.

'연기라고 느껴지지 않게 리얼하게…… 그러려면 좀 사납게 눈썹을 올리고, 그리고 입술도 옷도.'

뒷담화는 어디나 존재하는 것. 그리고 그 중심에서 살아남기 위해선 말발과 화장발, 그리고 백그라운드가 기본이었다. 이 세가지 중 하나라도 부족하면 공격당하기 쉬운 곳이 그런 자리였다.

"하란아, 그게 아니잖아. 좀 더 신경질적으로 하란 말이야."

"그래? 너무 심하지 않을까?"

"너, 초짜인 거 티 나면 나한테 혼난다. 난 너보다 훨씬 재수 없는 역할이거든?"

"알았어, 알았어. 나 뒷감당 안 한다. 네가 다 책임지는 거다?"

"오케이. 이번에 악녀 이미지 한번 구축하는 셈 치지, 뭐. 그럼 다시는 그런 자리 나가라고 강요하지 않으실걸?"

미소와 하란이 서로 주고받으며 대사를 읊고 상황극을 맹렬히 연습하고 있을 무렵, 인환은 고희에게 차와 카드를 보내 필요한 옷과 장신구를 사게 했다. 맘 같아선 함께 가고 싶었지만 일이 밀려 있었다.


"이럴 필요 없어요."

ㅡ내가 편하지 않아. 맘에 드는 것 골라.

"……인환 씨."

ㅡ말해.

고희는 자신이 타지 않으면 돌아가지 못한다는 그럴듯한 핑계를 대는 김 기사를 내치지 못하고 인환에게 전화를 걸었던 참이었다.

"그냥 집에 있는 옷 입을게요."

ㅡ어머니가 옷과 장신구 꼭 사 주라고 하셨어. 부담스러울까 봐 동행하지 않은 거야. 정 맘에 걸리면 어머니에게 직접 전화해 거절하든지. 난 회의가 있어 이만 끊어야 해.

회의가 있다는 말에 고희는 전화를 끊고 난감한 표정으로 김 기사를 바라보고 있다 결국 한 여사에게 전화를 걸었지만, 도통 전화를 받지 않았다. 물론 인환과 미리 통화를 했기에 일부러 받지 않았던 것이다.

'어쩌지?'

"사모님이 무척 즐거워하셨습니다."

"어머니께서요?"

"네, 함께 가시고 싶은데 오늘 중요한 약속이 있으시다 들었습니다."

김 기사는 얼굴 표정 한 번 바뀌지 않고 거짓말을 잘도 나불대고 있었다. 그도 눈치 빼면 서러운 직업이었다. 고희가 이 집의 며느리로 있었을 때 알게 모르게 그를 도와주었던 사실을 아무도 알지 못했다. 지금 아내와 결혼한 것도 고희의 도움이 컸었다. 비정규직인 운전기사에게 딸을 주지 않으려는 처가의 반대에 직면했을 때, 처음으로 변변치 못한 제 처지를 비관했었다.

그런 그를 눈여겨보던 고희가 회사의 정규직으로 채용 전환을 할 수 있도록 힘을 써 주었다. 그저 김 기사였던 그가 명실공히 경산그룹 직원이 된 것이다.

직장이 안정적이고 보너스와 상여금, 그리고 퇴직금까지 보장되고 두둑이 나오는 대기업이다 보니 처가의 태도도 확연히 달라졌었다. 그렇게 맞이한 아내는 현재 임신 중이었다.

"한 번 져 주십시오, 사모님. 항상 못해 준 것 같다 미안해하셨습니다."

"김 기사님."

"옷 가게에 이미 말씀해 두었다 들었습니다. 가시죠."

자연스럽게 에스코트하는 김 기사의 넉살, 이런저런 선물을 준비하며 기뻐하셨을 한 여사의 얼굴이 떠올랐다. 받는 기쁨도 남다르지만 주는 기쁨 또한 못잖음을 어찌 모를까. 고희는 선물을 마음으로 받기로 했다.

"그래, 집에 도착했단 말이지?"

"네, 사장님."

"수고했어."

김 기사의 보고로 마라톤 회의가 끝난 뒤 피곤해하던 인환의 얼굴엔 기쁜 빛이 완연했다. 예쁜 사람이기에 주위의 모든 사람들이 그녀를 원하고 있나 보다. 자신처럼 그녀가 없어지고 나서야 깨닫는 바보는 아니었나 보다. 인환은 가슴이 두근거렸다. 마치 첫사랑을 하는 소년처럼 얼굴에 홍조도 일었다.

인환은 사랑을 하고 있었다. 여자를 원한다는 것, 그저 육체적으로만 만족하는 것이 아니라 마음까지 움직여 책임지고 싶다는 생각이 드는 건 오직 그녀 한 사람뿐이었다. 이번 일이 잘되면 옆에 꼬옥 붙들어 두어야겠다 다짐하며 행복한 미소로 웃는 사진 속 그녀 입술을 가만히 손가락으로 쓸어 보는 인환이었다.

-이 전화는 상대방에 의해 수신 거부되었습니다.

"하!"

소연은 다시는 전화를 걸지 않으려 했지만 약혼한 이상혁과 자꾸만 강인환이 비교되자 그와 헤어지고 나서 버튼을 눌러 버렸다. 미련이라는 게 이렇게 질기다는 것도, 제가 자존감이 이토록 낮다는 것도 처음 알게 된 소연이었다.

높은 곳을 바라보다 툭 떨어진 그런 기분? 인환과 비교해 모든 것이 맘에 차지 않는 이상혁은 잘난 척하는 재벌 2세일 뿐이었다.

그런데 자신의 전화를 수신 거부해 두다니 화가 나 미칠 것만 같았다. 물론 인환 회사로 전화를 걸면 되는 거였지만 거기까지는 용기가 나지 않았다.

'그 여자만 없었더라면 상황이 이렇게까지 되진 않았을 텐데……'

소연은 그날 밤 내내 침대에서 잠을 이루지 못한 채 이리저리 뒤척이고 있었다. 사람이 너무나 경치가 수려한 곳을 보게 되면 웬만한 경치엔 감흥이 일지 않는 것처럼 소연은 인환보다 많이 처진다고 생각되는 상혁이 맘에 차지 않았다. 이미 약혼은 기정사실이 되었는데도. 자신이 뭐가 부족하단 말인가. 그 유고희라는 여자 뭐 볼 게 있다고.

그 여자만 없으면, 그렇다면 인환과 자신은 잘 되지 않았을까? 방해자인 고희만 없었더라면? 생각이 깊어질수록 집착과 비뚤어진 맘은 부피를 더해 가고 있었다. 놓쳐 버린 떡이 커 보인 달까? 가지지 못한 것에 대한 환상, 그것은 상황을 판단하지 못하는 우매함과 어리석음으로 되돌려졌다.

그리고 다음 날 아침 어머니에게 들은 말은 그 마음에 불을 지폈다.

"분명 강인환과 한 여사님이 참석한다는 말이죠?"

"그래, 그렇다는구나."

소연의 눈빛이 날카롭게 빛나고 있었다. 그건 먹잇감을 노리는 매의 눈빛처럼 어둡고 습한 눈빛이었다. 하필 자선파티가 열리는 장소가 소연의 먼 친척이 되는 외사촌 댁이었다. 그곳에서 자주 놀았던 기억, 그리고 순간 머릿속으로 떠올려진 장소들, 소연의 입가에 알 듯 말 듯 희미한 미소가 올려졌다 사라졌다.

'내가 경고했었어, 강인환. 내 앞에서 행복한 척하지 말라고 말이야. 내가 갖지 못한다면 망가뜨려 주겠어.'


자선파티는 가든파티 형식으로 주택에서 성대히 이루어지고 있었다. 시흥에 위치한 이곳은, 경관이 수려하고 많은 인원을 수용할 정도로 넓어 선택한 곳이었다.

"어머, 고택이 참 멋스러워요. 박 여사."

"호호. 감사해요. 여기저기 손볼 곳 투성이였지만 오늘을 위해 조금 신경 썼어요."

리모델링을 산뜻하게 해 주택은 요새 대세인 한옥 형식으로 여기저기 손을 본 흔적이 뚜렷했다.

고희는 강 회장, 한 여사와 함께 참석해 둘러보던 참이었다. 곱게 한복을 차려입은 한 여사 옆에서 개량 한복을 입고 다소곳이 손을 모으고 이곳저곳을 거닐고 있었다. 물론 그들을 알아본 사람들이 하나둘 늘어나자 여기저기서 대놓고 뭐라 하진 않았지만 수군대는 소리가 들려오기 시작했다.

탁탁.

그녀의 손등을 토닥여 주는 한 여사였다.

"신경 쓰지 마라, 움츠러들지도 말고."

"어머니."

"좋은 일 하러 온 거다. 맘 쓰지 마. 알겠니?"

"네, 그럴게요."

고희는 토닥거리며 제 손등을 감싸는 한 여사의 체온에 가슴이 더워져 갔다.

"한 여사, 오랜만입니다."

"아, 네. 오랜만이네요."

자연스레 고희의 손을 놓고 한 여사가 이야기꽃을 피우자 고희는 뒤로 물러나 조용한 곳을 찾았다. 그런 그녀 모습을 지켜보는 네 사람. 아니 다섯 사람이었다. 강인환, 나쁜 년, 더 나쁜 년, 한 여사, 그리고 소연이었다.

인환의 눈빛이 고희를 떠나지 않자 그를 지켜보는 소연의 입가가 씰룩거렸다. 눈빛을 빛내며 사랑 가득한 맘을 여실히 내비치는 저 남자가 인환이 맞단 말인가. 제게는 차가움이 뚝뚝 떨어지는 말만 내뱉던 얄미운 사람이었다. 야속함과 서운함, 그리고 배신감마저 들기 시작했다.

그런 사람들의 사정을 모르고, 조용하고 호젓한 별관 2층 테라스 쪽으로 고희는 발길을 돌렸다.

그곳에서 그녀는 잠시 숨을 돌리고 있었다. 하지만 그것은 소연이 미리 사주한 메이드의 안내로 인한 것이었다.

"어머, 실례."

"아니에요."

"한라건설 전 부인 맞으시죠? 아니다, 이혼당했다고 하던데, 맞죠?"

"네?"

"참 얼굴이 두껍다고 해야 할지…… 나 같으면 얼굴 들고 이런 데 나오지 못할 것 같은데, 보기보단 강심장인가 봐요?"

"말이 지나치세요."

"어멋. 내가 뭐 없는 말 했나요?"

고희는 눈을 지그시 감았다 떴다. 뭐라 반박하자니 자리가 시끄러워질 것 같았다. 이 자리는 자신이 나설 자리가 아니었기에 화를 꾹 눌러 참는 그녀였다

"실례하겠습니다."

그때였다. 입을 다물고 서 있던 또 다른 여자가 고희의 신경을 건드린다.

"그만해."

"왜?"

"너두 참, 뭐 하러 그런 소릴 해? 이미 이곳에 속한 사람이 아닌데, 너그럽게 이해해야지."

더 나쁜 년 역할을 담당한 미소였다.

"하지만……."

"하지만은 뭐가 하지만이야. 일일이 응대하지 마. 넌 참 오지랖도 넓다."

"그거야 그렇지."

나쁜 년이 고개를 끄덕이자 더 나쁜 년 역할을 담당한 미소가 고희를 위아래로 품평하듯 훑어 내렸다.

"꼬라지하고는. 주제 파악도 하지 못하나 보네요?"

고희의 얼굴이 흙빛이 되어 가기 시작했다. 시나리오대로라면 10분 정도 뒤 인환이 등장할 차례였다. 하지만 그때 소연이 자리에 나타났다.

"두 사람, 잠시 비켜 줄래요?"

"네?"

"이분과 긴히 이야기할 게 있어요. 비켜 달라고요. 한국 말 못알아들어요?"

미소와 하란은 갑자기 튀어나온, 메두사 같은 독기를 그득 담은 소연에게 밀려나고 말았다. 그녀에게서 뿜어져 나오는 형형한 적대감에 두 사람은 어느새 뒷걸음치고 있었다. 약간 취한 모습의 소연이었다.

"무슨 용건이시죠?"

"……잘난 척하는 건가요?"

"네?"

"그렇게 아무것도 모르는 척 순진 떨지 말란 말하는 거예요. 다른 사람은 다 속아도 난 안 속아."

"무슨 말인지는 모르지만 취하신 것 같네요. 사람을 불러 드리죠."

"누가 취했다는 거야?"

언성이 높아지고 독기가 오를 대로 오른 소연을 경계하며 고희는 황급히 자리를 뜨려 하고 있었다.

"너 때문이야. 네가 없었다면, 그랬다면."

"뭐, 뭐예요?"

고희는 저도 모르게 뒷걸음을 쳤다. 그즈음 미소와 하란이 인환에게 사정을 전달하고 있었다.

"누구요?"

"몰라요. 살벌한 게 목을 조를 기세더라고요. 어휴, 무서워."

그는 불안한 뭔가에 미친 듯 그곳으로 뛰어가기 시작했다.

"비켜요. 이봐……요."

"너 때문이라고."

"저리 가요."

"네가 뭔데 네가……."

2층이었다. 그리고 이곳은 소연이 익히 알던 바대로 아직 보수 공사가 완성되지 않은 곳이기도 했다. 뒷걸음치는 고희에게 다가서는 소연의 얼굴엔 질투, 그리고 악마적인 잔인함이 드리워져 있었다.

인환의 걸음이 빨라지고 있었다. 뭔가 이상한 느낌, 그녀가 보이지 않는다는 것이 이토록 불안할 줄 미처 몰랐었다. 전에 고희 그녀가 말했던 당신이 부르는 것 같았으니까라는 말, 그 말이 머릿속을 맴돌았다.

그러다 머리를 들어 위를 올려 보니 소연과 뒷걸음치는 고희 그녀가 보였다. 그 순간이었다.

"아, 아아앗."

"고희야!"

"어머, 꺄아아악!"

베란다 난간이 흔들거리다 무너지며 순식간에 2층 난간을 겨우 붙들고 대롱거리며 매달린 고희였다.

"꼭 잡아, 꼭! 지금 올라가."

"살려 줘요. 살려…… 인환 씨."

인환은 빠르게 주위를 살펴보았지만 2층까지 달려가 그녀의 손을 잡아당길 때까지 고희가 버텨 주지 못할 것으로 판단이 되었다. 이미 힘이 빠진 듯 점점 미끄러지는 모습이 눈에 확연히 잡혀 온 것이다.

"……고희야."

"흐흑흑. 인환 씨."

"괜찮아. 걱정 말고, 손을 떼! 내가 아래서 받아 줄게, 안심하고 손을 놔! 어서."

"무서워요, 무서워."

"괜찮다니까, 어서!"

스륵 더 이상 버틸 힘이 없던 고희는 눈을 찔끔 감고 죽을 듯 붙잡았던 난간에서 손을 떼었다.

털썩.

"으……윽."

떨어지는 낙하점을 예측하며 그녀를 받아 든 인환의 입에서 묵직한 신음이 들려왔다. 체중의 두 배를 고스란히 충격으로 받은 인환이었다. 예기치 않은 상황에 연극의 조연이던 미소와 하란의 비명을 지르자 사람들이 하나둘 몰려들고 있었다.

소란 속에서 하얗게 질린 소연과 그녀의 부친의 모습, 그리고 달려오는 한 여사의 모습이 보이고 의식은 점점 멀어져 갔다.

"어떻습니까?"

"천만다행입니다, 머리를 다치지 않아서. 강 사장님은 어깨가 탈골된 것 같아 임시로 부목을 대어 고정해 두었으니 나중에 병원에서 엑스레이를 찍고 조치하도록 하십시오."

"고희는요?"

"아직 깨어나지 않았습니다. 우선 안정을 취하는 것이 좋겠습니다. 오늘은 힘드셔도 이동하시지 마시고요. 깨어나면 바로 병원으로 후송하도록 조치하겠습니다."

"네, 감사합니다."

다행히 오늘 참석자 중에 의사가 있었기에 진통제와 안정제를 투여받고 누워 있는 두 사람이었다. 잠이 든 두 사람을 확인한 한 여사와 강 회장의 얼굴엔 비장한 기운이 감돌기 시작한다.

"당신, 가만히 있을 거예요?"

"내 누구 짓인지 분명해지면 가만두지 않을 거요."

"네, 그 말을 기다렸네요. 애들 깨지 않게 나가요."

미소와 하란에게서 정황을 들은 한 여사는 이미 누구 때문에 이런 사달이 났는지 알고 있었지만 신중을 기하던 중이었다. 억울한 사람이 생기지 않도록 죄인이 스스로 뉘우칠 기회를 제공하기 위함이었다.

하지만 시간이 지나도 스스로 밝히려 하는 조짐이 없자 한 여사와 강 회장이 칼을 빼어 들었다. 소연은 그네와 베란다 난간의 낙후를 알고 있었지만 몰랐던 사실도 있었다. 이곳이 이전과 다르게 곳곳에 cctv가 설치되어 있었다는 사실이었다.

"음……."

어깨가 타는 듯이 아파 잠에서 깬 인환이었다. 새벽의 미명 속 희미한 잿빛으로 드리워진 침대에서 깬 인환은 겨우 몸을 일으켜 떨어진 다른 침대에 누운 고희를 확인했다. 부목을 대어 어깨가 뻐근했지만 그녀가 무사하다는 것, 그녀를 구했다는 것에 안도의 한숨을 내쉬던 참이었다.

대롱거리며 난간에 매달린 그녀 모습을 보았을 때 수명이 줄어드는 기분이었다. 그리고 지금 눈앞에 숨을 쉬고 있는 건지 의심스러워진 그가 코끝으로 손가락을 대자 희미한 숨 자락이 그의 손가락을 간질거렸다.

"다행이다. 네가 잘못되기라도 했다면 아마 난 날 용서하지 못했을 거다."

"으음……."

꿈속에서도 편치 않은지 이리저리 뒤척이며 괴로운 얼굴을 하는 고희를 바라보는 그의 표정이 애틋하기 그지없었다.

스륵.

흘러내린 앞머리를 넘겨 주는 인환의 다정한 손길과 따스한 온기가 스며든 것일까, 점차 고른 숨을 내쉬는 고희였다. 한참을 머리카락을 쓰다듬던 인환의 손이 어느 순간 멈춰지고 서서히 고개가 숙여졌다.

붉은 입술에 제 입술을 눌러 제 사랑이 그녀에게 스며들 수 있도록 더 깊이 빨아들이는 그의 붉은 마음과 입술에 더 이상 숨길 수 없는 열정과 애정이 넘쳐 흐르고 있었다.

"사랑한다. 유고희."

"……으응."

어깨뼈 탈골로 인환의 업무는 잠시 동안 강 회장이 대행하게 되었고, 비서가 집으로 출퇴근하기로 했다.

고희는 정신적 충격을 치료하고, 아직 안심이 안 된다는 밀어붙임과 약간의 억지로 잠시간 강 회장 댁에 머물기로 결정 났다.

하지만 이미 소연의 부친 박 사장과 이야기를 끝낸 강 회장이었다. 약혼 후 이상혁과 미국지사에 두 사람이 나가 있도록 조치한 것이다. 물론 고희는 그 사실을 알지 못했다.

사람 좋은 듯 보이는 강 회장과 한 여사지만, 원하는 것, 그리고 누군가 가족을 위협하는 일엔 무섭도록 단호한 그들이었다. 작고한 강 회장처럼.

"아하하."

웃음소리가 여느 때보다 크게 울렸다.

"호호. 그래? 그래서?"

"숙모, 그래서 말예요."

"어머, 애 좀 봐. 나에게는 말도 꺼내지 못하게 하면서."

"엄마는 야단치니까 그러지."

"뭐야?"

투닥거리는 민재와 누나 재희, 그리고 고희를 바라보는 인환의 얼굴에 여유를 가진 너그러운 남자의 미소가 깃들어 있었다.

방금 전 병원에서 돌아온 그들이었다. 인환을 부축한 고희가 지켜보는 가운데 석고를 제거한 날이었다. 겨우 자유스러워진 팔을 팔걸이로 지탱한 그를 지켜보는 고희 얼굴엔 안타까움과 고마움이 교차하고 있었다.

그동안 엄살을 떨기도 하고 아프다 칭얼거리기도 하고 석고 안이 간지럽다며 긁어 달라기도 하는 인환의 여러 모습에 적응이 되지 않던 고희였지만 이젠 자연스러워지고 있었다. 아니, 익숙해지고 있었다. 강인환 그에게 적응해 가고 있었다. 자연스럽게 녹아드는 사탕처럼 그가 주는 편안함과 안온함 속으로 점점 빠져들고 있었다.

문득 민재와 이야기를 나누다 시선을 느낀 고희는 자신을 바라보는 인환과 눈길이 부딪쳤다. 그 눈빛이 뭐랄까, 한없이 부드럽고 모두 다 이해한다는 그런 눈빛. 여자를 사랑하는 남자의 눈빛이었다. 그는 그녀를 사랑하고 있었다.

그가 보였다. 강인환, 그가 자신을 여자로 보고 있었다. 그리고 자신도 언제부터인가 그가 꺼려지지 않았고, 어렵지 않았고, 그리고…… 더 이상 밉지 않았다.

# 20화

두 사람은 나란히 길을 걷고 있었다. 인환이 물리치료를 시작하는 날이었다. 팔걸이를 한 인환은 불편해 보였지만 고희가 퇴근할 때를 맞추어 기다리고 있다 함께 정형외과로 가는 중이었다.

혼자 가면 되지 않느냐고, 저를 왜 기다리는 거냐고 묻고 싶었지만 결국 입 밖으로 내뱉지 못했다. 자신을 기다렸다 맞이하는 인환의 표정이 편안하고 즐거워 보였기도 하였지만 거기에 더해 마치 어린아이가 퇴근한 엄마를 반기는 절박함마저 느껴졌기 때문이었다.

후원 중인 대형병원에 연락만 하면 거기서 어서 오십시오, 하며 진료를 기다릴 필요도 없이 가장 먼저 치료해 주련만 어찌 된 건지 이렇게 집에서 가까운 정형외과로 굳이 걸어가 물리치료를 받는 인환이 생소했다.

인환은 인환대로 그녀, 고희와 산책 겸 산보를 하는 이 시간이 즐겁고 소중했다. 답답하고 불편한 것이야 참으면 된다지만 사람을 기다리며 보고 싶은 건 시간이 지나면 지날수록 더욱 깊어져 갔다. 제 마음이 깊어져 가는 것처럼.

처음엔 정형외과에서 물리치료를 받다가 옮길 요량이었다. 하지만 함께 거닐며 이런저런 이야기를 나누는 소소한 일상이 행복했고, 그동안 보지 못했던 다양한 고희의 표정을 보게 되는 것 또한 작은 즐거움을 선사하고 있었다.

혼자 가면 안 되느냐며 지금까지 기다린 거냐고 말하던 뾰로통해 따지는 얼굴, 팔이 자유롭지 못하다 보니 실수로 컵을 놓치자 놀라는 얼굴, 짓궂게 굴고 싶어 간지럽다고 팔꿈치 뒤를 긁어 달라고 하자 난감해하는 얼굴, 그리고 물리치료로 웃옷을 벗겨 주며 수줍어하는 얼굴 여러 얼굴들이 있었다.

그동안 이 여자는 어떻게 이런 얼굴들을 감추며 살았을까. 참 대단한 인내심이다 싶었다.

"빨리 왔지만 6시가 넘었네요. 기다리지 말고 혼자 가지 그랬어요?"

"귀찮아?"

"아니에요. 미련 떨지 말라는 이야기하고 있는 거잖아요."

인환은 빙그레 웃음 짓는다. 이제 이런 막말을 내뱉을 정도로 자신을 편하게 생각해 주나 싶어 뿌듯해지기도 했다.

"지금 비웃는 듯한 그 웃음 뭐예요?"

"무슨 말을 그렇게 해. 당신과 함께 가고 싶어 기다린 거야."

고희는 인환의 닭살 같은 말을 들을 때마다 손발이 오그라 붙는 것만 같았다.

"당신, 왜 그래요, 정말."

"뭐가?"

"이전의 강인환을 돌려줘요. 혹 다른 사람 영혼이 당신에게 빙의된 그런 거 아니죠?"

"하하하."

호탕한 인환의 웃음소리가 청명한 가을 날씨에 어우러져 아직은 갈 길이 가마득한 길을 따라 이리저리 분분히 흩어졌다.

"치잇. 언제까지 즐거운가 보자고요. 오늘 꽤 아플 거라고 물리치료사님이 말씀하셨거든요?"

"우와, 벌써부터 겁이 나는걸."

여유로운 모습, 그리고 하나도 겁이 나지 않는다는 듯 지껄이는 강인환의 옆얼굴을 힐끗대며 고희는 물리치료사에게 오늘은 인정사정 보지 말고 아프게 치료를 해 달라고 말해야겠다고 생각하고 있었다.

인생길 가노라면 힘이 들고 지칠 때가 있다. 그 힘든 길 누군가 친구이든 부모든 형제든 내 옆에 있어 준다면, 잠시 쉬었다가 힘내어 갈 수 있게 의미가 되어 준다면 다시 살아갈 힘을 얻기도 한다. 바라보고 이야기하고 함께 걷고 웃고 시간을 보내고 그런 일상들을 함께 하며 아끼는 마음과 사랑이 쌓여 간다.

사랑이 별것인가. 힘들 때 곁을 지켜 주는 사람이 바로 사랑인 것을. 세상을 살다 보면 미운 사람도 많다. 사랑하고 싶고 좋

아하고 싶고 친해 보고 싶은 사람도 많다. 때로는 사랑해선 안
되는 사람이어서 때로는 사랑할 수 없는 사람이어서 아픔도 따
르고 괴로움도 따른다. 그렇다고 사랑 없이 하루하루를 살기엔
퍽퍽한 인생이지 않을까.

괴로움, 슬픔, 아픔이 따른다고 사랑을 하지 않는다면 삶이 퍽
퍽하고 살기 힘겨울 것이다. 이 점이 아파도 괴로워도 다시 사랑
하는 이유이다.

살다 보니 잊히지 않을 것 같은 사람도 추억으로 묻혀 갔다.
아픔도 바래져 갔다. 영원할 수 없다는 사실 앞에 슬퍼해야 할지
기뻐해야 할지 모르겠지만 다시 사랑하고프고 좋아하고 싶은 사
람도 생겼다. 이별을 맞을까 봐 버림받을까 봐 무서워 숨고 싶지
만 괴로움, 슬픔, 아픔이 따른다고 사랑을 하지 않는다면 삶이란
것 자체를 향유할 수 없기에 아파도, 괴로워도 용기를 내 보는
두 사람은 서로를 향한 첫발을 조심스레 내딛고 있었다.


"음."

"강인환 씨, 어금니 꽈악 깨물고 다시 한 번. 자, 갑니다."

"으윽."

고희는 더 이상 볼 수 없어 고개를 돌리고 있었다. 물리치료
는 1시간, 이미 땀이 흥건한 인환이었다. 아픔을 참기 힘들었는
지 이를 악문 그의 모습에 고희는 가슴이 아파 차마 바라볼 수
가 없었다.

"유고희 씨, 거기 꽉 잡으세요."

"네? 네."

움직이지 않도록 인환의 팔목을 꼬옥 붙잡으라는 물리치료사의 호통에 고희는 눈을 찔끔 감고 인환의 팔목을 힘껏 붙들었다. 자신의 말 때문인 건가? 그렇다고 이렇게 심하게 할 필요까진 없는데…….

고희는 입술을 깨물며 원망하는 눈빛으로 물리치료사를 노려보고 있었다. 오늘 확실하게 치료를 해 주라는 말, 그건 이래도 허허, 저래도 허허거리는 인환이 얄미워한 말이었는데 오늘따라 치료의 강도가 다른 때보다 남다른 것이 모두 제 탓인 것만 같아 그녀는 마음이 좋지 않았다.

"자, 다시 한 번 갑니다. 구부렸다 펴세요. 아프고 힘들어도 지금 해야 합니다. 이때를 놓치면 근육이 굳어 버려요. 성인은 어린아이처럼 근육이 유연하지 않으니까 많이 노력하셔야 합니다."

"으윽."

"……인환 씨."

다시 괴로워 식은땀을 흘리는 인환을 보고 안절부절못하던 고희는 수건에 물을 적셔 송골송골 맺힌 이마의 땀을 닦아 주고 있었다.

"자, 잠시 5분 휴식하고 다시 시작하겠습니다."

물리치료사가 30분 중간 타임에 물을 마시고 찜질할 수건을 다시 준비하러 간 사이, 고희는 인환의 상태를 살피고 있었다.

"아파요? 괜찮아요? 못 참겠어요?"

인환은 찔끔 감았던 눈을 떠 어쩔 줄 모르는 고희에게 희미하게 미소 짓고 있었다.

"괜찮아, 견딜 만해."

"하지만…… 미안해요. 나 때문에."

"그 말 다시 하지 말랬지?"

"그게 아니라 내가 오늘 강도를 세게 해 달라고 부탁해서 그런 거란 말에요. 내가 심술을 부려서……."

울 듯 말 듯 눈물을 글썽이며 죄를 고백하는 고희를 바라보던 인환이 왼손을 내밀어 고희의 머리를 가슴으로 끌어당겼다. 창졸간에 벌어진 일이라 고희는 그의 가슴에 얼굴을 묻은 채 숨을 죽여야만 했다.

"그래? 어쩐지…… 치료사가 당신 말 때문에 더 아프게 하는 게 아닐 거야. 오늘의 치료 과정이겠지. 환자가 믿음을 가지고 치료에 응해야 하는 거야. 그러니 울지 마. 난 괜찮아."

"흑, 미안해요."

가슴에 안긴 작은 머리통, 그는 극심한 육체적 고통보다 안긴 고희가 괴로워한다는 것이 더 맘이 쓰였다. 마침 들어온 물리치료사에게 인환이 사실을 확인시켜 주었다.

"치료사님, 오늘 물리치료 원래 강하게 하는 것 맞지요? 예정에 없던 것 아니죠?"

"네? 당연하지요. 전 제 일에 자부심을 가지고 있습니다."

물리치료사 박진석은 속으로 뜨끔했다. 작은 정형외과 물리치료사이지만 나름 전문성을 갖춘 그였다. 강인환이 누구인지도 알고 있었다. 인환과 고희가 다녀간 뒤 그룹 주치의가 찾아와 그의 상태를 설명하고 갔던 탓으로. 물론 할애하는 시간이 남보다 배인 것도 퇴근할 시간인 6시에 치료를 하는 것도 그와 관련이 깊었다. 돈은 충분히 지불할 것이 분명했고 잘하면 추천서도 써 주어 큰 병원에 들어갈 기회를 제공받을 수도 있기에 성심을 다하는 중이었다.

"제가, 오늘 신경 써 달라 이야기한 것 때문이 아니고요?"

"네. 계획대로 치료 중입니다."

"거봐."

고희는 고개를 끄덕이며 인환과 눈을 마주쳤다.

"자, 다시 시작할까요?"

40분이 더 소요되고, 녹초가 된 인환이 잠시 눈을 감고 침대에 쉬고 있었다.

"수고하셨습니다."

"온찜질이 끝나면 일어나셔도 됩니다. 환자분이 많이 지치셨을 겁니다, 아파서 새벽에 통증으로 깨실 수도 있으니 편히 주무실 수 있게 옆에서 간호하실 분이 오늘은 필요하실 겁니다."

"네, 감사해요."

탁.

물리치료사가 방문을 닫고 나가자 고희는 지쳐 보이는 인환을 내려다보았다. 땀을 닦아 주고 드러난 어깨 위 뜨거운 물수건을 정 위치로 대어 주었다.

"으음……."

앓는 소리에 저도 모르게 손이 먼저 나간 고희였다. 이 사람도 사람이구나. 아플 땐 신음도 내지르고 이렇게 무방비하게 정신을 놓을 때도 있구나 생각되자, 그동안 그에 대해 가져온 선입견들이 하나둘 떨어져 나갔다.

"난 당신이 아픔도 모르는 로봇인 줄 알았어요. 알아요? 사람이었네요. 아프고 힘들어하고 슬퍼하고 울 줄도 아는 그런 사람이었네요. 이제야 당신이 보여요. 지금에야."

인환은 고희의 말을 가만히 듣고 있었다. 절절한 사랑의 고백도 아니건만 두근거리고 너무나 행복해 미칠 것 같았다. 그녀가 다가오는 소리가 들렸고 그녀와 저의 거리가 좁혀지는 게 느껴졌다.

사람으로 인해 행복하여 배가 부른다는 게 이거구나 싶었다.

자신의 부모님처럼 서로 맞추고 간간이 서로를 애정하는 맘을 비추고 서로가 건강하게 안부를 묻는 삶, 마음의 여유가 없어 초조해질 때 맑음으로 웃음을 주는 사람이 하나 곁에 있음으로 가슴 푸근함을 느낀다는 것이구나.

이렇게 사랑이 되어 가는구나, 저 사람이 아니면 안 되는구나, 강인환의 마음의 안식처가 바로 그녀, 고희였다. 강인환의 유일한 여자.

인환이 자유로운 왼손을 들어 제 팔을 감싼 고희의 손등 위에 살포시 겹치자 고희의 눈이 동그래져 인환을 바라보았지만 그의 눈동자는 감은 채 열리지 않았다.

"제가 오늘 곁에서 지킬게요."

"뭐?"

"제 탓도 있으니까요. 미안한 맘도 있고 고마움도 있고요."

저녁 식사 중 고희가 던진 오늘 밤 인환의 곁을 지키겠다는 말에 한 여사와 강 회장은 얼굴에 화색이 돌다 못해 덩실덩실 춤이라도 출 기세였다.

"그래그래, 그러면 좋지. 나도 나이가 들었는지 새벽잠이 워낙 많아서. 오호호홋."

"허험."

한 여사가 보기에도 두 사람 사이는 꽤 진전이 있어 보였다.

'아암, 내가 아들 외모는 번듯이 낳았지. 어디 꿀리진 않지. 호홋.'

툭.

남편 강 회장이 팔꿈치로 한 여사를 툭 건드리자 무슨 일이냐고 눈썹을 치켜뜬 인환의 모친이었다. 하지만 두 번의 고갯짓에 무슨 말인지 알아먹은 인환의 모친이 어색한 말로 뭔가를 중얼거리더니 거실에서 금세 사라지는 것이었다.

"어머, 오늘 유난히 피곤하네. 고희야, 미안한데 오늘 일찍 잠자리에 드마. 쉬다 올라들 가렴."

"네? 하지만 아직 초저녁인데 회장님, 바둑 두자고 하셨잖아요?"

"어험, 나도 인환이 대신 업무를 처리하다 보니 일이 늘어나 피곤하구나. 일찍 자야겠다."

혹시 고희가 두 사람을 붙들기라도 할 듯 부리나케 사라지는 두 사람이었다. 덩그러니 두 사람만 거실에 남았고, 결국 고희와 인환은 소파에 앉아 함께 드라마를 시청하고 있었다.


"여보, 인환이 제대로 하고 있는 거겠지요?"

"당연하지 이렇게까지 멍석을 깔아 주었는데도 제 사람 못 만들면 사내가 아니지. 아암."

"그건 그렇고."

"응?"

"어휴, 아니에요."

"뭐야, 임자와 내가 못 할 말이 어디 있어?"

"그게 저놈의 팔만 온전했다면 이번 기회에 화악."

"화악, 뭐?"

"호호. 그렇단 말이지요. 만리장성이라도 쌓고 내친 김에 손주라도 생기면."

"우물에서 숭늉 달라 하겠구만. 허허."

"말이 그렇단 말이죠."

의미심장한 미소를 지으며 두 사람은 거실에서 나는 소리에 연신 귀를 쫑긋거리고 있었다.


인환과 고희는 드라마를 보며 이상한 대화를 주고받고 있었다.

"남자가 멍청한 거지. 저러면 다 알아. 바보인 줄 아나?"

"이건 드라마잖아요."

"그래도 웬만큼 황당한 이야기여야지."

"당신도 참, 요새는 막장드라마가 인기랍니다."

"막장?"

"네, 끝도 없이 나가는 막장 이야기가 대세라고요."

"뭐어? 그거 참."

인환과 드라마를 보며 이런 대화를 할지 어찌 알았겠는가. 고희는 제 말에 일일이 응대를 해 주고 반응하는 인환이 새롭고 신기했다. 아니, 이젠 익숙했고 편안했다. 소파 팔걸이에 팔을 기댄 인환의 왼편에 앉아 주거니 받거니 대화를 나누며 그를 쳐다보는 고희의 얼굴엔 더 이상 무서움도 두려움도 아닌 즐겁고 밝은 빛이 넘쳐흐르고 있었다.

사랑하는 사람. 언제, 어느 때건 안심하고 말을 건넬 수 있는 사람. 내가 하는 말을 들어 주고 웃어 주는 사람. 혹시 훗날 약점이 되지 않을까 걱정하며 말을 골라 하지 않아도 되는 사람. 이 세상에 한 사람이어서 사랑한 게 아니라 사랑하고 보니 너 하나뿐이더라는 말을 실감하게 만드는 사람. 내 눈에만 잘 보이는 사람. 그냥 곁에 있어 고마운 사람. 꿈꾸며 동경했던 스타일은 아니지만 만날수록 내 마음을 채워 주는 사람. 같이 있어 힘이 되고 나로 인해 힘을 내는 사람.

그런 사람이 강인환, 그였다. 유고희에게 강인환은 그런 의미가 되어 가고 있었다.


그날 밤, 고희는 서재에 있던 간이침대를 인환의 침대 옆에 끌어다 놓는다.

"오늘 나만 믿고 잘 자요."

"그래, 그럴게."

순순히 그러마 고개를 끄덕이는 그가 마치 어린 소년과 같아 기특한 마음이 그득해진 고희가 그의 머리를 가만히 쓰다듬어 주자 인환이 머리를 베개에 대고 있다 눈을 반짝 떴다.

"환자는 맞는데 어린애가 된 기분이야."

"환자는 어리광을 피워도 돼요."

"간이침대 불편할 텐데."

"오늘 하루잖아요."

"……고희."

"네."

"아냐, 아무것도."

"자, 이제 주무세요."

딸칵.

머리맡 침대 스탠드를 끄고 잠이 든 지 얼마 후, 끙끙거리는 인환의 소리에 고희는 벌떡 자리에서 일어났다.

"인환 씨, 아파요? 진통제 줄까요?"

"아니, 찜질하면 괜찮을 것 같아."

저녁엔 전기 찜질기를 사용하고 있었다. 온도를 맞추고 고희는 스탠드를 켠 상태로 그의 팔을 주물러 줬다.

"이렇게 자주 아팠던 거예요? 그동안?"

"아냐."

"아니긴, 난 그런 줄도 모르고."

"또, 또, 그런다."

"미안해요."

"난, 당신이 다치지 않은 것만으로도 감사해."

그의 시선이 그녀의 얼굴을 뚫을 것처럼 깊고 깊어 고희는 그에게서 눈을 도저히 뗄 수가 없었다.

"하나만 더 부탁해도 될까?"

"뭔데요? 진통제 가져올까요?"

"당신이 필요해."

"……네?"

"키스 한 번 해 주면 아픔이 조금 사그라질 것 같아."

"뭐, 뭐예요?"

"안 되겠지? 안 될 거야."

고희는 깜짝 놀랐다가 금방 의기소침해 풀이 죽은 인환을 내려다보았다. 그가 얼마나 고민고민하다 뱉은 말이겠는가.

저녁때부터 제 입술에 시선을 고정하는 것을 눈치챈 그녀였다. 그녀가 그가 상의를 벗고 물리치료를 받은 때부터 그의 가슴과 탄탄한 근육에 시선을 떼지 못한 것처럼 그도 그녀의 얼굴과 입술을 멍하니 바라볼 때가 많았던 것이다.

"한 번이면 돼요?"

"뭐?"

"한 번이면 잠들 수 있겠냐고요."

끄덕끄덕.

고희가 혹여라도 취소할까 봐 고개를 연신 끄덕이는 인환을 보며 그녀는 나오려는 웃음을 겨우 참는다.

"대신 불은 끄고요. 부끄럽거든요."

툭.

꿀꺽.

어둠 속에 침을 삼키는 소리가 유난히 크게 들렸다. 검은 그림자가 덮치듯 인환의 얼굴로 다가오자 인환은 이게 생시인지 꿈인지 분간이 가지 않았다. 하지만 이내 닿는 입술의 감촉에 그는 자신도 모르게 신음을 흘리고 있었다.

감질나게 와 닿은 부드러운 입술의 감촉이 환장할 정도로 좋아 참지 못한 인환이 왼손을 들어 그녀의 뒷머리를 감싸 안아 자신에게 확 끌어당겼다.

"읍! 인환 씨."

"시작은 네 맘대로지만 끝내는 건 내 마음이야. 유고희."

"바보, 말은 그만하고 키스나 마저 해요."

어둠 속 작은 마찰음이 끊길 듯 끊어지지 않고 계속 이어지고 있었다.

# 21화

한 여사의 발걸음이 날 듯 가벼웠다. 얼굴에는 연신 미소가 떠올라 있었다. 아들 인환에게서 드디어 고희에게 청혼할 거라는 말을 들었기 때문이다.

"오호호홋."

그동안 못 해 준 거 다 해 주고, 못 해 본 것도 다 하리라 맘먹은 한 여사는 뭐부터 시작할까 머릴 굴리고 있었다.

'음. 이것도 하고, 저것도 하고, 요것도 해 보고, 조것도 해 보아야지. 내가 다 설레네.'

지금 가고 있는 곳은 유명한 점집이었다. 사주를 보러 가는 게 아니라 길일이 언제인지 택일하러 간 것뿐이었다. 하지만 세상사 맘먹은 것처럼 되는 것이 아니듯 그곳에서 고희의 사주를 보더니 심각한 얼굴을 하기에 그만 어쩌냐고 먼저 운을 떼고만 한 여사였다.

"음, 사주를 보자면, 어릴 적 부모 조실했을 터이고, 그리고 사람은 올곧은 소나무 같은 진국인데."

"맞아요, 그 애가 딱 그러네요. 근데? 뭐가 안 좋습니까?"

"이번 해가 액이 끼었는데 걱정할 정도는 아닙니다. 워낙 인복을 타고난 사주이군요."

"호호, 그렇죠?"

액이 끼었다는 말을 듣자마자 소연을 떠올린 한 여사였다. 지금 생각해도 괘씸해 이가 갈리는 일이었다. 하지만 천 번 맘속으로 관세음보살을 되뇐 그녀는 부글부글 끓어오르려는 원망을 잠재웠다.

"별다른 문제는 없지요? 우리 두 아이 재결합하는데 말예요."

"흐음, 손주가……."

손주라는 말에 귀가 쫑긋한 한 여사의 눈이 초롱하고 반짝거렸다.

"손, 손주가 몇 명이나?"

"길일은 다음 해 춘삼월이 가장 좋겠습니다."

목이 바싹 타 버린 한 여사는 본래의 목적인 길일을 들었음에도 은근히 홀린 점쟁이의 말에 촉각을 곤두세우고 있었다.

"아유, 속 시원히 말 좀 해 봐요. 우리 두 아이 소생이 몇이나 될까요? 내 복채 두 배 냅니다."

그제야 얼버무리던 점쟁이가 빙그레 웃으며 이야기보따리를 푼다.

"두 사람의 사주는 여자가 흙, 남자가 물로 음양조화가 아주 좋습니다. 천생배필이네요. 돌아 돌아 다른 사람에게 가더라도 종국엔 다시 돌아오는 부부의 연을 가졌어요. 그리고 소생은 2 남 1녀? 아니면 3남 1녀 되겠습니다."

입이 함지박만 하게 벌어진 한 여사였다. 자그마치 넷이란다, 넷. 그녀도 아이를 더 가지고 싶었지만 재희와 인환 이후로 생기지 않았던 탓에 얼마나 아쉬워하였던가. 손주도 꼴랑 재희가 낳은 민재 하나뿐이었다.

아이들 웃음소리로 떠들썩해 본 지가 언제인지. 모임에 나가면 다들 손주 자랑을 하지만 유독 한 여사는 소외감을 느끼며입을 다물고 있을 수밖에 없었던 탓에 그나마 모임에 잘 나가지도 않았고, 그것은 강 회장도 마찬가지였다.

사실 점쟁이의 말을 100% 믿는 건 아니었지만 기분이 좋았다. 천생배필이고 아이들도 점지되어 있고 두 사람이 다복하게백년해로 한다니 어미로서 그 이상 호언이 어디 있겠는가.


─알겠냐, 꼭 잡아라.

"어머니."

이제 팔걸이를 떼고 정상 생활로 돌아온 인환이었다. 일에 치여 정신이 하나도 없는데 한 여사가 회사로 전화를 해 격앙된목소리로 사주가 어쩌고 아이가 어쩌고 길일이 내년 3월이라고하는 대목에서 인환은 피식 웃고 말았다.

"아직 청혼도 하지 못했습니다."

─그래, 안다. 내 너무 서두른다는 것도. 그렇지만 이 어미 기

다리다 애가 타 죽겠다. 그만 뜸들이고 고희 데려와라. 뭣하면 혼인신고라도 먼저 하고 살림 차리든지.

"어머니."

부모의 마음을 어느 정도 헤아릴 줄 알게 된 인환이었다. 그 사람을 사랑하고 주위를 돌아보게 되니 안 뵈던 것들이 보였다. 조카를 보는 늙으신 부모님의 사랑스러워하는 눈길에서 제가 낳은 자식은 얼마나 예뻐하실까 하는 생각도 들었고, 누님 부부가 아직 혼자인 저를 안타까워하는 것도 절로 읽혔다.

부모의 사랑을 받기만 했지 줄 줄 몰랐던 인환은 한 여사의 전화를 끝까지 들을 수 있는 시간적 여유가 없어도 끊지 않고 맞장구쳐 주는 것부터 효를 실천하고 있었다. 이전의 강인환 같으면 단칼에 무 자르듯 어머니 한 여사의 전화를 끊었을 것이다.

"회의 시작 전입니다. 집에 가서 나머진 듣겠습니다."라고.

하지만 10분 이상 한 여사의 수다가 끝이 날 때까지 그의 입가엔 미소가 머물러 있었다. 문틈으로 안절부절못하며 회의 시작 직전이라 알리는 비서의 눈짓에도 가볍게 고개를 끄덕이며 자신이 먼저 전화를 끊지 않고 있었다.

⋮

-그럼 내 그리 알고 있으마.

"네? 아, 네."

마지막 한 여사의 말을 흘려들어 버린 인환은 무슨 말인지도 모르고 동의하고 있었다. 회의 1분 전이었다. 그가 회의실로 들어갈 즈음 그녀는 아들에게서 흡족한 대답을 듣고 하늘로 올라

갈 것만 같다. 인환에게 건넨 마지막 말은 바로 이것이었다.

－그럼 너희들 결혼식 준비 시작한다. 너만 믿는다, 아들.

인환은 여자들의 길고 긴 수다 중 말미에 내던지듯 말하는 가장 중요한 핵심 포인트를 흘려듣고 만 것이다.

두 사람은 키스 후, 진전이라면 진전이 된 사이였다. 말하지 않아도 고희는 인환의 전화를 기다렸고 인환은 틈날 때마다 고희에게 문자나 전화를 했다. 회사 복귀로 정신이 없었지만 항상 머릿속을 전부 차지한 그녀의 존재였다. 이제 인환은 문자의 달인이 되어 있었다.

띠링.

〈뭐해?〉

〈그러는 인환 씨는요?〉

〈회의 시작 전.〉

〈농땡이 부리지 말고 회의 집중하세요.〉

〈어허, 농땡이라니 날 모두들 얼마나 무서워한다고.〉

〈어련하시겠어요.〉

〈오늘 잠시 만날까?〉

〈시간 내기 힘들잖아요.〉

〈그래도…… 보고 싶어서.〉

그렇게 이어진 문자는 회의 시작 직전에나 끝이 났다.

〈고희야, 시작한다. 다시 문자할게.〉

정말 못 말리는 사람이었다. 인환이 주는 달큼한 유혹에 어느새 퐁당 빠져드는 고희였다.

'사람 이상하게 만든다니까.'

잊을 만하면 울리는 문자 알람 소리. 처음엔 문자 왔죠라는 맑은 울림에 당황도 했었지만 지금은 진동으로 알람 벨을 설정해 놓아 놀라지 않았다. 다만 수시로 수화기를 확인하는 버릇이 생겨 버렸다. 이 남자가 범죄자였다면 꽤 지능범이 되었을 거란 생각도 들었다.

처음 문자 한 게 1주일 전인데 지금은 거의 기록적인 속도로 문자를 보내는 것은 물론이요, 가끔 회의하는 자신의 사진도 카톡으로 보내고 하물며 늦은 저녁을 회사 사무실에서 먹는 사진도 올리는 그의 일상들이었다.

아, 이 사람은 이렇게 살고 있구나. 열심히 자기 일을 하면서 사람들을 책임지고 있구나. 위치를 망각하지 않고 최선을 다해 살고 있구나라는 생각도 하며 존경심도 들었고, 그런 사람이 내가 아는 사람이라는 것에 자부심도 들었다. 자주 만나지는 못해도 문자를 보고 행복해하고 미소를 띠는 고희의 얼굴엔 숨길 수 없는 사랑이 스며 있었다.

고희는 일하는 도중 주위를 힐끔거리다 손가락으로 어설픈 V 자를 만들어 셀카를 찍는다.

찰칵.

2초쯤 머뭇거리다 결국 전송 버튼을 누르고 고희가 민망함에 제 얼굴에 부채질을 하고 있을 때였다.

"일은 안 합니까, 유고희 씨."

"미선 씨."

화들짝 놀라 말까지 어버버거리는 고희를 보며 미선은 놀리기
바빠졌다.

　"전형적인 연애 초짜 1단계인데요?"

　"아. 아니에요, 그런 거."

　"쿡쿡. 누가 뭐래요? 보기 좋다는 말이에요."

　미선은 고개를 푹 숙이는 고희를 보며 자신의 짐작이 맞음을
확신했다. 저렇게 음전하고 말없는 사람도 사랑을 하면 다른 사
람과 같은 반응을 하는 게 신기했다.

　"누구예요?"

　"네? 아니라니까요."

　그때 마침 부르르 핸드폰이 요란하게 울리고 있었다.

　"흐응, 아니라고 시치미 떼기예요? 그럼 지금 온 문자 보여
줘 봐요."

　"미선 씨."

　확.

　순식간에 핸드폰이 미선의 손에 들어가고, 버튼을 누르자마자
하필이면 문자가 아닌 인환의 목소리가 재생되고 만다.

　음성 파일입니다.

　-너무 예쁘다. 더 보고 싶어지는데 어쩌지.

　"어우, 닭살~ 온몸에 닭 비늘 천지야. 이거, 이거 어쩔 거
야?"

　"미, 미선 씨."

　얼굴이 불탄 고구마처럼 발개진 고희를 놀려 먹던 미선이 환

하게 웃고 있었다. 딸 하나를 둔 미선은 자신의 이종사촌을 소개하려던 생각을 아쉬운 마음으로 내려놓는다. 이 세상을 다 가진 듯한 행복한 고희 모습과 상대를 향한 사랑이 철철 넘쳐흐르는 낮은 저음의 남자 목소리. 바라보기만 해도 아름다운 사랑을 하는 연인이었다, 그들은.

"나중에 이야기할게요."

"알아, 내가 유고희를 모르나? 편해지면 말해. 나 궁금하거든 연애 스토리가."

"그런 거 아니에요."

"그런 거 아니라고 하다 다음 달에 결혼한다고 청첩장 돌리면 혼난다."

"그게……."

"아하하. 그래그래, 그만 놀릴게. 아, 좋겠다. 나도 연애 시절로 돌아가고 싶어. 남편한테 전화나 해 볼까?"

미선의 남편은 회계사로 조금은 까다로운 성격이었지만 두 사람은 잘 지내고 있는 편이었다. 날카로워 보이는 인상을 가졌지만 이전에 1년간이나 그녀를 쫓아다녔다고 한다.

"어디 울 낭군님은 어찌 반응하는지 알아볼까?"

"네?"

미선의 문자가 전송된다.

⟨여보, 오늘 우리 저녁에 외식하고 오랜 만에 기분 좀 낼까?⟩

⟨무슨 날이야?⟩

⟨무슨 날이어야만 하는 건가? 이전에 우리 날 잡기도 전 화악

불탔었잖아. 다시 불도 피울 겸.〉

띠링.

〈…….〉

〈왜 아무 말이 없어?〉

〈너 뭐 잘못 먹었냐?〉

"어머, 어머. 이런 멋대가리 없는 남자 좀 봐. 내가 이런 남자하고 살아요. 흥, 칫, 핏."

팔짱을 낀 채 콧김을 연신 퍼붓는 귀여운 선배 옆에서 쿡쿡거리며 웃는 고희였다. 결혼한 지 8년차 그들의 행복한 모습을 보며 고희는 인환과의 미래를 상상하고 있었다.

'그가 있고 내가 있고 어머님, 아버님이 계시고, 그리고 정원에서 뛰노는 그를 닮은 아이가…… 어멋! 내가 무슨 상상을.'

고희는 순간적으로 떠오른 상상을 지우기 바빴다.

그때 선배 미선의 얼굴이 환하게 밝아졌다.

〈오늘 무슨 일 있어? 기다려 내가 끝나는 대로 데리러 갈게.〉

담백하고 용건만 간단했지만 그녀를 아끼는 마음이 여실히 드러나 있었다. 행복해하며 화장을 고치러 가는 그녀의 등을 바라보며 고희도 덩달아 기분이 날아갈 듯 가벼워지고 있었다.

'음성 파일까지 보내고. 정말 못 말리는 사람이라니까, 쿡쿡.'

그날 저녁 12시 갑자기 카톡이 하나 왔다.

〈지금 안 자?〉

〈무슨 일 있어요?〉

〈응, 심각한 일이 생겼어.〉

〈무슨 일인데요?〉

잠자리에 막든 고희는 잠이 확 달아나 버린다. 호사다마라는 말도 떠올려진다. 누군가 제 행복을 시기해 다시 해코지라도 하려는 게 아닐까. 아니면 그의 신상에 일이 생긴 것일까?

〈지하주차장으로 잠시 내려올 수 있어? 다시 돌아가 봐야 해. 내일 아침 제주도 출장이거든.〉

〈네?〉

〈지금 주차장이야.〉

옷을 급히 걸치고 지하로 가는 고희의 얼굴에 긴장이 역력했다. 그곳엔 차 보닛에 기대어 다소 지쳐 보이는 인환이 있었다.

"인환 씨, 무슨 일이에요? 네? 이 밤에 무슨 일이 생긴 거예요?"

"고희."

"어디 다쳤어요? 팔이 다시 아파요? 집에 무슨 일 있어요?"

그의 여기저기를 살피는 고희를 순식간에 독수리가 먹이를 낚아채듯 와락 품 안에 끌어안는 인환이었다.

"미치는 줄 알았다. 오늘 네가 사진 보내 준 뒤부터 이러고 싶어서."

"인환 씨?"

"보지 않으면 도저히 잠들 수 없을 것 같아서 왔어."

"당신."

인환은 조용히 눈을 감고 그녀를 감싸 안았다. 고희는 이 상황이 어처구니없다가도 인환의 체온에 제 체온을 더하며 두 사람은 어느새 어색함을 버리고 마음을 나누고 있었다.

"얼굴 까칠해졌어요. 쉬엄쉬엄해요."

"응, 알았어."

고희는 안타까움에 그의 얼굴을 매만졌다. 그녀의 손이 눈썹과 눈두덩을 지나 핼쑥해진 볼, 그리고 아직은 부자연스러운 오른팔을 쓸어내렸다.

"팔은요?"

"아프지 않아."

"그래도 자주자주 움직이는 거 잊지 말고요."

"그럴게."

마치 남편을 걱정하는 아내처럼, 말 잘 듣는 팔불출 남편처럼 두 사람은 이상한 상황을 연출하고 있었다.

"늦었어요, 어서 가요. 내일 제주도 가야 한다면서요."

"……."

"인환 씨."

머뭇거리는 그의 태도가 무엇을 의미하는지 그제야 알아챈 고희의 입가에 슬며시 미소가 스치고 지나갔다.

"왜요, 또 키스해도 되냐고 허락받게요?"

"키스해도 돼?"

강인환은 이런 남자가 아니었다. 누구 눈치를 보고 의기소침해하고 자신 없어 보이는 표정을 짓는 사람이 분명 아니었는데, 그런데 그가 변했다. 그것도 자신으로 인해 말이다. 고희는 그에게 다가가는 제 마음을 절제하고 붙들 수 없었다. 기록적이고 경이적인 빛의 속도로 달려가고 있었다.

"다른 남자에게 눈 돌리지 않게 근사하게 한번 해 봐요."

"뭐?"

순간 당황했던 인환의 눈에 불이 반짝 하고 켜졌다. 그리고 유쾌한 듯 그의 목소리에 장난기가 담뿍 담겨 있었다.

"잠자는 사자의 코털을 감히 건드렸다 이거지?"

자연스레 인환의 얼굴이 점점 가까이 다가오고 한 손은 그녀의 팔을 어루만지며 다른 손은 허릴 강하게 감아 왔다. 고희는 눈을 지그시 감았다. 마지막으로 본 건 그의 눈에 담긴 뜨거운 애정과 자신을 향한 정염의 불길이었다.

전의 키스보단 더 과감하게 입술을 더듬거리는 혀의 움직임에 그녀가 견디지 못하고 입을 벌리자 바로 파고든 혀가 제 입 안을 헤집으며 자유로이 유영하기 시작했다.

혀와 혀가 서로 얽혀져 감겼다 풀렸다를 여러 번 반복하며 그들은 점점 그들만의 세상에 몰입해 가고 있었다. 키스만을 원했던 마음이 어느새 변질되어 좀 더 다른 어떤 것을 바라는 마음으로 빠르게도 바뀌어 갔다.

빠아아앙.

두 사람을 스치듯 흰색 자동차가 지나쳐 간다. 성인 관람가 동영상을 다른 곳에 가서 찍으라는 듯 경고의 클랙슨을 울리며 지나가자 마지못해 떨어져 이성을 찾아가는 두 사람은 이마를 맞대고 숨을 고른다.

"기다려 줘."

"네."

"고희야."

"네."

"고희야."

"네."

사랑한다는 말보다 더 가슴을 울리는 그런 말은 없을까. 이대로 그녀를 데리고 제주도에 가고 싶었다. 하지만 그녀도 직장이 있었다. 그녀가 속한 소중한 인생이 있었다. 차마 자신과 함께 다 그만두고 제주도에 가자는 말은 나오지 않았다. 그녀는 책임감이 남다른 사람이 분명했으니까.

격하게 탐해서인지 입술이 약간 부어오른 듯 보였다. 그는 그녀의 입술 선을 엄지로 덧그리면서 살며시 제가 묻힌 게 분명한 타액을 닦아 내 주었다.

"사흘이야. 혼자 가기 정말 싫다."

"……."

역시나 난감해하는 그녀의 표정에 인환은 서운함보다 예상대로 행동을 보이는 그녀가 미덥기만 했다. 자신이 사랑하게 된 고희라는 이 여자. 책임감 강하고 말조심하고 누구보다 진중한 성격을 가진 그런 여자였다. 그런 여자가 제 여자였다. 미안해하는 맘을 듬뿍 담은 검은 눈동자를 바라보며 인환은 넘칠 듯 흐르는 제 사랑을 다시 한 번 실감했다.

"……빨리 오세요."

끄덕.

"어서 가요. 늦겠어요."

"너, 올라가는 것 보고."

마치 오랫동안 이별하는 사람처럼 너 먼저 나 먼저라는 말로 헤어질 시간을 연장하는 연인이었다.


띠링.

〈제주도 도착.〉

고희는 출근하자마자 문자를 받고 슬며시 입꼬리에 미소를 매달았다.

"어유, 애인 없는 사람 서러워 살겠어?"

미선이었다. 하지만 이번에는 뒤로 **빼며** 부정하지 않는 고희였다.

"후후. 미안해요."

"어머머, 자기 **뻔뻔스러워졌는데**? 이제 부정하지 않는다 이거지? 말해 봐, 진도 어디까지 갔어?"

"네? 진도요?"

"시치미 뗄 거야? 말하기 싫다 이거지?"

"아니에요. 그런 거."

얼굴이 발개진 고희였다.

"얼굴 좀 공개하지?"

"그게……."

고희는 머뭇거리다 인환이 그동안 전송해 준 사진을 핸드폰 갤러리에서 찾아 그녀에게 보여 주었다.

"어머, 어머. 대박! 완전 현빈 저리 가라네. 유고희 씨 전생에 나라를 구했나 봐."

호들갑을 떨며 인환의 외모를 폭풍 칭찬하는 미선이었지만 고희의 신경은 온통 메시지로 온 인환의 사진에 쏠려 있었다. 부드럽게 미소 띤 그의 모습에 그리움이 샘솟듯 올라왔다. 퇴근해서도 항상 자유로움을 느끼던 저만의 공간이 그렇게 커 보일 수 없었다.

다음 날.

고희는 등기 한 통을 받고 사인을 했다. 회사로 온 등기였다.

'뭐지?'

고희는 무심코 편지봉투를 뜯다 겉봉에 쓰인 강인환이라는 글자에 멈칫했다.

집에 가서 읽기 바랍니다.

고희는 퇴근하자마자 집으로 돌아와 혼자가 되었을 때 편지를 읽어 내리기 시작했다.

청혼서(請婚書).

강인환이 유고희에게 청혼합니다. 따스한 가을날 강민호의 장손 강

인환이 유한준의 손녀 유고희에게 청혼서를 보냅니다.


고희는 하얀 봉투의 겉봉을 읽고 손끝이 마구 떨리기 시작했다. 정갈한 글씨체였다. 인환의 서체가 분명했다. 가슴이 미친 듯 두근거리기 시작했다.


고희에게.

무릎을 꿇고 반지를 내밀며 청혼하는 것도 생각했지만 결국 편지를 쓰기로 결정했다. 내가 의외로 소심하고 겁쟁인가 보다. 내 붉은 마음을 전할 수 있는 방법이 무얼까 하고 궁리를 하다 이 방법을 선택했다. 봉투에 쓴 대로 강인환이 유고희에게 청혼하는 글이다.

유고희, 우리 사랑하며 살자. 너와 함께 살고 싶고, 너와 함께 남은 생을 꿈꾸고 싶다. 삶의 기쁨을 누리고 싶고, 야침에 눈 뜰 때 맨 처음 나와 시선이 마주치는 사람이 너였으면 한다. 내 가슴을 뛰게 만드는 네가 내 아이의 어머니였으면 한다. 두 팔 벌려 널 안을 수 있는 단 한 사람이라는 권리를 가지고 싶다. 너의 전부를 나에게 맡겨 주지 않을래?

청혼의 답, 허락한다면 네가 공항으로 날 마중 나오는 걸로 대신해 줘. 만약 네가 나오지 않을 경우를 대비해 내가 절망하는 모습을 누구에게도 보이지 않을 정도의 자존심은 남길 수 있도록. 기다릴게. 당신이 나를 선택하지 않는다 해도 원망 같은 건 하지 않을 거지만 이것 하나만은 알아주었으면 한다.

난 한 기업을 책임을 진 사람이다. 어릴 적부터 그렇게 교육받고 자랐어. 거짓말도, 포장도 하지 않을게. 너 아니면 죽겠다고 네가 아니면 평생 결혼하지 않겠다는 입바른 말도 하지 못한다. 네가 날 거절한다면 난 언젠가 다른 누군가와 결혼을 하고 아이를 낳고 기업을 잇게 해야겠지. 다른 사람처럼 살아가야 하겠지.

그렇지만 그렇게 살고 싶지 않다. 고희, 난 말이야. 사랑하지도 않은 여자와 오랜 시간을 함께하고 내 피와 살을 이어받은 아이를 낳고 싶지 않다.

전 같으면 가능할 일이었겠지만 지금은 그렇다. 왜냐면 널 사랑하게 되었으니까. 강인환이 유고희를 사랑하게 되었으니까. 이전의 강인환으로는 돌아갈 수 없게 되어버렸으니까. 그러니까 네가 괜찮다면, 나 좀 책임져 주라. 널 사랑하게 만든 책임 좀 져 주라.

빈말이라도 손에 물 한 방울 묻히지 않고 호강시켜 주겠다고 말하지 못한다. 사업에 몰두해 널 자주 외롭게 만들 수도 있을지 모른다. 그렇지만 이거 하나만은 맹세할 수 있다. 내 인생에 여자는 너 하나뿐이라는 거. 너와 행복하기 위해 죽도록 노력할 거라는 것.

그 하나 약속 믿고 날 따라오지 않을래? 네 인생을 나에게 맡겨 주지 않을래? 내가 마지막 숨을 거둘 때 내 곁을 지켜 주지 않을래? 널 사랑한다. 오래전부터 네가 상상도 못 한 이전부터 널 사랑하고 있었다. 기다린다.

-너의 유일한 남자가 되고픈 강인환

'정말이지 영악한 사람 아니랄까 봐, 누가 사업가 아니랄까

봐 꼭 사람을 이렇게.'

투덜거리며 웅얼대는 고희의 눈가에는 눈물이 맺혀 있었다. 근사한 청혼 이벤트가 아닌 이런 방법이 제게 먹혀들 거라는 걸 알고 있음이 분명했다. 그만큼 저를 알고 이해하는 사람이 바로 강인환 그였다. 얄미우면서도 이렇게 하기까지 수없이 고민하고 수없이 고쳐 썼을 그의 진심이 담긴 편지 한 통에 그녀는 눈물을 흘리고 있었다.


김포공항.

─대한항공 KE1423 국내선이 17시 40분 7번 게이트에 도착했습니다.

전광판에 불이 켜지고 몇 분 뒤 모습을 드러낸 인환의 얼굴엔 긴장이 어려 있었다. 그의 수행원이 수화물을 내리는 도중 참지 못한 그가 출구로 나와 누군가를 찾고 있었다. 하지만 보이지 않는 존재로 인해 그의 가슴이 까맣게 타들어 가고 있었다.

'나오지 않은 건가?'

설렘이 실망이 되고 절망으로 변화되어 갈 때쯤 누군가 그의 어깨를 툭툭 쳤다.

"누구…… 고희."

"시간에 맞춰 오려고 했는데 조금 늦었어요. 기다렸…… 어맛!"

와락 당겨 안긴 고희가 당황하며 몸을 뒤로 **빼려** 할수록 옥죄는 힘이 더욱 세져만 갔다.

"너, 정말 사람을 들었다 놨다 하고…… 난."

고희는 애타했을 인환의 마음을 느끼고 그의 허리에 팔을 감았다.

"미안해요. 일부러 늦은 건 아니에요. 정말이에요."

"괜찮다, 괜찮아. 이렇게 와 주었으니까, 그것만으로 족하다."

인환의 가슴에 안겨 그의 심장 고동 소리가 점점 세차지는 것을 들으며 고희는 눈을 감았다. 편안했다. 그리고 그 못지않게 저도 그를 그리워했고 보고 싶었다는 것을 인정했다.

"보고 싶었어요. 많이."

"나도, 나도 그랬다."

두 사람은 그렇게 온기를 나누며 오래도록 포옹을 풀지 않고 있었다.


이동하는 차량 안에서 인환은 강 회장에게 입국 보고를 하고 있었다.

"네, 네. 아버지, 고희와 청평 별장에 내려가는 중입니다. 다녀와서 인사 올릴게요."

청평 별장으로 향하는 두 사람은 나란히 뒷좌석에 앉아 손가락을 깍지 끼고 있었다. 오고 가는 눈길과 손가락으로 손등을 쓸어내리는 인환의 동작에는 제 여자를 원하는 남자의 정염이 그대로 묻어나 있었다.

고희는 뜨거운 눈길과 쓰다듬는 손길에서 이미 그의 여자가 될 각오를 하고 있었다. 그녀가 응시하자, 인환은 깍지 낀 손을 잡아 제 입술에 가져다 댄다.

그 동작이 에로틱하면서 앞으로 있을 일을 강하게 암시하는
것 같아 고희는 부끄러워 어딘가에 숨고만 싶었다. 어둠 속에서
보이지 않았지만 인환의 얼굴도 점차 상승하는 체열로 인해 붉
은 기를 띠고 있었다.

# 22화

필요한 사람이었다, 두 사람은 서로에게.

고희는 인환에게 잡힌 오른손을 슬며시 풀려고 시도해 보았지만 곧바로 어찌나 억세게 쥐어오는지 곧 포기해 버렸다. 아팠지만 기쁘기도 한 이율배반적인 이 심정을 뭐라 표현할 수 있을까.

"조금 두려워요."

고희가 먼저 말문을 열자 인환의 손에 힘이 가해졌다. 끝이 아닌 다시 시작으로 가는 길이기에 더 두렵고 더 행복하기가 겁이 났다. 결심을 단단히 했지만 이 사람에게 과연 제가 도움이 되는 사람이 될 수 있을지 장담할 수 없기에, 대단한 이 남자의 여자가 된다는 것이 머뭇거려지기도 했다.

고희는 고개를 들어 인환을 바라보았다. 지금 이 순간 달콤하고 달달한 이야기가 아니라 솔직 담백한 말을 해야 할 때라고 생각한 그였다. 머리를 쥐어짜며 쓴 청혼서가 그녀를 움직인 게 사실인 것 같지만 지금 제 옆의 여자는 혼란스러워하고 있는 게 틀림없었다.

흔들리는 마음을 어찌 모를까. 한 번 불에 덴 상처를 들쑤시기보다 앞으로 두 사람이 나아갈 미래를 제시해 주고 싶었다. 이것이 사업이라면 그 누구보다 확실하고 정돈된 청사진을 제시하며 브리핑할 수 있겠지만 저와 평생을 함께할 한 사람의 마음을 얻는 일이기에 말 한 마디에도 신중한 인환이었다.

"이미 네가 없는 시간을 겪어 보았기에 이젠 그런 시간을 보내고 싶지 않다. 필요한 사람이 필요한 자리에 없다는 것이 불행이라는 것을 알기에 난 지금 절박하다. 고희야."

"미안해요. 내가 이런 사람이 아닌데……."

깍지 낀 손을 살짝 풀어 인환은 그녀의 손을 그러잡았다. 그리고 다른 손으로 토닥여 주었다.

"내가 너에게 믿음을 주는 시간이 부족했다는 거 안다. 앞으로 살면서 보여 주고 증명해 갈게. 혼자라는 생각하지 않도록. 다시 네 마음을 아프게 하지 않도록 노력할 거야. 말로만이 아니고 행동으로 보여 줄 거야."

문득 고희는 인환과의 2년 결혼 생활을 떠올렸다. 그가 필요한 순간들이 있었다. 외로워 기대고픈 순간도 있었다. 그가 저를 외면했다고 생각했지만 어쩌면 스스로 손 내밀기보단 달팽이처럼 숨어 상처받지 않기 위해 무장을 하고 있었는지도 모른다.

"무엇을 해 주겠다는 약속보다 네가 필요할 때 네 곁에 있어 주고, 네가 아무리 용서하지 못할 일을 저질렀어도 나만은 너의

편이 되어 주겠다는 약속은 할 수 있다."

고희는 가슴이 떨려 왔다. 남아 있던 머뭇거려짐과 두려움을 모조리 상쇄시켜 버릴 정도로 강력했다. 제 인생에서 가장 듣고 싶었던 말이지 않은가. 곁에 있어 주는 것만으로도 감사한 일이라고, 세상에 네가 내게 가장 필요한 존재라는 말을 강인환이 유고희에게 해 준 것이다.

고희는 살며시 눈을 감고 심호흡을 했다.

"나도, 당신이 힘이 들 때 위로해 주고, 힘이 들 때 혼자라는 생각이 들지 않게 손을 잡아 줄게요. 당신이 정신을 놓는 그 순간까지 당신 곁에 있어 드릴게요."

"그거면, 그거면 된다. 그거면 충분해."

두 사람은 서로를 가만히 바라보며 시선을 교환하고 있었다. 인환은 고희 눈동자에 담긴 따스한 빛에 자신을 향한 사랑을 보았다. 오래도록 기다리고 기다렸던 맑은 빛, 제게는 없을 거라 포기하고 살아왔던 간절한 그 빛이, 그것이 그녀의 눈동자에 담겨 있었다.

불편한 자세였지만 하나로 겹쳐지는 두 얼굴이었다. 고희는 몸을 옆으로 살짝 비틀며 인환의 입술을 맞아들였다. 끝났다고 생각했던 그들의 역사가 다시 시작되고 있었다.

살면서 싸우고 후회하고 원망도 할지 모르겠지만 다시 하는 시작이 가져다 주는 이 설렘을 잊지 않겠다 다짐하며 고희는 그가 입술로 전해 주는 사랑을 달게 받아 마시고 있었다.

"사장님, 여기."

기사가 슈트케이스를 내려 주고 내일 온다는 말을 남기고 돌아가자 두 사람은 나란히 별장으로 들어섰다. 시아버지 강 회장이 주최한 모임에 한두 번 온 기억이 있는 곳이었다.

고희가 들어서 주변을 둘러보자 인환이 자연스러운 동작으로 그녀의 어깨를 감싸 왔다.

"별장지기에게 먹을 것 준비해 두고 따스하게 해 두라고 했어. 추워?"

"아니요."

미소 지으며 그를 올려다보는 고희의 사랑스러움에 인환은 자꾸만 목이 말라 오기 시작했다. 사람 맘이 이리도 간사한 것인지. 마음만 얻는다면 더 바랄 것이 없겠다고 생각한 게 언제라고 웃어 주는 미소한 자락에 심장이 덜렁거리고 가슴이 뜨거웠다. 좀 더, 라는 생각과 어쩔 수 없이 떠올라지는 야한 상상에 머릴 흔들어 냉정을 찾아가는 그였다.

"자, 짐 내려놓자."

사실 오늘 나서면서 고민에 빠졌던 고희였다. 지금 인환이 들고 있는 그녀의 가방 안에는 몇 번이나 망설이다 산 속옷과 여성용품이 들어 있었다. 갑자기 얼굴이 뜨거워져 고희는 눈을 어디에 둘지 몰라 하고 있었다.

2층 침실에 도착한 인환과 고희는 다시 한 번 입을 다물 수 없게 되어 버렸다.

"이게 다 뭐…… 음."

마치 첫날밤이라는 것을 알기라도 하는 듯, 신혼방처럼 꾸며진 침대와 곳곳에 놓인 화병에 꽂힌 수많은 꽃들이 뿜는 꽃향기에 질식할 것 같았다.

고희가 가장 좋아하는 코스모스가 침대 머리맡을 장식하고 있었고 해바라기와, 구하기도 보기도 힘든 물 매화, 국화로 장식된 방 안의 풍경.

이곳을 준비했을 법한 인물이 저절로 떠올라지자 고희의 눈가에 이슬이 맺힌다.

"어머님이."

한 여사가 분명했다. 널 환영한다고 다시 우리에게 와 주었으면 좋겠다고 마음을 완연하게 내비치는 그분의 의사표현이 아니고 무엇이겠는가. 친어머니보다 더 살뜰하게 절 품어 주신 분, 그런 분의 사람이 된다는 게 너무 행복했고 벅차 그 자리에 못 박힌 듯 서 있는 고희였다.

"맘에 들어? 어머니도 참, 전화 드릴까?"

"네."

눈물을 글썽이는 그녀의 모습에 가슴이 저민 인환이었다. 그녀의 눈에 흐르는 눈물을 닦아 주며 다신 그녀의 눈에서 눈물이 흐르게 하지 않겠다고 다짐하는 그였다.

"어머니, 고희예요."

-도착한 거니?

"네, 언제 이런 걸 준비하셨어요?"

-호호. 내가 했니? 거기 별장지기 부부가 고생 좀 했을 거야.

"꽃이 싱싱해요. 신경 써 주셔서 감사합니다."

―고희야, 아가, 이렇게 불러도 되지? 너희 두 사람 다시 합치기로 한 거 맞지? 내가 너무 좋아서 자다가 벌떡 일어났다. 우리 집안사람 되는 거 맞는 거지?

"네, 어머니."

고희에게서 직접 확인을 한 한 여사의 웃음소리가 수화기 너머까지 확연히 들려오자 인환의 얼굴에 포스스 미소가 떠올랐다. 하지만 여자들은 무슨 할 말이 그리 많은 건지, 당부의 말을 10분 이상 해대는 한 여사 때문에 애가 타던 인환이 급기야 불만을 터뜨렸다.

"어머니, 저희 식사도 아직 안 했습니다."

"인환 씨……."

수화기를 급히 막았지만 들렸는지 한 여사가 호호거리는 웃음을 연발했다.

―어머, 내 눈치 좀 봐. 아들놈 애타는 것도 모르고. 호호홋.

발개진 고희와 난처해하는 인환이었다.

―이만 끊을게. 참참.

"말씀하세요."

―두 사람, 좋은 밤 되어라. 내 아들 파이팅이다.

"어머니!"

"어머님……."

끊긴 수화기를 들고 벌게질 대로 벌게진 두 사람이 시선을 어디 둘지 모르고 허둥거렸다.

"짐 풀고 내려와요. 나 먼저 내려가 있을게."

인환이 갈아입을 옷을 꺼내 1층으로 향했다.

"네? 네."

고희는 인환의 서두르는 모습에 웃음이 나왔다. 저 사람도 저 못지않게 당황하고 있음이 분명했다. 도망치듯 아래층으로 향하는 모습이 귀엽기까지 했다.

휘휘 둘러본 고희는 챙겨 온 제 물건을 내려 두고 나자 그의 슈트케이스가 눈에 들어왔다. 잠시 망설였지만 고희는 머뭇거림을 유기하고 인환에게 전화를 걸었다.

–왜?

"당신 슈트케이스 정리할까요?"

–……그래 주겠어?

"네."

마치 출장 다녀온 남편을 챙기는 아내인 듯 느껴져 설레는 고희였다.

딸칵.

역시나 그의 가방 안은 그의 성격대로 깔끔함 그 자체였다. 하나둘 정리를 끝낸 그녀의 눈에 메모로 보이는 메모장이 들어왔다.

'할 일을 적어 둔 건가?'

무심코 펼친 고희는 한참을 메모에 머물러 있다. 그녀에게 쓴 청혼서를 요약한 글이었다. 한 장, 한 장 필체가 약간씩 달라지는 것, 바쁠 때 휘갈겼는지 흔들리는 필체도 있었고 정갈한 글씨

체도 있었다. 한 번에 쓴 것이 아니라는 말이었다. 틈틈이 써둔 게 틀림없었다.

고희는 행복감으로 온몸이 물드는 기분이 이런 것인가 싶어 메모장을 손가락으로 연신 쓸어 보았다.


"음…… 우선 식사를 하고 그리고 산책도 하고."

이것저것 세팅을 하던 인환의 얼굴에도 묘한 설렘이 가득 자리하고 있었다. 고희가 제 물건을 챙겨도 되느냐고 물어온 순간 잃어버렸던 중요한 무언가가 다시 제자리에 돌아온 듯한 안도감이 들었다. 아내가 되어 절 챙기는 그녀의 모습이 저절로 떠올라 가깝게 느껴지는 벅찬 가슴이었다. 천하의 강인환이 지금 떨고 있었다. 우선 준비한 반지, 그건 한 여사가 고희에게 전달하라던 대대로 물려 내려오는 그 반지였다. 누나 재희가 탐내 했지만 주지 않았고 고희가 받기를 거절했었다던 그 반지가 비로소 주인에게 전달되는 것이다.

"당신 뭐 해요?"

"앉아."

"하지만."

"전부 별장지기가 준비한 거고 난 끓이기만 했어. 다 되었어."

인환이 면 바지와 니트 티를 입고 식탁을 차리고 있었다. 고희가 그 모습에 어쩔 줄 몰라 하자 미소까지 짓는다.

"자, 앉으시죠, 왕비마마. 오늘은 소인이 풀 서비스를 할 것이오니."

"인환 씨."

그가 준비한 밥상을 받게 될 줄이야. 이 사람은 앞으로 저를 얼마나 놀라게 할까.

고희는 권하는 대로 의자에 앉아 나란히 식사를 했다. 밥을 먹는 것이 아니라, 식물이 양분을 흡수하고 무럭무럭 자라나듯 두 사람은 그렇게 화기애애한 분위기로 허기졌던 영혼과 두 가슴을 사랑이라는 반찬을 섭취하며 배를 채워 나갔다.

아옹다옹 내가 한다, 네가 한다며 설거지를 함께하고 청평 호숫가로 산책을 나갔다. 추워 보인다며 언제 준비했는지 숄을 걸쳐 주는 인환의 손길을 더 이상 멋쩍어하지 않는 고희였다.

언젠가 본 적 있던 한 여사의 숄이었다. 잿빛 털실과 은빛 실이 들어간 고급스러운 양모의 감촉이 보드랍게 감싸 주자 고희는 안온함을 느꼈다.

"따뜻해?"

"네. 하지만 당신."

"괜찮아. 난 밤에 열이 많은 체질이거든. 그래서 밤에 샤워 꼭 하고 자잖아."

그러고 보니 새벽에 들어와도 꼭 물소리가 났었더랬다. 그것을 깔끔한 성격 탓이라고 생각했지만 그의 체질이 그랬던 것이었다니.

"내가 모르는 게 많았었네요."

미안해하고 안타까워하는 그녀의 마음을 눈치챈 인환이었다.

"차차 알아 가면 되지. 그래야 재미도 있을 거고."

"네."

두 사람은 손을 자연스럽게 잡고 어두워져 가는 호숫가를 조용히 걷고 있었다. 말하지 않아도 서로의 마음이 오고 갔다. 자연스레 어깨로 올라온 인환의 손길이 고희의 어깨를 잡아 제 쪽으로 당기자 고희는 몸을 맡기며 편안한 얼굴로 그의 어깨에 고개를 기대어 왔다.

두근.

누구의 세찬 심장 소리일까. 긴장된 근육 그리고 확연히 느껴지는 박동 소리에 점점 두 사람은 그들만의 세계로 몰입해 갔다.


딸칵.

몇 번이나 욕실에서 나가려다 말기를 수차례. 언제까지 이곳에서 머뭇댈 수 없기에 고희는 숨을 크게 세 번 몰아쉬고 속옷 위에 가운을 입고 욕실 문을 열었다. 차마 야스러운 슬립까진 입고 나올 수 없던 그녀였다.

호텔에서 입을 듯한 면 가운을 꼭꼭 여민 그녀가 화장을 지우고 침실로 나오자 밖을 향해 서 있던 인환이 몸을 돌려 그녀를 향했다. 1층에서 준비한다면서 내려갔던 인환도 다행스럽게 가운을 걸친 모습이었다.

가운 사이로 보이는 가슴팍과 단단해 보이는 근육들에 시선을 고정한 고희의 입에서 연신 단침이 돌고 있었다. 누가 그랬던가. 여자는 낮에는 정숙한 부인, 저녁에는 요녀가 되어야 한다고.

"이리 와."

손을 내미는 인환에게 다가가는 고희의 얼굴이 긴장으로 딱딱
하게 굳어 있자 인환은 손을 내밀었다. 마주 잡아 오는 가녀린
손을 잡고 떨리는 작은 몸을 제 품 안에 안은 인환은 그녀가 두
려움을 떨칠 수 있도록 등을 한 번, 두 번 쓸어내렸다.

"두려워?"

"네."

"나도."

인환의 고백에 고희는 고갤 들어 그의 눈과 마주했다.

"당신도요?"

"남자도 긴장하는 거야."

"왜요?"

"제 여자를 만족시키지 못할까 봐. 남자는 그런 의무감이 있
거든."

함께하면 할수록 놀라운 말을 해대는 남자였다. 뭐든 잘할 것
같고 뭐든 해낼 것 같은 그가 그런 생각을 하고 있었다니.

"풋."

고희는 작은 웃음소리를 내며 쿡쿡거렸다. 그녀의 긴장이 서
서히 풀려 가고 있었다.

"포도주 한 잔 할래?"

"네, 주세요."

쨍그랑.

부딪치는 술잔에 든 술을 단숨에 마신 고희는 알코올의 힘을
믿어 보기로 했다. 그에게 자신을 선물하는 날이었고, 그를 제

남자로 가지는 역사적인 날이니만큼 단단히 결심을 한참이었다. 알싸한 포도주의 향긋한 향이 입 안에 감돌며 목을 타고 넘어갔다. 물기를 머금은 입술과 여체의 부드러운 곡선이 은은히 밝힌 침실 조명 아래서 더욱 고혹스레 빛나자 인환의 시선이 떨어질 줄 모르고 그녀에게 달라붙었다.

"술 더 마실래?"

도리도리 고개를 젓는 그녀에게 시선을 떼지 않은 채 인환이 죽을 듯 붙잡은 술잔의 손가락을 풀어 잔을 건네받은 뒤 탁자에 내려놓았다. 다가온 인환의 절절한 눈빛에 얼음이 된 고희는 제 어깨를 타고 오르는 손바닥에 힘이 주어지자 온몸에 불이 확 타오르는 듯한 느낌을 받았다.

면 가운 위로 인환의 손길이 점점 강도를 더해 갔고, 의사를 묻는 듯한 눈빛에 허락하는 고갯짓을 하자 힘을 주어 당긴 인환의 품 속으로 쏘옥 들어가는 그녀였다. 자연스레 그녀의 두 손이 인환의 목에 감기고 인환은 고희의 허릴 감은 팔을 이동하여 목덜미와 허리, 그리고 등을 타고 내려갔다.

부드럽고 가볍게 시작된 터치, 긴장을 풀어야지, 하면서도 굳어지는 몸을 느낀 것인지 인환이 그녀의 귓가에 속삭이는 소리가 멀리서 들려오는 것 같았다. 귓가로 스며들 듯 속삭이는 호흡에 소유를 향한 그의 갈망이 고스란히 느껴질 정도였다.

"널 원한다, 유고희."

"……제가, 서툴러서."

정신이 아득해지고 숨결이 가빠지는 고희의 눈빛에도 기대와 그를 향한 애정이 넘실대고 있었다.

"내게 너의 모든 걸 줘. 너무 오래 기다렸다. 너무나 오래."

중얼거리는 인환의 눈동자에 숨길 수 없는 욕망과 검은 음심이 그대로 드러나 그녀를 숨 막히게 만들었다. 고희는 간질거리는 가슴속 말을 내뱉지 못하고 붉어진 얼굴을 그의 가슴에 파묻고 만다. 안아 올려진 고희가 침대에 소중히 눕혀지고 인환이 곁에서 그녀를 내려다보자 꼭 감았던 눈을 살짝 뜬 고희였다.

"아⋯⋯."

가운을 반쯤 벗은 남자의 몸엔 아무 장애물도 걸쳐져 있지 않았다.

"맘에 들어?"

머릿속이 터질 듯 과부하 상태가 된 그녀였다. 상상만 했던, 아니 수영장에서 몇 번 보았던 그의 탄탄한 몸이 그대로 눈동자에 투영되었다. 사업만 한 사람이 언제 저런 근육을 만들었는지 모르겠다는 생각도 들었다. 바라보는 것만으로도, 이젠 저 남자가 제 남자라는 생각만으로도 오금이다 저릴 지경이었다. 한때는 바라보기조차 겁이 난 사람이었고, 흠잡힐까 노심초사하며 조심한 사람이 그였었는데 그런 사람이 제 사람이 된다니. 가슴이 희열로 가득 차기 시작했다.

저도 세상 모든 여자들처럼 속물이었나 보다. 눈을 똑바로 바라보며 인환은 가운을 완전히 벗어 발치에 떨어뜨렸다. 고희의 눈이 그의 상체에서 이미 뚜렷한 징후를 보이는 그의 상징에 머물자 후끈 달아오르는 인환이다. 세차게 뛰는 심장의 혈액이 모조리 그의 아랫배로 몰려들었다. 몸을 기울여 다가오는 인환을 맞으며 고희의 하얀 손이 그의 목을 감싸 안자 인환은 삼키고 싶었던 입술을 그야말로 한 입에 먹어 버렸다. 저도 모르게 격해져 버렸다. 이 여자가 제 여자가 되다니. 그토록 오랫동안 바라고 바랐던 순간에 천천히라는 생각이 저만치 사라져 버리는 것 같았다.

나긋나긋 팔을 감아 오자 비누 냄새가 그의 후각을 자극하기 시작했다. 그녀의 체향은 산뜻하고 달콤했다. 후각을 자극받자 더욱 마음이 급해진 인환은 입술을 통째로 빼앗긴 고희가 호흡을 하지 못해 헐떡일 지경이 되고서야 삼켰던 입술을 떼어 내고 목덜미로 입술을 이동해 가기 시작했다.

"음……."

뜨거운 열기를 띤 남자의 입술이 이번엔 제 목을 마치 흡혈귀처럼 빨아 대자 더럭 겁이 나기도 하였지만 고희는 그가 인내하였을 시간들을 유추하며 몸을 이완시켜 나갔다. 두 사람의 눈길이 다시 한 번 부딪치자 고희는 그가 무엇을 걱정하고 묻는 건지 바로 알아챘다.

"당신 뜻대로, 당신하고 싶은 대로, 멈추지 마요."

두려움에 떨면서도 제게 마음과 몸을 열어 주는 고희가 그토록 예뻐 보일 수 없는 인환이었다.

"멈추지 않을 거야. 하지만 함께하자. 함께."

두 사람의 불붙은 듯한 눈길이 서로를 삼킬 듯 바라보고 다시 두 그림자는 하나로 합쳐져 갔다. 뜨거운 인환의 입술이 다시 고희 입술에 겹쳐지자 남았던 이성이 저만치 사라져 가기 시작했다. 좀 더 광폭해진 남자의 손길과 입술에 스며드는 소유욕에 아래 깔린 여자의 몸이 바르르 떨렸지만, 곧바로 입을 열어 저를 탐하는 남자의 혀끝에 제 혀끝을 감아 같은 마음이라는 것을 알리는 고희였다.

거칠게 혀를 감아올려 빨아 대는 인환에게서도 이성이 멀어져 가는 것 같았다. 더 이상 숨을 쉬지 못해 죽을 정도가 되기 직전까지 몰아붙이는 인환이었다. 치열을 샅샅이 훑더니 입 안 이곳저곳을 헤매 다니는 인환의 적극적인 공략에 속절없이 제 모든 것을 내어 주는 그녀였다.

인환은 산소를 요구하듯 오르락내리락하는 그녀의 가슴에 눈빛이 순식간에 짙어지더니 손이 아래로 조금씩 내려왔다. 항상 만지고 싶었던 긴 목, 그리고 작은 등선처럼 동그란 하얀 어깨를 손바닥으로 만지고 확인하며 가운을 아래로 내리기 시작했다.

"인, 인환 씨."

고희가 당황해하자 인환은 다시 그녀의 목덜미에 입술을 미끄러뜨리며 그녀를 혼미하게 만들었다. 손은 가운을 아래로 끄집어 내리고 입술은 목덜미에서 어깨로, 겨드랑이로 향하자 그가 주는 황홀함에 취해 정신이 없었다.

"고희야."

색정이 묻어나는 인환의 목소리. 제 이름이 이렇게 섹시하게 들릴 수도 있나? 고희가 몸을 부르르 떨자 그는 드디어 제가 목적한 그녀의 가슴에 얼굴을 묻어 왔다.

"아……."

봉긋하게 솟은 그녀다운 가슴이 그의 눈앞에 펼쳐 있었다. 이런 모습이지 않을까 생각하며 상상만 했던 그 가슴이 그를 미친 색마가 되게 했다. 파드닥거리며 몸을 움찔댈대는 그녀의 몸을 제 몸으로 꽉 누른 뒤 인환은 곧바로 그녀의 가슴을 베어 물었다. 낯설고 새로운 감각에 고희의 온몸이 발갛게 물들여졌다.

"예쁘다, 너무."

"으음……."

오른쪽을 탐하며 왼쪽 가슴을 제 것처럼 조물락거리던 그가 방향을 바꾼 뒤 곧바로 다른 가슴을 차지하자 반벙어리처럼 신음하는 고희였다. 이제 온몸이 신열에 들뜬 사람처럼 고희의 몸도 부들거리며 떨리기 시작했다. 민감한 그녀였다. 그가 주는 쾌락을 자연스럽게 받아들이고 적응하려 애쓰는 모습이 사랑스러웠다. 도드라진 가슴의 정점에 인환의 입술이 닿자 튕기듯 솟아오르는 여체의 반응을 살피며 인환은 정점을 입 안에 굴리며 제 음탕한 상상을 채워 갔다.

"아윽."

아프도록 빨아 대는 인환의 공격에 참지 못하고 신음을 뱉자 곧바로 입술을 겹치는 인환은 천천히 가자, 함께하자, 라는 말이 무색할 정도로 사내의 본성을 내비치고 있었다.

후끈한 열기가 침실을 가득 채운다. 그녀의 귓불을 물고 귓속으로 혀를 들이미는 통에 고희는 연신 신음을 흘리고만 있었다. 손발이 떨리는 것은 물론이요, 뭔가를 대비하듯 아래가 물기로 촉촉이 젖어 가기 시작했다.

가슴으로 다시 내려온 인환이 연분홍이 적빛이 될 때까지 빨고 삼키고 물어 대자 흐느낌으로 신음이 변해 가기 시작했다. 그 신음은 아파서 흘리는 신음이라기보단 기대감과 묘한 열기가 느껴지는 여자의 신음이었다.

머뭇거렸던 고희의 두 팔이 올라가 인환의 팔을 쓸고 등을 오르내리자 몸을 부르르 떠는 남자의 상태는 더욱 난폭해졌다. 펄떡거리는 남자의 목덜미와 허리, 그리고 가슴을 더듬는 용기 낸 행동에 인환은 더욱 뜨거워진 눈길로 심킬 듯 그녀를 내려다보았다.

두려워하지 않고 제게 저를 주려는 몸짓, 거부하지 않고 용기를 내는 그녀가 미치도록 사랑스러운 인환이었다. 그가 반 벗겨진 고희의 가운을 전부 벗겨 낸 뒤 배꼽으로 입술을 미끄러뜨린다.

"잠…… 잠깐만."

"안 돼. 내게 참으라고 하지 마. 더는 안 되니까."

"인환……. 아앗."

인환은 가슴을 두 손으로 터질 듯 움켜쥐고 놀란 눈동자를 무시한 채 아래로 고개를 떨어뜨렸다. 그녀의 온몸을 맛보고 싶었다. 미끈한 배로 내려오자 흰 레이스의 앙증맞은 속옷이 그를 맞이했다. 잔뜩 긴장한 고희의 거센 떨림이 고스란히 전해졌지만 인환은 망설이지 않고 마지막 장애물을 거두어 갔다.

"어떡해."

흐느끼는 고희의 목소리에 인환은 제 몸을 다시 그녀 위로 겹치며 입술을 탐하기 시작했다. 하지만 그것도 잠시 그의 손가락이 고희의 은밀한 부분을 자극하자 온몸이 새빨개진 고희였다.

"힘 풀어, 고희야."

"하지만…… 흡."

혀가 다시 고희 입속으로 난폭하게 파고들자 가쁜 숨을 헉헉 몰아쉬는 사이 그의 기다란 손가락이 아무도 침범치 않았던 그녀의 안을 헤집기 시작했다. 이상하게 조금씩 시간이 지나자 아픔보다 이상한 쾌감이 밀려들기 시작했다. 분홍빛 젖꼭지는 맨 먼저 그 이상 징후를 반영하듯 딱딱해졌다. 인환의 손길에 힘이 더 들어가자 무의식중에 허벅지에 힘을 가하는 고희의 귀에 헐떡이는 듯한 그의 목소리가 들려왔다.

"제발, 널 갖고 싶다."

스르륵 긴장을 푸는 고희의 두 다리로 인환의 몸이 내려가며 납작한 배와 허벅지를 연신 부드럽게 쓸어내리자 굳어진 그녀의 몸이 서서히 풀어지며 촉촉하게 젖어 들어 갔다. 그의 손가락이 여자를 살피며 조심스레 진입을 거듭하자 고희의 몸은 준비를 마쳐 가고 있었다.

"이제……."

고희는 인환이 더 이상 참을 수 없다는 것을 느끼고 살며시 그의 목에 팔을 감아 안겨 들었다. 그녀의 허벅지를 잡아 제 넘치는 힘을 분배하며 인환이 욕망을 그녀 깊숙이 묻었다.

"인환……."

"고희야."

그녀의 안은 무척 좁고 뜨겁고, 그리고 미치도록 편안했다. 인환은 사내의 이기심에 욕지거리가 나왔지만 지금 이 순간 그는 가장 행복한 남자가 분명했다. 아픔에 입술을 사리문 그녀가 너무 사랑스러웠고 참을 수 없을 만큼 소유욕이 샘솟듯 넘쳐흘렀다.

흥분에 흥분이 더해지니 아파하고 고통스러워하는 그녀를 오랫동안 괴롭힐 수 없다는 논리를 내세우며 인환은 제 욕심에 말도 안 되는 이유를 갖다 붙인다. 너무나 야만스럽고 자기 본위가 분명한 사내의 욕심이 꿈틀대었다.

"헉, 미안…… 당신의 고통을 알지 못하지만 잠시만……."

눈물이 그렁그렁 매달고 고희는 아픔을 참으며 인환을 올려다보았다. 부드럽게 말하고는 있지만 남자는 참기 어려운 듯싶었다. 치솟는 열기를 겨우겨우 억제하는 게 보였다.

"당신이 좋아요."

인환은 고희의 엉덩이를 잡고 힘차게 끝까지 제 분신을 밀어붙였다. 어차피 지나갈 일이라면 고통을 줄여 주고 싶은 맘뿐이었다. 아니…… 더 이상 그가 참을 수 없었다.

"흐윽."

그녀의 입술을 삼키며 인환은 그녀에게서 흘러나온 파열의 아픔을 제 입술로 들이마셨다. 바르르 떨리는 작은 몸뚱이를 그러안으며 인환은 잠시 제 욕심을 내려 둔 채 조여드는 여체 안에서 죽을힘을 다해 때를 기다리고 있었다.

뜨거운 무언가가 헤집는 듯한 고통은 말로 다하지 못할 정도였지만 고희는 더 이상 움직임이 없는 제 남자를 올려다보았다. 송골송골 맺힌 이마의 땀과 부들거리는 탄탄한 몸이 그의 상태를 말해 주고 있었다. 저를 위해 참고 있음이 분명했다. 움찔거리며 움직일 때마다 펄떡 뛰듯 제 안에서 생명력을 가지고 움직이는 불기둥에 고희의 얼굴에서 서서히 아픔과 긴장이 희미해져 갔다.

　고희는 두 손을 들어 부드럽게 인환의 얼굴을 매만지기 시작했다.

　"키스해 줘요."

　고희가 그를 향해 웃음을 짓자 인환은 겹친 몸을 살짝 들어 그녀의 젖가슴을 잡고 입술을 밀어붙이기 시작했다. 그가 주는 감각에 몰입해 가는 그녀의 몸이 이완해진다. 잔뜩 긴장했던 그녀의 다리가 스륵 풀리며 인환의 허리를 강하게 휘감아 왔다.

　그녀의 분명한 의사표현에 고무된 인환이 여자의 안에서 맘껏 농탕질을 시작하며 제 욕심을 채워 가자 여자의 입에서 신음성이 높아 가기 시작했다. 몸속 이곳저곳을 헤집어 대는 남자의 강한 분신에 딸려 흔들리는 두 육체가 어스름한 불빛 아래 흔들리고 있었다.

　눈앞에 고지가 보였지만 인환은 정상을 넘지 않고 있었다. 처음이지만 그녀와 함께하고 싶은 욕심이었다. 온몸이 땀에 젖어 미끄러지고 손에 잡힌 여체가 제 아래서 펄떡거렸다. 점점 커져 가는 욕망의 덩어리에 스스로 놀라 주춤한 그였다.

두 사람을 하나로 이은 그곳에서 열기가 치솟자 눈앞이 아득해지고 끊임없이 입술 사이로 신음이 거세게 흩어져 나왔다.

"이제 그만…… 흑."

인환의 입술이 온몸이 땀으로 젖은 그녀의 어깨와 가슴을 미친 듯 오르내리자 흐느껴 울며 앓는 소리를 내는 고희였다. 온몸에 제 몸인 것 같지 않았고 마치 열에 들뜬 듯 붕 떠오르는 생소한 희열감에 그녀는 몸을 둥글게 휘었다. 그녀의 몸짓에 정상에 다다른 것을 확인한 인환도 마지막 붙잡았던 이성의 끄트머리를 내려놓았다. 그의 손이 그녀의 얼굴을 감싸 눈을 바라보게 하자 고희는 시선을 그에게 맞추었다.

"함께……."

입술과 입술이 마주 닿고 연결된 부위가 마찰의 강도를 높여갔다. 높아지는 숨결과 끊임없이 사랑한다 되뇌는 남자의 속삭임을 들으며 고희의 의식이 어딘가로 날아가 버렸다. 그리고 한없이 추락한다. 아찔한 놀이기구 익스프레스에 탔다 떨어지는 아득한 기분이었다.

누군가 바라보는 느낌에 고희는 떠지지 않는 눈꺼풀을 힘겹게 들어 올렸다. 새벽인 것인지 희미한 여명이 침실에 비추어져 눈앞의 물체만 겨우 확인하는 정도.

어둠 속에 눈이 익숙해지자 팔을 구부려 머리를 기댄 인환이 저를 바라보고 있었다.

"깼어?"

"아…… 내가 잠들었었나 봐요."

"피곤했을 테니까."

고희는 인환의 부드러운 눈빛에 온몸이 녹아내리는 것 같았다. 두 사람이 이제 진정한 부부가 된 기분이 들었다. 알몸으로 누워 이야기를 나누는 지금이 생소하기도 했고 낯설기도 한 고희였다.

문득 이상한 느낌이 들어 고희는 제 아래로 고개를 향했다 얼굴이 붉어지고 말았다. 그녀의 행동에 인환이 먼저 궁금증을 해결해 주는 것이다.

"잠이 들어서…… 내가 닦아 냈어. 아프지는 않고?"

'세상에 그가 저를 닦았다니, 그럼 전부 보았을 것 아닌가. 아, 정말이지. 몰라, 몰라, 몰라.'

시트를 머리 위로 뒤집어쓰는 그녀의 행동에 쿡쿡거리는 인환의 웃음소리가 들려왔다.

"얼굴 좀 보여 봐."

"몰라요."

"안 보여 주면 또 잡아먹어 버린다."

"……."

"와악."

갑자기 덮쳐 그녀가 둘러쓴 시트를 확 걷어 버린 인환이었다.

"뭐, 뭐예요?"

온몸에서 뿜어져 나오는 에너지에 눈이 휘둥그레진 고희가 침대 저편으로 슬금슬금 몸을 빼자 인환이 능글맞은 미소를 띠며 슬금슬금 고희 쪽으로 다가오기 시작했다.

"뭐긴? 알면서."

"뭐, 뭘요?"

확실하게 뭘 원하는지 써 둔 듯한 삼킬 것 같은 눈빛에 질식할 것만 같아 말을 더듬는 고희였다. 알 수 없는 이상한 열기가 배꼽 아래에서 몸의 중심을 타고 흘렀다.

온몸을 휘도는 이상한 열망에 손가락과 발끝까지 저리는 듯 열감에 휩싸여 멍하니 자신을 덮치는 인환을 바라보는 고희였다. 온몸이 두드려 맞은 듯 아팠지만 마음은 충만함으로 가득했다.

시트가 살짝 거두어지고, 고희의 몸에 시선을 고정한 인환의 입에 만족스런 미소가 떠올라진 건 그 순간. 그녀의 몸에 자신의 흔적이 이곳저곳 선명히도 새겨져 있었다. 제 것이라는 것을 증명이라도 해 주는 듯해 만족감이 극에 달한 인환이었다.

"아직 부족한데."

"뭐라고요?"

"아직 부족하다고. 등에도 엉덩이에도 내 흔적을 남기고 싶어."

잠시 인환의 말을 곱씹던 고희가 그 의미를 알아채고 경악하며 소리를 질렀다.

"당신, 당신 짐승이에요? 여자 몸에 흔적을 새기게?"

"……그래, 나 짐승이 될래. 오늘은. 협조 좀 하지, 어부인?"

"꺄아아."

저항하는 그녀를 잡아채 제 몸 위로 순식간에 올린 인환은 바들거리는 고희에게 징그런 미소를 짓고 곧바로 정신 차리지 못하게 온몸을 더듬어 대었다. 말과는 다르게 섬세하고 부드럽게, 그녀가 만지면 몸서리를 치는 곳만을 꼭꼭 짚어 가며 자극해 대었다.

"흐응…… 응."

능수능란해진 인환의 애무에 넋을 놓았던 고희는 제 허벅지를 벌리며 곧바로 치고 들어오는 인환의 남성에 펄쩍 뛰듯 솟아올랐다.

"허억."

"고희야."

딱딱해진 남성의 크기에 적응하기도 전 고희의 몸이 새빨개졌다. 이런 기마 자세가 가능하다니. 듣기만 했었던 숙련된 부부가 가능하다던 바로 그 자세였다. 어쩔 줄 몰라 하며 움직이지 않는 고희의 엉덩이를 움켜잡은 인환이 신음을 흘리며 움직이라고 악마처럼 속삭이자 그녀는 이를 악물었다.

견디다 못한 인환이 그녀의 허리를 붙잡아 잡아채듯 위로 밀어 올리자 고희의 입에서 비명 같은 야스런 신음이 흘러나왔다.

"흐윽."

"헉."

첫날밤 그녀를 배려한다고 하느라 제 욕심을 맘껏 채우지 못한 사내의 욕심이 제 본색을 드러낸다. 아래에서 여자의 허리를 잡고 위아래로 움직이게 하던 인환은 그도 성이 차지 않는지 순식간에 자세를 바꾸어 그녀를 침대 위로 밀어붙였다.

"인, 인환 씨."

"사정 좀 봐주라, 고희야."

처음과는 비교도 안 될 정도로 몰아치는 그의 뜨거운 육체를 감당하느라 죽을 지경인 고희였다.

'이 남자, 지금까지 여자 없이 대체 어떻게 산 거야?'

하지만 그런 생각이 채 다하기도 전 밀고 들어오는 무지막지한 힘에 의해 흔들리는 낙엽처럼 여자의 몸이 흐드러지기 시작했다. 어느새 그의 빨라진 템포에 맞춰 가며 몸을 흔드는 여자가 바로 그녀였다.

누군가에게 익숙해진다는 게 이런 걸까. 힘들기만 했던 행위는 어느새 묘한 쾌락과 기쁨을 주고 있었고, 더욱 깊숙이 파고드는 남자의 몸을 제 몸에 가두고 죄었다 풀었다를 하며 조절하는 방법도 본능적으로 터득하는 여자였다.

그렇게 두 사람은 부부가 되어 갔다. 고희는 강인환의 여자가 되어 갔고, 인환은 유고희의 남자로 태어나고 있었다. 마음으로 묶인 뒤 육체적으로도 하나가 된 두 사람은 진정한 부부로 진화해 가는 중이었다.

❖

다음 날 일정이 잡혀 기사가 도착하자 차에 오른 두 사람이었다. 인환은 맘 같아선 이곳에서 아주 붙박이장처럼 머물고 싶었지만 하루 만에 피골이 상접한 고희도 걱정되었고, 아직 결혼 전이었기에 행동을 삼가기로 맘먹었다.

고희의 손가락에 호박색 반지가 끼워져 있었다. 인환이 출발 전 한 여사가 전해 달랬다며 슬며시 끼워 준 것이다. 거절당할까 봐 눈길을 피하는 귀여운 인환 때문에 고희는 아무 말도 못 하 고 순순히 손을 잡혔고 반지가 끼워졌다.

"회장님이 함께 집으로 오라고 하십니다."

"그래, 가지."

아침까지 저를 붙들고 놓아주지 않은 인환에게 시달린 고희는 차 속에서 고개를 주억거리며 졸고 있었다. 준비한 식사를 했는 데도 피곤이 쌓인 탓인지 도착하기 전까지 정신을 차리지 못하 고 잠 속으로 빠져든 그녀였다.

'너무 괴롭혔나?'

잠든 그녀의 고개를 제 어깨에 기대게 한 인환의 얼굴에 미안 함과 제 사람을 만들었다는 뿌듯함, 그리고 안도감이 자리하고 있었다.

서울로 올라가는 내내 고희가 단잠이 깰까 봐 기사에게 서행 하라 지시하고 움직임 한 번, 숨 한 번 크게 내지 못한 인환의 목소리에는 행복함이 그득 묻어 나왔다.

그의 얼굴을 훔쳐보던 기사는 한 번도 보지 못한 제 상사의 얼굴에 절로 미소가 지어졌다. 모시는 상사가 행복하면 아랫사 람도 함께 행복해지는 게 인지상정이 아닌가.

촉.

인환의 고개가 살짝 숙여지더니 고희의 이마에 제 흔적을 남기기 바빠 보이자 얼른 시선을 거두는 베테랑 기사였다.


"고희야, 도착했다."

"으음……."

"힘들어?"

정말이지 병 주고 약 주는 사람이다. 누구 때문에 병든 닭처럼 기운을 못 차리는 줄 뻔히 알면서. 얄밉게도 전 몸이 두드려 맞은 것처럼 아프고 힘든데 저 사람은 무슨 조화인 건지 보약이라도 몰래 먹은 듯 더 기운이 팔팔하고 기력이 넘쳐흐르는 것이 아닌가.

"안고 갈까?"

"네에? 미쳤어, 미쳤어, 정말."

"쿡. 맞아. 강인환이 유고희에게 미쳤네. 중독되었네. 사실이야."

"제발 좀!"

입가에 손가락을 세우고 입조심하라는 고희의 얼굴은 총천연색으로 물들여져 있었다. 그 앙증맞은 입술에 도둑키스를 감행하는 인환이었다. 오는 내내 탐하고 싶은 걸 참느라 힘들었던 참이다.

뽀로통하니 저를 향해 불만을 웅얼거리는 입술을 재빨리 덮고 키스한 인환은 항의하려 하는 고희에게서 얼른 등을 돌리고 차에서 내리고 있었다.

"부모님이 보시면 어쩌려고 그래요, 정말."

"보시면 좋아하실걸?"

"강인환 씨!"

이 남자가 자꾸 어린애가 되어 갔다. 강인환이 제가 알아 왔던 그 남자가 아니고 진화한 포켓몬스터, 아니 색마 강인환이 되어 가는 게 분명했다.

"고희야."

"새아가."

들어선 두 사람에게 다가온 한 여사는 인사하는 고희의 두 손을 그러잡았다. 마주 잡은 두 손과 그렁거리는 한 여사의 눈빛에 담긴 절대적 환영 표시에 마침내 제집에 돌아온 듯 편안한 고희였다.

"집에 돌아가야죠."

"왜, 결혼식 준비는 여기서 하면 되잖니."

"네? 결혼식이요?"

"그래, 결혼식. 이번엔 근사하게 해주마."

고희는 인환에게 도움을 청하듯 바라보았지만 그저 빙그레 웃음만 짓고 있었다.

"어머니, 저, 직장을 다니고 있어요. 책임감 없이 갑자기 결혼한다고 후임도 들이지 않고 그만둘 수는 없어요. 그건 안 되는 일이라고 생각해요. 이해해 주세요. 그리고 결혼한 뒤 들어올게요."

"그럴래? 내 마음이 급해서 그러지. 호홋. 그래, 알았다. 그렇게 하자."

결혼식에 관해서도 할 말이 많았지만 우선 입을 다 무는 고희였다. 저렇게 좋아하시는데, 기뻐하시고 즐거워하시는데 재를 뿌릴 수는 없었다. 조용하게 혼인신고만 하고 살면 안 되겠느냐고 말하고 싶었지만 그것은 제 욕심일 것이다. 다시 합치는 일인 만큼 대내외적으로 공식적인 자리를 가져야 한다는 것쯤 잘 알고 있었다. 그의 아내가 되는 인증작업이 필요했다.

고희는 이런저런 이야기를 나눈 뒤 집으로 돌아가 하나둘 주변을 정리하기로 맘먹고 있었다. 직장도 후임이 나설 때까지 일해야 하고, 집도 내놓아야 했다. 시작보다 마무리를 깔끔히 해야 하는 게 세상 일이 아니던가. 그녀가 집으로 돌아간다는 말에 실망하는 인환이 맘에 걸렸지만 마음을 다잡았다. 영원히 함께하기 위해 그 어떤 잡음도 나게 하고 싶지 않은 마음이었다.

# 23화

　박영은 어머니와 함께 사는 조용한 소녀였다. 중1 때 그녀의
어머니는 또 제 손을 잡고 무작정 서울로 올라가자고 했다. 친구
들에게 인사도 못 하고 도둑고양이처럼 야밤에 도주하듯 떠난
것이 대체 몇 번인지 이젠 셀 수조차 없었다.

　친부와 어릴 적 이혼한 어머니, 처음엔 그리 궁핍하지 않았던
것으로 기억한다. 하지만 점점 살림살이는 줄어들었고 집은 아
파트에서 빌라로, 다음은 지하 셋방으로 옮겨졌다. 어머니는 외
출이 잦아지더니 들어오지 않는 날도 하루 이틀 생기기 시작했
다.

　초등생일 적엔 무서워 인형을 꼬옥 껴안고 밤새 잠을 잘 수밖
에 없었고, 작은 소리만 나도 겁이 나 벌벌 떨며 구석으로 웅크
리고 숨던 영이었다. 이틀이 지나가면 배가 고픈 것보다 엄마가
이대로 영영 돌아오지 않으면 어떻게 하나, 하는 불안으로 전전

긍긍 잠을 이루지 못했다. 그런 날들이 헤아릴 수도 없이 많았다.

오늘은 갑자기 들어오더니 서울에 가야 한다며 영을 끌고 차에 오르는 어머니였다. 이제 막 친해진 짝에게도 인사해야 하는데, 저를 예뻐해 주신 담임 선생님께도 말하고 가야 하는데…….
하지만 머뭇거리며 뒤돌아보는 딸을 답답하다는 듯 떠다미는 친모였다.

강원도 그래도 눈에 익숙한 곳, 익숙한 건물, 익숙한 풍경, 춘천시 봉의동. 휙휙, 차창 밖으로 스쳐 지나가는 풍경들을 바라보며 영은 오래도록 이곳에 오지 못할 것을 예감하고 있었다.

"엄마, 어디 가는 거예요?"

"서울."

"서울요?"

"어머, 내가 말 안 했니? 영이, 너 새아빠 생길 거야."

"새……아빠요?"

"그래. 얼마나 좋은 사람인지 몰라. 너를 데려와도 좋다고 했어. 고마운 사람이지?"

"……."

영은 새아빠라는 폭탄을 안겨 주고 희희낙락한 어머니의 얼굴을 조심스레 바라봤다. 영의 어머니는 사랑에 금방 빠지는 여자였다. 이래서 사랑하고 저래서 사랑하게 되었다던 무수한 남자들, 그리고 떠나는 남자들, 그럴 때마다 영의 모친은 만취해 비틀거리기 일쑤였다.

근래에 들어 외박이 잦고 화장이 진해져 어느 정도 예상은 하고 있었지만 결혼까지 하실 줄이야. 영은 가슴 안으로 어릴 적 아버지가 사 주신 인형 보송이를 끌어안았다.

이번엔 얼마나 가려나? 싫은데…… 정말 싫은데…….

"참, 영아, 너 친구도 있다?"

"친구요?"

"그래, 너랑 나이도 같고 이름도 비슷해 명이라고 하더라. 그 사람 딸이야. 친구같이 지내렴."

'같은 나이, 그럼 그 아이도 중1인가? 학교를 다니겠지?'

영은 불안감 속에서도 가슴이 설레었다. 책을 읽고 그림을 그리며 시간을 보내도 가끔은 사람이 그리웠다. 친구가 필요했다. 어머니라는 사람은 최소 생활비만 던져 주었고, 영은 그 돈을 쪼개고 쪼개 근근이 생활하고 있었다. 학교 급식은 한 가정 지원으로 다행히 한 끼라도 먹을 수 있었기에 하루 종일 굶진 않았지만 저녁을 거의 굶는 일은 다반사였다.

생일상 한 번 받아 보지 못했고, 고기를 배 터지게 먹어 본 적도 없었다. 몸이 힘들고 배가 고픈 건 참을 수 있었지만, 학교에서도 집에 와서도 저와 대화를 나누고 눈을 마주칠 사람이 없다는 게 제일 견디기 힘들었다.

여자가 된 날, 두렵고 무서웠다. 성교육 영상에서 보았던 장면들. 이제 아이를 가질 수 있는 몸이 되었다느니, 배란기가 어쩐다느니 들어도 와 닿지 않은 익숙하지 못한 말들이 겁을 더럭 집어먹게 만들었다. 방치되듯 버려진 아이가 바로 박영, 그녀였다.

'그래도 날 버리진 않았잖아. 보호소에 데려다 주진 않았으니까. 그것만으로도 감사해야 해, 그래야 해.'

영은 이혼한 후 부친이 짐을 싸서 나가던 날을 기억한다. 그날 어린 마음에 가면 다시는 오지 않을 것만 같은 아버지의 서두르는 모습을 보다 용기를 내 부친의 옷자락을 붙들었었다. 하지만, 냉정한 눈빛으로 가만히 제 손가락을 떼어 내는 행동에서 저를 향한 애정을 모두 거두려 한다는 것을 깨달았었다.

"아빠, 가지 마세요."

"네 엄마하고 잘 살아. 아빠 찾지 말고."

"영이가 착한 아이가 될게. 공부도 열심히 할게. 그러니까, 아빠야…… 으허허헝."

하지만 한시도 지체할 수 없다는 듯 돌아서 가 버리는 매정한 아버지의 뒷모습에서 영은 기약 없는 이별을 예감했었다.

"아빠야……."

3층 아파트 베란다에 서서 난간을 붙잡고 아버지의 차가 떠나는 모습을 고스란히 지켜보던 영의 눈에 눈물이 뚝뚝 흘러내렸다. 아빠의 옆자리 조수석에는 엄마가 아닌 다른 여자가 타고 있었다.

"안녕하세요."

"네가 민진 씨 딸이구나, 반갑다."

새아빠가 될 거라던 남자는 의외로 말끔하고 단정했다. 혹시…… 라는 기대는 곧 어그러졌지만. 자신을 유국진이라고 밝힌 어머니의 새 남자의 딸 유명, 그 아이와도 인사를 나눈 영이었다. 탐색전을 벌이던 두 사람은 이내 친해질 수 있었다. 같은 나이, 같은 학년, 비슷한 이름 명과 영, 그리고 무엇보다 외로움에 지친 두 영혼은 서로를 한눈에 알아보았던 것이다.

친자매보다 가까웠고 더 우애가 깊은 명과 영이었다. 두 사람은 절대 세상의 어떤 유혹에도 굴복하지 말자며 서로를 의지하고 격려해 주었다. 어긋나지 않도록, 나쁜 길에 빠지지 않도록 서로에게 힘이 되어 주었다.

그렇게 1년의 시간이 흐를 동안 두 사람은 친자매처럼 쌍둥이처럼 꼬옥 붙어 다녔었다. 성적 상위에 얼굴도 예쁜 명과 영, 두 사람의 불완전한 가족사를 아는 사람은 극히 드물었다. 미술과 음악을 좋아하는 영과, 수학과 과학을 좋아하는 명이었다. 그들은 함께 어두운 길을 걸어가는 동반자이자 친구였다.

"영아."

"응."

"우리 엄마 말이야."

한 번도 꺼내지 않은 엄마라는 말에 영은 긴장하고 있었다. 이제 이야기해 줄 만큼 저를 믿는 명이다.

"우리 엄마 미스코리아에도 출전했던 미인이었대."

"그래?"

"응…… 그런데……."

명의 다음 말을 기다려 주는 영이었다.

"아빠와 엄마의 결혼을 반대하는 친할아버지 때문에 두 분이 도망쳐 살림을 차렸었대. 그렇지만, 엄마가 생활고를 이기지 못하시고 떠나 버렸어. 아빤 그 후 알코올중독이 되어 버린 거야. 우리 아빠, 처음부터 저러진 않았어. 얼마나 자상했다고."

영은 아무 말도 하지 못한다. 새아빠라는 이름으로 네 사람이 함께 산 몇 개월 후 명의 친아빠의 본색이 드러났던 것이다. 술에 취하면 개가 되었다. 할 말 안 할 말 못 가리고, 상대에게 악담을 퍼붓고, 폭력을 행사하는 그는 이미 사람이 아니었다. 동공이 풀려 집기를 마구 부수면 명이와 영은 얼른 집에서 탈출해 몸을 숨기기 급급했다.

하지만…… 하지만 설마 어머니가 저를 버려두고 혼자 떠나 버릴 줄 꿈에도 상상하지 않았었다. 정말이지, 꿈에도…….

혼인신고를 하지 않은 상태로 함께 산 지 1년이 넘어가고 있을 때였다. 그리고 그날 밤,

칙…… 치익.

무슨?

영은 수건으로 교복 단추를 풀어 목과 비에 맞은 머리를 닦다 기분 나쁜 소음에 뒤를 돌아다봤다. 원래도 민감한 그녀였고 한참 성장하는 사춘기다 보니 주위를 경계하는 게 습관이 되었던 탓이다. 그들이 거주하는 이곳은 재개발을 앞둔 주택 밀집 지역으로, 뉴스에 자주 등장하는 우범지대였다.

휙, 몸을 돌린 순간이었다. 불빛이었다. 담뱃불. 그 소린 남자가 담뱃불을 발바닥으로 비벼 끄는 소리였다.

누구?

"아저씨?"

대낮부터 폭음을 했는지 비틀거리며 몸을 가누지 못하는 상태였다. 도망가야 해. 머릿속에서 경고등이 울려 퍼지자 뒷걸음치는 영이 침착한 얼굴을 가장하고 있었다. 오늘 미술 HR 시간이 취소가 되어 먼저 집으로 돌아온 영이었다.

"흐흐. 너, 이제 보니 많이 컸구나. 민진 씨 닮아 아주 예뻐."

그의 눈이 단추를 풀려 살짝 보이는 영의 가슴을 뚫어지도록 바라보고 있었다.

"아저씨, 술이 취하신 것 같아요. 드실 물이라도 떠 올게요."

뱀 같은 눈길이 영의 온몸을 기어 다니고 있었다. 위험했다.

"내가 술 왜 마셨는데? 이게 다 민진, 네 엄마 때문이란 말이다."

"네?"

"네 엄마 말이다. 날 버리고 떠나 버렸다. 몰랐냐?"

"그럴 리가 없어요. 엄마는……."

"계집년들은 다 똑같아! 처음엔 간도 쓸개도 다 빼 줄 듯 굴다가 허영을 채우지 못하면 배신을 밥 먹듯 하지. 거지같은 년들, 명이 엄마도 그랬어! 명이 엄마도 사랑이면 다 된다더니 돈이 떨어지자마자 꼬리를 감추고 달아나 버렸지. 흐흐. 네 엄마도 별수 없었던 모양이야, 딸년까지 버리고 가 버린 걸 보면. 결국 여자들이란 족속은 다 거기서 거기야."

"아니에요, 엄마가 절……."

"아니긴 뭘 아니야! 너는 다르다고 말하는 거냐? 흐흐. 그래, 다르긴 할 것 같다. 야들야들한 속살이 한입에 삼키면 좋겠네. 제법 귀여운걸."

"아저씨, 정신 차리세요. 저 박영이에요."

좁은 주방이었다. 주방 겸 거실이 이어진 집. 문 쪽을 등지고 아저씨란 사람이 막아섰기에 영은 방문을 뒤로 등진 채 얼른 들어가 문을 잠그려 서서히 뒷걸음치고 있었다.

"어딜~!"

"악!"

머리채가 뽑힐 듯 손아귀에 잡혀 눈물이 나올 것만 같았지만 아픔보다 공포가 더 컸던 영은 미친 듯 발버둥치기 시작했다.

"놔요, 놔주세요. 이거 누가. 으읍."

입을 뭔가로 틀어 막힌 영은 숨이 꼴딱 넘어갈 것 같았다. 몸 위로 타고 오른 무거운 사내의 몸, 그리고 더듬어 대는 손길에 정신이 아득해지고 있었다.

그때였다.

쾅!!

"뭐 하는 거야, 아빠가 사람이야!"

쟁반으로 머리를 내려치자 아픔으로 데굴데굴 구르는 국진이었다.

"너, 너…… 이놈의 기집애."

"일어나, 영아. 어서!"

명이었다. 명의 손을 부여잡고 바들거리는 몸을 겨우 일으켜 두 사람이 방 안을 향해 몇 걸음 뗄 때였다.

아악.

무지막지한 아비란 자가 딸의 머리채를 잡아 바닥에 내팽개쳤다. 그리고 발길질이 무지막지하게 이어졌다.

"이놈의 기집. 기집들은 여하튼 기어오르게 하면 안 되는 거야. 이렇게 죽도록 패 주어야 말을 듣지. 암, 북어처럼 패야 되는 족속들이야."

퍽.

퍼억.

"명, 명아……."

눈앞에서 명의 갈비뼈가 으스러질 때까지 폭력을 행사하는 짐승을 바라보던 영이 주방에서 손에 잡히는 대로 가져와 그의 뒷머리를 내려쳤다.

퍼억!

으윽.

제법 큰 소리가 났고 머리를 부여잡고 데구루루 구르는 짐승의 머리에 선혈이 낭자하다.

"명아, 명아! 정신 차려, 어서 나가자. 응? 자, 내게 기대 봐. 정신 좀 차리란 말이야!"

"영아……."

"어서 나가자, 내게 기대…… 아흑."

다시 잡아채진 머리채였다 사람의 탈을 쓴 짐승이 영을 질질 끌다시피 방 안으로 데리고 가려 했다.

"감히 키워 준 은공도 모르고 네가 날 해코지해? 내가 누군지 알아? 알 만한 집안 장남이야, 유국진이라 이 말씀이야. 네까짓 것들, 계집년들, 모두 죽어 버려야 속이 시원할 것 같아. 모두 여기서 죽자. 좋지, 좋지?"

미친 사람이었다. 짐승은 이제 도의고 이성이고 존재하지 않는 그저 짐승이었다. 전부 죽어야 한다며 길길이 날뛰고 있었다. 뼈가 부러진 명은 일어설 수 없었고, 영은 두려움에 움직일 수조차 없었다.

"자…… 흐흐. 다 같이 죽어 버리자. 그럼 뉴스에 나올 거 아냐. 죽어도 이름은 남긴다, 이 말씀. 멋지지? 왜 이런 극적인 죽음을 생각하지 못했을까? 응?"

"아저씨, 제발 정신 차리세요."

길길이 날뛰는 괴물이 되어 버린 짐승의 난동에 영도 기운이 풀려 문지방에 몸을 기대고 있었다. 다 죽는구나. 이렇게 전부 죽는 거구나 싶었다. 체념, 그리고 회한…… 그 와중에 보고 싶은 얼굴. 부친이 어른거렸다. 결국 미워하고 잊었다 했지만, 미워한 만큼 사랑한 거였다. 잊지 않았던 만큼 그리워했었다. 그게 저의 진심이었다.

'아빠……'

틱.

틱.

무슨……?

눈을 감았던 영은 겨우 눈을 떠 앞을 바라본다. 희미한 가스

334

냄새로 두통이 일었다. 가스라이터를 손에 든 게 보였다. 잠시 동안 무슨 상황인지 인지하지 못했던 영은 눈을 휘둥그레 떴다.

"그러지 마세요!"

"흐흐. 이 방법밖에 없어. 모두 소멸되기 위해선. 모두 모두 날려 버리기 위해선. 더러운 세상도, 내 비참한 몰골도 전부 날려 버릴 거야, 전부!"

"아저씨! 안 돼요!"

라이터를 빼앗으러 마지막 힘을 짜내 달려드는 영의 모습이 슬로비디오처럼 펼쳐졌다.

휙.

콰아아앙.

가스폭발 사고였다.

고막이 나가는 듯한 굉음, 그리고 무너져 내리는 건물의 잔해 속에서 영은 잠시 정신을 잃고 말았다.

"명아…… 안 돼, 안 돼."

무너지는 건물 더미. 마지막으로 놓지 못한 의식의 끝자락에 명이 희미하게 웃음 짓는 게 보였다. 환상인가…….

"이봐……."

"여기, 여기야! 여기 살아 있어!"

'아저씨, 명이 있어요. 명이가 저기…….'

그을음을 마신 지 오래인 목으로, 흡입된 연기로 입은 달싹거릴 뿐 소리가 나오지 않았다. 곧바로 옮겨진 영에게 산소호흡기가 채워지자마자 구급차는 요란한 사이렌을 울리며 도로를 질주

335

한다.

—오늘의 뉴스입니다. 신도림동 다세대주택 지하에서 원인을 모르는 가스폭발 사고 일어났습니다. 피해자는 유국진, 유명, 박영으로, 유국진, 박영은 사망하고 현재 세브란스병원에 호송된 유명은 얼굴에 2도 화상을 입고 중태입니다.

❖

'명아⋯⋯.'

사건은 연락을 받고 달려온 유 회장이 변호사를 선임해 처리했다.

화상을 입고 정신을 차리지 못하는 손녀딸 유명, 하나 남은 제 핏줄이었다. 죽은 사람은 안타깝지만 죽은 사람이었고 산 사람을 살려야겠기에 명을 치료하기 위해 갖은 방법을 쓰는 유 회장이었다.

장남인 국진이 여자에 미쳐 집과 저를 저버리고 떠나 버리자 둘째 아들에게 모든 것을 걸었건만, 그 아들마저 몇 달 전 교통사고로 유명을 달리해 버렸다. 결국 그에게 남은 핏줄은 유명 한 사람뿐이었던 것이다.

"다 덮어. 조사고 뭐고 다시 하지 않게. 그리고 실력 좋은 성형의 알아봐. 돈은 얼마 들어도 상관없으니까."

"네, 회장님."

그 후, 미국에 가 피부이식과 성형수술로 얼굴이 조금 달라진 영은 유명으로 다시 태어났다. 그러나 한시도 맘 편하지 않은 그녀. 남의 인생을 도둑질해서 살고 있는 것이 아닌가. 그것도 자매와 같던 명의 인생을.

그녀는 한국으로 돌아와 기회를 엿보고 있었다. 진실을 말할 기회를……

"그래서 네가 명이 아니다?"

"네, 전 박영입니다. 죽을죄를 지었습니다. 벌 받겠습니다."

결국 모든 사정을 솔직하게 이야기한 뒤 영은 두 손을 가지런히 모으고 처분이 내려지기를 기다리고 있었다.

자신도 사람이기에 눈 딱 감고 외면하고 싶었다. 그러나 그건 비겁한 사람이 할 짓이었다. 명을 부정하고 저를 부정하고 두 사람이 나누었던 추억을 부정하는 것이 아닌가.

"알고 있었다."

"네?"

"알고 있었다. 넌 내 손녀 하는 게 싫으냐?"

"아니에요. 그건."

"그럼 내 손녀 하자. 난 그랬으면 좋겠다."

"할아버지, 하지만……."

"안다. 나도 안타까워. 벌집 쑤셔 무에 좋은 일이 생긴다고. 내 아들이 한 못난 짓 용서해라. 죽은 사람 아니냐. 잊고 살자. 함께 의지하고 살아 보자. 남은 생 내 손녀로 있어 주었으면 기쁠 것 같다. 죽은 사람보다 네가 더 마음이 쓰이는구나. 네게 안전한 울타리를 만들어 주고 싶구나."

"흑흐흑. 죄송해요."

"훌륭한 사람이 되어라. 그거면 된다. 그거면."

"네, 그럴게요. 저 열심히 할게요. 열심히 살겠습니다. 약속드려요."

# 24화

고희가 퇴근하는 시간에 맞춰 누군가가 아파트 입구에 서서 그녀를 막아섰다.

"누, 누구시죠?"

"킥킥. 누구냐고? 몇 번 본 적 있는데 기억 못 하나 봐?"

고희는 비릿하고 알 수 없는 표정을 지은 채 저를 바라보는 남자 때문에 오싹해졌다. 도망치라고 경고등이 수없이 울리며 눈앞이 캄캄해지고 몸은 제 기능을 상실한 채 움직이지 않았다.

"무슨, 실례합니다."

"유국진 알지?"

고희는 이름을 듣자마자 몸을 휙 하고 돌려 모자를 눌러쓴 남자를 바라보았다. 표정에 담긴 공포와 경악을 읽어 내린 남자, 구창섭의 얼굴엔 희열감이 떠올랐다.

"당신, 누구야!"

"어허, 소리 낮추지? 들키고 싶어?"

"……."

구창섭이 온몸이 얼어붙은 채 서 있는 고희에게 다가와 악마 같은 목소리로 속삭이기 시작했다.

"이야, 좋은 데 사는데? 누군 지하 셋방에서 퀴퀴한 곰팡내만 죽도록 맡고 말이야. 참 세상 불공평하지. 죄를 지은 살인자는 떵떵거리고 잘 살고 세금 내는 평범한 시민은 죽지 못해 살고. 난 평생을 일해도 이런 집 구경이나 할까나? 몇 평에 사시나?"

그가 고희가 사는 상층을 바라보며 입맛을 다시고 있었다. 정확한 위치로 눈길이 가는 것으로 보아 그녀가 몇 층에 살고 있는지 이미 파악하고 있는 듯했다. 항상 도사렸던 불안과 공포가 현실로 다가오자 고희는 두 눈을 꼬옥 감고 덜덜 떨리는 제 손을 아프도록 움켜쥐었다.

협박을 당하고 있는 것이다. 죄를 지었다면 벌을 받는 건 당연한데, 이 순간 그녀의 머릿속으로 스치고 지나는 사람들이 있었다. 한 여사, 강 회장, 그리고 인환이었다. 약점이 생겨 버린 것이다.

혼자였을 땐 이렇게 무섭지 않았었다. 이렇게 두렵지도 않았었다. 혼자가 아닌 둘, 셋이기에 제 가족, 지인이 해를 당할까봐 무섭고 떨렸다. 저의 실체가 알려질까 두려웠다.

"무슨 말 하시는 거예요?"

"오호, 모른 척하시겠다? 그러면 네 죄가 가려지나? 가짜인 주제에."

허억.

저도 모르게 숨을 몰아쉰 그녀였다. 가슴에 무언가가 복받쳐 오르고 울컥하니 토기가 치밀어 올랐다. 이대로 당할 수만은 없었다. 협박범들의 속성상 상대가 약하면 더 덤빈다고 하지 않던가. 쓰러질 것 같지만 정신을 추스르며 이를 악물고 서 있었다.

"의외로 강단 있네. 뭐, 좋아. 나와 이야기하고 싶지 않다면 상대를 바꾸면 되니까. 강 회장 댁이 어디였더라?"

고희가 고개를 번쩍 하고 치켜든 순간이었다. 돌아서는 구창섭의 팔을 붙들고 자신도 모르게 애원하는 말소리가 비어 나왔다.

"뭐, 뭐를 원해요? 그 집 사람들은 나와 아무 상관 없어요. 제발 가만둬요."

"글쎄. 대단하신 그 집안에서 네 정체를 안다면 어떻게 나올까? 충격받겠지? 그리고 네 남편 회사에도 타격이 클 거야, 그렇지? 참, 잘나신 강인환인가 뭔가 하는 그분의 미끈한 얼굴이 구겨지며 체면이 바닥으로 떨어지면 죽상이 될 거고 말이야. 그 얼굴 한번 구경하고 싶네. 아하하."

칙.

치익.

과거의 악몽이 재현되었다. 기분 나빴던 그 소음 신경을 거스르던 그 소음이 다시 들려왔다. 손톱으로 칠판을 긁어내리는 소름 끼치는 소음과 동일했다.

조용한 곳으로 자리를 옮긴 두 사람이었다.

앉아 있는 자세부터 누가 위이고 누가 아래인지 한눈에 알게
해 줬다. 다리를 겹치고 담뱃갑을 톡톡 테이블에 치면서 코웃음
을 날리고 있는 사람은 갑의 위치인 구창섭이었다. 예상대로였
다. 물론 그에겐 그 어떤 증거도 물증도 없는 상태였다. 찔러나
보자고 맘먹고 나선 길이었지만 저렇게 부들부들 떠는 모습을
보니 짐작한 대로 죄를 짓긴 지었나 보다.

"난 죄지은 거 없어요. 그날 일은 사고였다고 판명되었으니
까."

"그래? 뭐 그렇다면 나야 할 말 없고 말이야. 그냥 신문사에
슬쩍 정보만 흘리면 벌떼처럼 일어날 테니까. 나야 불구경만 재
미나게 하면 그만인 거지."

여론의 힘, 그 힘이 대단하다는 것을 모를 리 없는 고희였다.
살인에 연루된 **그룹 전처라는 타이틀만으로도 큰 반향을 불
러일으킬 것이다. 자극적인 단어 자체만으로도 사람들은 의구심
을 가질 것이고, 곧바로 신상 털기가 시작될 것이 명약관화했
다.

진실이 무엇인지 그건 중요하지 않았다. 넘치는 호기심으로
없던 일도 만들어 낼 것이고 **그룹은 당장 영향을 받을 것이
분명했다.

승냥이떼처럼 몰려들 그들이 아니던가. 거짓과 위선이 난무하
고 해명을 거듭할수록 의구심만 늘어나고 결국엔……. 그들을

제 탓으로 동물원 원숭이를 만들 수 없었다.

"후후. 재혼 축하해. 내가 말이지, 이혼했다고 했을 때 가장 슬퍼했던 한 사람이거든."

그랬다. 기회를 엿보다 이혼했다는 것을 알고 얼마나 땅을 치고 통곡했는지 모른다. 망설이고 뜸들이다 일생일대의 기회를 놓쳐 버린 아쉬움에 잠을 이룰 수 없었다. 혼자인 유고희를 협박해 보았자 나올 것이 없었고, 푼돈은 가지고 싶지 않았던 구창섭은 기회를 기다려보기로 한 것이었다.

혹시나 해서 정기적으로 강 회장의 집을 염탐하던 중 두 사람의 행보를 알게 되었고, 그들이 곧 재혼한다는 사실도 눈치챌 수 있었던 것이다.

"뭘 원하는 거죠?"

"알면서 그러네. 한 번에 끝내자고 10억 어때? 입 다무는 대가치곤 저렴하지?"

"……준비할 시간을 주세요. 1주일, 아니 한 달 뒤."

"오케이. 좋아, 좋아. 화끈해서 맘에 들어. 그러나 한 달은 노우. 1주일 주지."

물었던 담배를 손가락 사이에 끼워 그대로 카페 창밖으로 내던져 버리는 그였다.

"도망갈 생각은 안 하는 게 좋을 거야."

일어서서 나가는 그의 발걸음이 날 듯 가벼워 보였다. 그와는 반대로 고희는 머리를 감싸고 테이블 위로 팔을 괴어 머리를 움켜쥐고 있었다.

'날 좀 구해 줘. 명아, 도와줘.'

10억. 1주일 안에 10억을 어찌 구한단 말인가. 아니, 이번 한 번으로 끝난다고 어떻게 장담한다는 말인가.

고희의 얼굴이 하얗게 질려 가기 시작했다.


그 시각.

"사장님, 사모님에게 붙여 둔 경호원이 보고할 게 있다는데 요."

"뭐?"

회의를 마치고 고희에게 저녁 식사를 하자고 전화를 걸려던 인환은 핸드폰을 내려놓았다.

"사장님."

"무슨 일이지? 고희에게 일이 생긴 건가?"

"아닙니다. 혹시나 해서 보고 드리려고. 오늘 40대 후반으로 보이는 어떤 남자가 사모님과 커피숍에 들어가더니 혼자 나왔습 니다. 그런데 그 사람, 인상도 험해 보이고 사모님께서도 안색이 좋지 않아 보였습니다."

인환은 경호원의 말을 차분히 듣다가 남자가 나오고 한참 동 안 나오지 않는다는 대목에서 뭔가 이상한 낌새를 알아챈다.

"1시간이라, 아직도 그 카페에 있다고?"

"네……."

"그 남자 사진 찍어 두었겠지?"

"네."

"누군지 신상 조회해 봐. 경찰 쪽에 선을 대어 놓을 테니."

"네, 알겠습니다."

보고를 받고 인환은 손을 교차하여 책상 위에 올려 두고 제 턱을 쓸어내렸다.

'이상하군.'

인환은 불안했다. 혹여 서준 그 녀석이 사람을 비밀리 보내 연락을 취한 것은 아닌지. 그러나 그럴 리 없다. 2년 전 인환 그 가 앞장서서 이대호를 만나 서준의 미국행을 주선하지 않았는가. 게다가 그는 현재, 서준의 거취와 일거수일투족을 매일매일 보 고받고 있었다.

별별 생각이 다 들었다. 한 번 이상한 생각이 드니 몰아치듯 불안감이 밀려들었다. 이제야 겨우 제 손을 잡은 여자였다. 오 래도록 공들여 제 사람으로 맞은 제 여자였다. 빼앗으려 한다 면 가만두지 않을 것이다. 그게 누구든 다신 뺏기지 않을 것이 다.


따르르.

-어디지?

"……집에 가는 중이에요."

-저녁은?

"아직."

-같이 먹자. 30분 후 도착할 거야.

"인……."

밥 먹을 기분이 아니었다. 얼굴도 말이 아닌데…….

비틀거리며 카페를 나와 마음을 추스르려 무작정 걷고 있던 그녀였다. 언뜻 지나가는 유리창에 제 얼굴을 비춰 본 고희는 깜짝 놀라고 말았다. 하얀 분가루를 뒤집어쓴 모양. 마치 죽은 시체 같아 보였기 때문이었다. 서둘러 볼 터치를 꺼내 조금이라도 화사해 보이려 한 그녀였지만 두 손은 아직도 바들거리며 떨리고 있었다.

식사를 하는 식당에서 안색이 좋지 않은 고희였다.

"왜 더 먹지 않고?"

"입맛이 없어서."

"무슨 일 있는 건가?"

"네? 아, 아니에요!"

펄쩍 뛰는 고희의 모습을 조용히 지켜보는 인환의 얼굴도 덩달아 어두워지고 있었다. 고희의 집 1층 정문 앞에 서서 그녀를 바래다준다는 핑계로 헤어지는 시간을 연장하던 인환이 어렵게 말을 꺼냈다.

"커피 한 잔 줄래?"

"오늘은 늦었으니까 다음에요."

거절이었다. 예상했지만 더욱 초조해진 인환이었다. 만난 남자가 누구냐고, 혹시 미국에 간 그가 보낸 사람이 아니냐고 따져묻고 싶은 걸 겨우 참는 인환이었다.

"그래, 알았어. 당신이 피곤한 것 같으니까 갈게. 아냐, 됐다.

346

너 피곤하다는데."

남자의 실망한 뒷모습. 인환이 축 처진 목소리로 톤을 내리깔고 돌아서자 고희의 마음이 흔들리기 시작했다.

"인환 씨."

"응?"

언제 그랬냐는 듯 기대감으로 넘쳐 뭔가를 고대하는 악동같이 구는 인환 때문에 그녀의 얼굴에 포스스 미소가 떠올랐다.

"커피 마시고 가세요."

기쁨 가득한 표정이 되는 인환으로 인해 그녀도 덩달아 행복해지는 순간이었다. 손을 맞잡고 엘리베이터를 올라가는 동안 계속 제 손을 주물거리는 그의 행동에서 조바심이 느껴졌다.

"너무 좋다."

네가 날 받아들여 줘서, 허락해 줘서 기쁘다는 앞뒤 없는 압축된 그의 말. 그녀는 인환의 어깨에 머리를 기댔다

"고희야."

"네."

"어려운 일 있거나 혹, 상의할 일 생기면 나에게 먼저 하는 거다. 기다린다. 내가 있다는 거 잊지 마. 넌 혼자가 아니다. 함께하자. 앞으로는."

눈물이 나오려 하는 걸 겨우 참고 입술을 꼬옥 깨문 그녀였다. 제 편이 되어 주겠다고 다정하게 말해 주는 이 사람이 지금 얼마나 고마운지 알고 있는 것일까.

"오늘, 같이 있으면 안 돼요?"

고희의 입에서 절대 나올 말이 아닐 것 같은 진심이 흘러나오자 인환은 그녀가 자신을 내치는 대신 위로를 받고 싶어 한다는 것을 알아챘다.

"나도 너와 함께 있고 싶다. 초대에 기꺼이 응하지."

커피는 생략하고 두 사람은 샤워를 간단히 한 후 일찍 침대에 나란히 누웠다. 마음 같아서야 독수공방한 제 아랫도리에게 상을 주고 싶었지만 축축 늘어지는 고희를 보며 제 욕심을 채울 순 없던 인환이었다.

'앞으로 부부로서의 밤은 무한대. 신혼여행도 있고. 뭐, 꼭 하루 한 번이라는 법 있나?'

엉큼한 제 생각이 맘에 든 인환은 흡족한 미소를 지으며 고희에게 기꺼이 팔베개를 해 주었다. 자연스레 그 행동을 받아들이는 고희가 오른쪽 겨드랑이 안으로 쏘옥 안겨 들었다.

"머리 쓰다듬어 줘요."

어리광을 부리는 듯한 고희의 요구를 듣자마자 즉시 시행하는 인환이었다.

"머리를 쓰다듬어 주면 안정감을 느껴요. 아늑하기도 하고요."

"오늘 힘들었어?"

"조금요."

기다렸다. 인환은 고희 스스로 그에게 무슨 일이 있다고 알려 주길 원했기에 기다리고 있었다. 하지만 스르륵 인환의 품에서 잠이 들어 버린 고희였다.

그렇게 얼마나 시간이 지났을까?

"자요?"

새벽이었다. 고희는 인환의 더운 품에서 잠을 자다 새벽의 한기에 깨어 고개를 들었다. 희미한 빛 속에 그녀를 품에 안고 단잠을 자는 남자는 분명 강인환 그였다.

그의 얼굴을 뚫어져라 바라보던 고희가 그의 이마에서 콧날, 인중, 그리고 입술에 손가락을 미끄러뜨렸다. 미미한 반응을 하는 것과 시트 위로 불거진 그의 아랫도리가 있는 위치로 그녀는 그가 의식이 있지만 눈을 감고 제 뒷말을 기다리고 있음을 눈치챘다.

협박, 그자는 1주 뒤 찾아올 것이 분명했다. 그러면 돈을 주고, 다음에 요구하면 또 돈을 주고. 부메랑처럼 불안과 공포로 살아갈 날들이 눈에 선했다. 그러다 결국엔 그녀 자신이 인환의 곁을 스스로 떠나게 될 것임도.

용기를 내어 볼까? 큰 짐을 그에게 지어 줄지 모르겠지만. 하지만 이제는 그녀가 그를 떠날 수 없었다. 더불어 시부모님에게 상처를 주고 싶지 않았다. 진실을 감추고 말도 안 되는 이유를 갖다 붙여 비극의 주인공처럼 어딘가로 숨는 비겁한 짓은 더더욱 하고 싶지 않았다. 그거야말로 비겁한 일일 테니까. 그리고…… 이미 2년 전에, 서준을 떠나보낼 때에 한 번 했기에.

그와 함께하고 싶다. 지치면 기대고 아픈 일이 생기면 의논하고 짐을 덜고 싶다. 오랫동안 같이 늙으며 시간을 보내고 싶다. 아팠던 추억이 아물게 위로받고 보호받고 싶다.

정말 그럴 수 있을까. 날 원망하고 미워하지 않을까. 그 끝없던 과거의 사슬을 끊어 내고 싶다. 내 스스로 당당해지기 위해 용기 내보고 싶다. 내가 나로서 설 때에야 비로소 내 삶의 행복이 완성됨을 알기에 비겁한 길, 돌아가라는 악마의 속삭임을 외면하고 싶다. 과거의 상처로 얽어진 매듭으로 인해 더 이상 가위눌릴 일이 없도록 완벽하고 싶다.

고희는 스스로에게 용기를 부여하고 있었다. 용기를 쥐어짜내며 입술을 달싹거리기 시작했다.

주사위가 던져졌다.


"당신, 눈 감고 들어 줘요. 나, 당신에게 할 말 있어요. 내 진짜 이름은 박영이에요."

담담히 자신이 아닌 남의 일을 말하는 것처럼 고희는 지난 일을 풀어내고 있었다. 사실 그대로만 전달하고 싶었다. 길지만 길지 않은, 무겁지만 무겁지 않은 고희의 이야기가 끝나버렸다.

"여기까지가 그날의 진상이에요. 난 유고희가 아니라 박영이에요. 당신을 속인 거 미안해요. 난 항상 당신 앞에서 당당할 수 없었어요."

"그게 전부인가?"

"인환 씨."

인환의 눈동자가 고희를 향하고 있었다. 그 눈동자에 원망도 그녀가 속인 데 대한 분노도 보이지 않았다.

"내가 모르고 있을 거라 생각했어?"

"알고 있었어요? 언제부터?"

"이혼하기 전."

"그걸 알고도 나와 살고 싶은 거예요?"

"이전의 나라면 달랐을지 모르겠지만 지금의 나에겐 아무 문제가 되지 않아. 네가 박영이든 유고희든 난 너 자체를 원해."

고희의 두 눈동자가 심하게 흔들렸다.

"더 있어요. 저요, 협박당하고 있어요. 짐작할지 모르겠지만 그날 일로요. 화재사건."

"알려진 것 이상이 있는 건가?"

"아니요. 알려진 그대로예요. 박영과 유명이 바뀐 것뿐. 오늘 그 일을 알고 있다면서 저를 찾아온 사람이 있었어요. 10억을 준비하래요. 난, 난."

이야기하다 감정이 복받쳐 울먹거리는 고희를 제 가슴에 당겨 안는 인환이었다.

'그랬구나, 협박범이었구나. 미국에 간 그 남자가 보낸 사람이 아니로구나.'

안도와 안쓰러움이 물밀듯 솟구쳐 올랐다. 어쩐지 오늘은 그녀와 함께 보내고 싶었다. 느낌이라도 있는 건지 그녀가 저를 절박하게 붙잡는 것 같았다.

"흑……. 흑흑."

"내 여자가 힘들었겠구나. 얼마나 당황하고 무서웠을까."

"미안해요. 미안. 흑흑."

"네가 왜. 나쁜 사람은 그자야. 널 협박했잖아."

고희는 인환의 품 안에서 서러운 눈물을 쏟아 냈다. 알고 있었다 한다. 그녀가 유 회장의 손녀딸이 아니라는 사실을. 알고 있으면서 저와 다시 합치려 했단다.

이제야 가슴을 짓누르던 어두운 그늘이 사라지는 것 같았다. 그를 속인다는 생각을 하지 않아도 된다니 너무나 기뻤다. 강인환은 정말 그녀 자체를 원하는 것이다.

"날 믿어. 이 강인환, 내 사람 하나 지켜 주지 못할 정도로 못난 놈 아니다. 내가 알아서 한다. 너 다치지 않게, 너 힘들지 않게. 그러니까 그만 울어. 지친다."

"설마, 당신 안 돼요! 폭력은 안 돼요."

"하하하. 영화를 너무 많이 본 것 아니야? 마음 같아선 그자를 쥐도 새도 모르게 멀리 보내 버리고야 싶지만 난 기업인이야. 결과를 예상하면서 악수를 두진 않는다."

"그럼, 어떻게 하려고?"

"여기까지. 나에게 맡겨 두라 했지? 넌 아무 걱정 말고 내게 올 생각만 하는 거다. 응?"

"……."

흔들림 없이 직시하는 그의 까만 눈동자, 고희는 자신을 향한 그의 사랑을 느낄 수 있었다. 그의 맨가슴에 볼이 닿자 인환이 가만히 그녀의 머리카락을 쓰다듬어 왔다.

"나도 비밀 하나 말해 줄까?"

"당신 비밀이요?"

"응, 나도 많아. 비밀, 특별히 말해 줄게."

고희는 자신을 안은 채 머리를 쓰다듬는 손길에 무름해져 가고 있었다. 인환의 비밀이 하나둘 밝혀지며 햇빛을 보기 시작했다.

몇 살까지 오줌을 쌌는지. 유치원을 다닐 때 좋아하던 여자애가 절 피하기에 개구리를 가방 속에 넣어 기절시킨 일, 고등학교 때 1등을 놓치지 않기 위해 수학여행을 가지 않으려 일부러 다친 척 다리에 깁스를 한 일 등등 그의 비밀을 수십 개 들으며 고희는 색색 옅은 숨을 받아 내며 깊고 깊은 잠 속으로 빠져 들어갔다.

한참 후, 잠이 든 고희를 안고 있던 인환이 슬며시 침대에서 일어나 휴대폰을 눌렀다.

"그래, 빠른 시일 내 알아보도록. 앞으로 경호원 수 늘리고."

-알겠습니다, 사장님.

인환의 시선이 침대에서 울다 깊이 잠든 고희에게로 향했다. 이젠 제 심장인 여자였다. 감히 그녀를 협박하다니. 앞뒤 정황이야 유추하면 뻔한 거였다. 하지만 절 믿고 진실을 밝힌 그녀의 용기가 가상했고 기특했다. 뒤로 숨기보다 어려움이 닥칠 때 당당히 맞설 수 있는 여자가 바로 그녀였다. 자신이 선택했고 사랑하는 여자, 유고희.

인환이 침대로 돌아가자 품을 파고드는 고희의 무의식적인 몸짓에 하체가 아프도록 딱딱해져 왔지만 고희를 안은 그의 얼굴은 세상을 다 가진 자의 포만감이 그득해 보였다.

❖

"네? 집으로요?"

―그래, 내가 불안해서 견딜 수가 없다.

인환이 고희에게 결혼 전까지 집에 들어오면 안 되겠냐며 전화를 걸어 오자 고희는 난처해 어쩔 줄을 몰라 하고 있었다.

―고희야.

"하지만 집도 내놓아야 하고, 어머님이 어떻게 생각하실지 모르는데."

―내가 잘 말씀드려 놓았어. 어머님은 대환영이래. 너와 이것저것 쇼핑하고 사 주고 싶은 것 많다고 지금 들떠하신다.

"어머님께 제가 허락받는 게 순서일 것 같아요."

―그래. 그럼 어머님이 허락하시면 집으로 들어오는 거다.

"……네."

고희는 전화를 끊고 고집을 부릴 때가 아니란 것을 인지한다. 그가 자유로이 움직이려면 제가 안전한 바운드에 있어야 한다는 뜻이었다. 그에게 짐이 되고 싶지 않았고 그의 약점이 되고 싶지 않았다. 도움 줄 일이 그의 눈이 미치는 곳, 안전한 집에 함께 있는 거라면 그의 제안을 받아들이는 게 옳았다.

"어머니."

―고희야, 내 다 들었다. 뭘 그리 가리고 따지누. 너와 내가 그런 사이냐? 하필 너희 두 사람 함께 쓸 침실 공사로 당분간 인

환은 서재에서, 너는 손님방에서 머물면 된다. 근사한 신혼방 책임지고 꾸며 주마. 안 그래도 침대랑 가구 네 맘에 드는 것으로 고르려던 참인데 우리 같이 다니면서 골라 보기로 하자꾸나. 좋지?

자신보다 더 들떠하시는 한 여사의 말에 차마 내려놓지 못했던 미안함과 죄스러움을 내려 두기로 한 그녀였다.

"네, 저도 좋아요. 어머니."

수화기를 닫자 미선이 호기심이 잔뜩 서린 눈동자를 데굴데굴 굴리고 있었다.

"집으로 들어가는 거예요?"

"네…… 그렇게 되었어요."

"나도 초대할 거죠?"

"저는 간소하게 치르고 싶은데 아직 거기까진."

"그래그래, 알았어. 연예인들처럼 철통 보완하고 경호원 따라 붙는다 이거 아냐?"

"미선 씨."

놀리느라 삐친 척을 하자 당황해하며 자신을 다독이려는 고희에게 미선이 놀랐지 하며 안색을 바꾸자 고희는 헛웃음을 짓고 만다.

"뭐예요, 정말 맨날 놀리기만 하고."

"잘 살아요. 고희 씬 잘 살 거예요."

"……미선 씨?"

미선은 입을 달싹이다 말문을 닫는다. 이미선, 그녀의 정체를 모르는 순진한 고희였다. 그녀는 인환이 출판사의 경영 지분을 1/3 갖고 있다는 것도 까맣게 모르고 있었고 전 편집장인 박한용을 내보내 버린 것도 그라는 것을 짐작조차 하지 못하고 있었다.

물론 배후에는 이미선 그녀가 있었다. 인환이 편집부에 심어둔 그의 사람이었다. 그녀는 경호업무를 하던 문학도 전공자임을 감안해 이곳으로 배치되었고, 그녀, 유고희를 밀착 보호하는 일을 담당했던 것이다. 치밀하고 무서운 강인환의 안배였다.

이미선은 태권도와 합기도 공인 3단 자격증 소지자로 웬만한 남자는 거뜬히 넘겨 버릴 수 있었다. 이제 고희가 이 곧 일을 그만두게 되면 경호업무로 돌아갈지 이곳에서 일을 계속할지 선택권을 준다고 하여 마음이 복잡한 그녀였다. 기업 사장은 아무나 못하는 건가 보다. 무서울 정도로 참고 기다리며 앞을 내다보고 행동하는 철저한 남자가 바로 강인환 그였다.

'고희 씬 사장님 실체를 잘 모르고 있는 것 같던데……'

하지만 잘 살 것이라는 믿어 의심치 않았다. 신중하고 사려 깊은 고희가 강인환과 딱 어울린다 생각되었다. 전 편집장이 고희에게 호감을 갖고 있다는 것을 그렇게 빨리 알아채고 움직일 수 있었던 건 바로 미선 때문이었다. 박한용 편집장에게 미안한 맘을 가졌던 미선은 그가 그곳에서 승승장구한다는 소식에 불편한 맘을 내려둘 수 있었다.

'뭐, 저 정도로 남자가 집착하고 사랑해 준다면 여자로서 고마운 일일지도……'

미선의 시선이 업무를 하는 고희에게 못 박혔다. 아무래도 이곳이 저에게 천직 같았다. 나이도 들어가고 점점 운동이 버겁다 느껴지는 게, 안정적인 직업을 가질 때가 되었다고 판단했다. 이곳이 저에게 터닝포인트였다. 결혼 8년차 남편인 그에게도 신경을 써야겠다고 결심하는 미선이었다.

근래 위험경보가 켜지고 그녀를 더욱 신경 써 지켜야 한다는 오더가 내려진 시점에 미선의 눈은 연신 고희의 주위를 살피고 있었다. 뛰는 놈 위에 나는 놈이 있다란 세상의 진리. 인환은 이 진리를 깨닫게 되는 날이 올지 몰랐다.

강 회장이 인환의 서재로 올라왔다.

"할 이야기가 있다."

"무슨 일이십니까, 아버지."

"내가 묻고 싶은 말이다."

"……."

"경호원들이 바빠졌더구나."

"아, 그건."

"그것도 네가 아닌 고희를 지키는 사람 수를 늘렸던데, 무슨 일이냐."

이미 많은 것을 알고 있는 듯한 강 회장의 모습에 인환은 말을 해야 할지 말아야 할지 고민 중이었다.

"나중에 들어온다던 고희가 갑자기 집으로 들어오는 것과 관련된 것이냐?"

"네."

"흐음, 그렇구나. 그 아이 신상에 무슨 일이 생긴 게 분명하다고 생각했다."

"제가 알아서 처리하겠습니다."

"그래? 널 못 믿는 것이 아니다만 걱정되는구나. 네가 처리한다는 방식이 내가 생각하는 거라면 관두거라."

"아버지."

"고희, 그 아이 비밀 때문인 거라면 그럴 필요 없다."

"……알고 계셨습니까?"

"나도 귀가 멀고 눈이 보이지 않는 장님 아닌 바에야 당연히 알고 있었다."

말은 이렇게 했지만 전반적인 모든 상황을 알게 된 것은 얼마되지 않았던 강 회장이었다. 낌새가 이상하다는 측근의 보고로 강 회장은 금고에 비밀리 보관됐던 부친의 서신을 뜯어 보기로 결심했다.

이 봉투가 너에게 전달되는 일이 발생하지 않기를 바라며.

친필로 쓰인 겉봉의 서체가 선명하게 눈에 박혀 왔다. 그 안에는 상세한 정황과 유고희가 될 수밖에 없던 박영의 사연이 소상히 기록되어 있었다.

유고희, 아니 박영이라는 아이는 늙은 우리 두 사람, 유 회장과 내가 가슴으로 품은 아이다. 이 아이를 지키기 위해 안전장치를 마련해 둔다. 물론 내 손자 인환이가 그 아이의 가치를 일찍 발견하면 좋겠지만, 사람 마음에 명령은 안 되는 거 아니더냐. 만약 그 아이가 혼자가 되더라도 외롭지 않도록, 그 아이가 다치지 않도록 이렇게나마 안배하여 둔다.

　내가 친자식도 아닌 그 아이에게 이렇게까지 하는 걸 이해 못 할지도 모르겠구나. 하지만 너도 그 아이를 옆에서 지켜보았다면 알았겠지? 그 아이는 사랑하지 않고는 못 배기는 그런 아이야. 부디 지켜 주거라. 내가 긍휼의 마음으로 그 아이를 돌보고 품었던 것처럼 부디 그아일 불쌍하게 여겨다오. 그 아이의 어둠이 되는 사람을 응징해다오. 네 선에서 깔끔하게 마무리 지어라.

　내 말뜻 알겠지? 방법은 이미 가르쳤다고 생각한다. 부탁한다. 이런 부탁을 믿고 할 사람은 너밖에 없구나. 널 믿는다. 내 아들.


　그리고 몇 장의 사진과 이름, 남자의 신상명세서가 들어 있는 별도의 봉투 속엔 낯익은 자의 얼굴이 보였다. 구창섭, 그였다.

　"이번 일은 내게 맡기거라."

　"네? 하지만……."

　"이목이 너에게 집중되어 있어. 네가 움직이는 걸, 실수하는 걸, 기다리는 인간들이 많다는 이야기다. 내게 맡겨."

　인환은 여느 때보다 단호한 부친의 태도에 거절의 말을 할 수 없었다. 돈을 주지 않을 생각이었다. 그렇다고 린치를 가한다거나 위협을 가할 생각은 더더욱 없었다. 방법을 찾고 있는 중이었는데 부친이 나선다니.

"아버지."

❖

얼마 후 부둣가.

"뭐야, 너희들?"

"돈 갚을 때 지난 것 같은데?"

"내가 갚지 않겠다고 한 적 있나? 걱정 붙들어 매."

"돈을 아주 뿌리고 다닌다던데 말이야."

"누가 그래?"

장정 셋. 험악한 인상을 가진 세 사람이 구창섭을 에워싸고 있었다.

찰칵.

새벽의 흐리마리한 빛 속에 칼날이 번뜩였……

"뭐, 뭐야. 너희들?"

"죽어 없어져 줘야겠어."

뭐?

푸욱

허어억.

구창섭은 배를 찔려 피를 한 움큼 흘리면서도 아직 쓰다만 돈이 눈앞에 아른거려 눈을 다 감지 못한다. 어떻게 얻은 돈인데, 그 돈을 써 보지도 못하고 이렇게 가야 한단 말인가.

10억이라는 돈을 가진다면 우선 빚진 돈 3억을 갚고 나머지를 맘껏 써 보자 생각한 그였지만 막상 현금으로 돈을 챙기고 나자 다른 생각부터 들었다.

어쩔 수 없는 어리석은 인간이 바로 그였다. 충분하다 못해 넘치는 현금 다발을 가지고 가장 먼저 향한 곳이 경마장이었고 다음으로 강원도 카지노였다. 아무도 돈을 따지 못한다는 그곳에서 가장 비싼 호텔 룸을 빌려 흥청망청 쓰는 그의 씀씀이에 돈은 한 달이 채 가기도 전 바닥을 드러내고 있었다. 7억을 날린 것이다. 겨우 한 달 만에.

그에게 돈을 빌려준 사람들이 소식을 접하고 이곳으로 그를 찾아왔던 참이지만 도박에 영혼을 팔아 버린 그는 나머지 3억을 빚을 갚는 데 순순히 내어 줄 생각은 요만큼도 없었던 것이다. 이미 그의 계좌에 3억이 남아 있다는 것을 알고 있는 그들이었다.

돈을 내놓으려 하지 않는 구창섭이었지만, 3명의 무리는 이미 죽음의 사신처럼 돈 냄새를 맡고 피를 빨기 위해 몰려든 승냥이 떼와 같았다. 악질 사채업자가 행동대장으로 부리는 세 명의 괴한 중 누군가의 손에서 칼날이 번득였다.

"내…… 돈…… 내 돈."

"후후. 걱정 마. 찾아서 네놈 빚 청산할 테니 잘 가라."

그날 이후 구창섭의 모습은 어디에서도 발견되지 않았다. 누군가는 돈을 탕진하고 떠났다 하고 누군가는 중국으로 건너가는 밀항선을 타고 도망쳤다는 소문만 무성했다. 그리고 그가 남겨 둔 3억의 행방도 묘연했다.

"회장님."

"듣고 있어."

"구창섭이 사라졌다고 합니다. 아마 사채업자들에게 당한 듯 보입니다."

"……나가 봐."

강 회장은 뒷짐을 지고 회장실에서 아래를 내려다보고 있었다. 자신의 손에 피 한 방울 묻히지 않고 그를 영원히 이 세계에서 추방시킨 것이다. 강 회장이 선택한 방법은 역공이었다. 요구한 돈 10억을 현금으로 인출하여 전달하라 지시한 것이다.

사람이 돈이 갑자기 많아지면 무엇이 문제인지 아는가. 그건 돈을 쓰는 방법을 모르는 자, 즉 칼을 휘두를 줄 모르는 어린아이에게 칼을 쥐여 주는 것과 같은 맥락인 것이다. 넘치는 돈 앞에서 이성을 잃어버리는 것이다.

그가 빚을 지고 있다는 것도 알고 있었다. 그리고 절대로 빚을 제일 먼저 갚지 않으리라는 것도. 원래 도박과 경마에 취미가 있던 그가 무엇을 하겠는가. 강 회장 측에서 한 일이라곤 10억의 현금 인출과 구창섭이 흥청망청 돈을 쓰고 있다는 전화 한 통뿐이었다.

이제 모두 끝이 났다. 강 회장은 작고한 부친의 유언대로 일을 깔끔하게 마무리 지었다. 그리고 부친이 남긴 유언장마저 불태웠다. 흔적도 없이. 아무것도 남기지 말라는 지시였다.

작고한 회장 강국훈, 현 회장 강민호, 그리고 손자 강인환 세 사람은 닮지 않은 듯하면서도 닮은 점이 매우 많았다.


"인환아."

"네."

고희가 집으로 들어온 지 2주가 지난 즈음이었다.

"고희에게 위협이 되는 일은 모두 처리했다. 거기까지만 알고 있어라. 더 알려 하지 말고. 알겠냐."

"네. 아버지, 감사합니다."

탁.

강 회장은 오랜만에 시가를 꺼내어 물고 아래층을 내려다보았다. 인환이 산책을 하는 고희의 어깨에 카디건을 걸쳐 주는 모습이 보였다. 바라보는 두 사람의 얼굴에 사랑이 가득한 모습이었다. 강 회장의 얼굴에도 평화가 깃든다.

빛나는 오늘, 귀가 어두우면 눈이 밝아진다. 가짜가 난무하는 이 세상, 진짜인 보석을 찾기란 더 힘이 든다. 지금 곁에 있는 사람이 내 사람이라면 지켜 주어야 하고 나쁜 사람들을 물리쳐 주어야 하는 것이 가장인 사내가 할 일이었다. 하나의 업을 쌓은 것인지도 모르겠지만 그 죄는 아들이 아닌 제가 가지고 갈 몫이었다.

행복해하는 처와 자식의 모습을 보는 것만으로도 나중의 고통을 잊는 강 회장의 얼굴에 어느새 주름살이 하나 더 늘어 있었다.

"인환, 내 아들. 이제야 네가 동행자를 얻게 되었구나, 너와 남은 생을 함께할. 대학에 합격했을 때보다, 사장으로 취임했을 때보다 지금이 더 행복해 보이는구나. 허허허."

아래에서 이야기꽃을 피우는 세 사람이었다. 강인환, 고희, 한 여사. 그들 사이에 따스한 꽃불이 피어오르고 있었다. 전보다 더욱 강하고 깊어진 꽃불이었다. 과거를 묻고 새로운 가족 역사를 만들기 위해 그들은 꺼져 가던 불씨를 되살리고 있었다.

# 25화

1년 후.

부부동반 모임에 다녀온 저녁, 인환과 고희 두 사람 사이에 사소한 다툼이 일고 있었다.

"안 돼."

"왜요? 왜 안 돼요? 여보, 나, 살사 정말 배우고 싶어요."

인환은 어림없는 소리 말라고 경고하듯 눈에 힘을 주고 있었다. 고희가 원하는 것을 웬만하면 다 들어주고 수용한다. 하지만 아내는 지금 절대 들어줄 수 없는 부탁을 하고 있었다.

"안 된다면 안 되는 줄 알아. 왜 하필 살사야? 차라리 가야금이나 발레 이런 거 배우러 다녀."

인환은 어젯밤 모임에 참석했다가 도중에 돌아와 고희와 두 편의 야동을 찍은 뒤였다. 자신의 아내가 된 그녀는 하나를 가르치면 열을 알아듣는 이해력이 남보다 월등한 탓으로 함께 산 지

1년이 된 시점, 일취월장한 배움 학도로 인환의 넘치는 에너지와 욕구를 온전히 받아 줌과 동시 한 걸음 더 나가 능동적으로 그를 소유해 가기 시작했다.

어느 날은 말도 안 되는 동작을 대체 누구에게 배워 온 것인지 생일 선물이라며 야한 슬립을 입고 유혹하는 춤까지 추는 고단위 레벨까지 승급한 그녀를 어제보다 오늘, 오늘보다 내일 더 사랑할 것이다.

함께 나가면 남자들이 그녀를 힐끔거리는 것이 매우 거슬렸지만 사랑이 가득하고 행복한 모습의 그녀는 정말 아름답게 빛나고 있었다. 제 곁에서 말이다.

맘 같아선 집에만 콕 박아 두고 싶지만 어제처럼 부부동반 모임은 그들의 의무이자 일종의 과시였다. 그녀와 그가 잘 살고 있음을 확인시켜 주는. 모임에서도 몇몇 놈들의 질시와 견제, 그리고 그녀를 스캔하는 바람둥이 녀석들이 도처에 포진하고 있어서 여간 신경 쓰이는 게 아니었다. 물론 아닌 척했지만.

그런데 모임이 잦은데 춤이 영 서투르다며 댄스를 배우러 다닌다고 해서 허락해 주었더니만 이젠 살사라는 스포츠 댄스라는 종목까지 배운다고 한다. 남자, 여자가 몸을 부비대는 살사 말이다.

"참, 좋은 생각이 있어요. 당신도 같이 배우면 되잖아요. 네?"

"……."

아내는 그가 무심한 척하고 있지만 흔들리고 있는 것을 눈치챈 것인지 살포시 녹일 듯한 미소를 지으며 다가와 그의 앞에서 딱 멈춰 서 있었다. 고지를 눈에 앞둔 게슴츠레 고양이 눈빛을 빛내며 말이다.

"너, 요새 어리광만 늘고."

"그래서 싫어요?"

속눈썹을 파르르 떨며 자신을 올려다보는 요부 같은 이 여자가 정말 고희가 맞을까? 넘어가기 직전인 인환이 흩어지는 이성을 겨우겨우 부여잡고 다시 한 번 가장의 체면을 살리고자 애를 쓰고 있었다.

"내가 당신 자존심을 너무 세워 준 거 같군."

"흐응. 그래요?"

그녀가 인환이 재킷을 벗자 홀리는 미소를 띠고 그가 턱시도 맨 위 단추를 여는 그의 손을 제지하며 긴 손가락으로 대신 단추를 풀어 가기 시작했다. 이상도 하지. 나비넥타이가 목을 죌 때보다 지금 고희가 제 단추를 푸는데 더 몸이 더워지고 열이 나고 목이 타들어 가니 말이다.

"여봉, 나 정말 배우고 싶어요."

"흠흠, 어험."

인환이 헛기침을 하자 그녀가 기회는 이때다 싶은지 몸을 바싹 기대며 셔츠 안으로 손바닥을 미끄러뜨려 그의 가슴을 매만지기 시작했다. 아, 환장하게 좋았다. 그녀가 이렇게 능동적으로 나오는 데야 미치지 않는 게 이상하지 않은가.

가슴이 위아래로 심하게 들썩거리는 것을 지켜보던 그녀가 씨익 하고 홀리는 미소를 짓더니 급기야 셔츠 자락을 아래로 떨어뜨리고 본격적으로 그의 맨가슴에 얼굴을 비비대기 시작했다.

"당신, 사랑해요."

허억.

말의 효과, 가뭄에 콩 나듯 사랑한다고 말해 주는 어부인 유고희, 그녀는 사랑한다는 말을 자주 뱉지는 않았다. 그래서인지 그녀의 입에서 절 사랑한다는 말이 흘러나올 때면 이 세상에 제가 가장 행복한 놈 같았고, 세상을 전부 가진 듯했다. 그리고 그 말을 다시 한 번 듣기 위해 불철주야 몸을 불살라야 했다. 이 구미호 같은 마누라 고희는 그를 완전히 파악한 것이 분명했다. 입으로는 안 돼, 안 돼, 안 돼를 외치다가 그는 흐릿한 의식 저편에서 제 목소리 같지 않은 허락의 말을 하고 있는 게 아닌가.

"네 맘대로 해. 멈추지 마."

이게 과연 제 목소리가 맞는지, 인환은 절대 허락하지 않겠다던 맹세를 깨뜨리고 머리를 뒤로 젖힌 채…… 네 맘대로 해, 라는 말을 신음처럼 내뱉고 있었다. 고희는 인환의 발밑에 무릎을 꿇고 있다 얼굴을 살짝 들어 거의 안드로메다로 혼이 빠져나가 버린 자신의 남편을 올려다보았다.

'후후. 이런 방법이 통할 거라더니 정말 그분들 말씀이 맞는데?'

댄스 클럽의 회원 중 자신처럼 남편이 죽도록 반대를 한 사람이 많았다고 한다. 그래서 조언을 듣고 행한 것뿐. 남편을 잡아먹으면 홀랑 넘어올 거라던 그 말은 진실이었다. 고희는 원하는 바를 이루기 위해 한 번도 행해 보지 않은 낯부끄러운 일을 감행하고 있었다. 처음 들었을 땐 얼굴이 시뻘게져 그런…… 어떻게 그러냐고 말했지만 마음을 다잡고 야동을 열심히 보고 연구한 그녀였다.

인환은 잠자리에서 다정한 연인이었고 서서히 달아오르는 그녀를 위해 많은 시간을 투자해 배려하고 공들이는 애무를 해 주는 사람이었다. 오늘은 그녀가 용기를 내어 그를 위해 봉사하는 날이라고 맘을 다잡고 있었다. 그런데 이성을 절대 잃지 않을 것 같던 인환이 그의 분신을 입에 물고 애무하며 정성을 다하자 짐승처럼 환희의 포효를 연신 내지르는 게 아닌가. 고무된 고희는 상대가 희열에 찬 신음을 흘릴 때마다 더욱 제 행동에 가속을 붙여 가기 시작했다.

"헉, 그만……."

"……아직 멀었어요. 당신."

인환은 거의 제정신이 아니었다. 은밀한 환상이야 했었지만 부끄럼 많은 고희가 정말 29금 영상을 몸소 실천해 줄 줄 몰랐던 탓에 그녀의 기습공격에 속절없이 무너져 내리고 있었다.

"알았어, 알았으니까 당신 원하는 대로 해. 이리 올라와, 제발."

"……정말이죠?"

"그렇다니까!"

그제야 고희는 그의 발치에 꿇었던 무릎을 펴고 그의 옆으로 미끄러지듯 몸을 눕혀 왔다. 순식간에 그녀를 제 아래로 깔고 인환이 으르렁대며 덤벼들기 직전, 고희가 그의 얼굴을 막아서며 다시 한 번 쐐기를 박는다.

"다른 말 하지 않기예요. 사업가는 약속을 잘 지켜야 한다고 당신 입으로 말한 거 잊지 마요."

그는 그날 그녀의 완벽한 먹잇감이 되었다. 표면적으로는 그가 그녀를 잡아먹는 형상이었지만 그날의 진정한 승자는 유고희, 그녀였다. 승자와 패자를 결정짓는 요인 중 하나가 뭔가 잃은 것이 있는가로 기준을 정한다면 그날 두 사람이 잃은 것은 없었지만 고희는 원하던 것을 이룬 셈이니 승자는 고희였던 것이다. 그러나 뛰는 자 위에 나는 자가 있다는 것은 세상의 이치.

두 사람은 사이좋게 스포츠댄스를 배우러 다녔다. 하지만 3개월 후 승자의 위치는 다시 바뀌게 되었다.


벌컥.

"여봇!"

고희가 난데없이 회사로 쳐들어왔다. 웬만한 일로 그가 일하는 직장에 모습을 드러내지 않은 고희였지만 뭐가 그리 화가 나는지 콧김까지 씩씩 불었고 걸음걸음마다 화가 잔뜩 실려 있었다. 인환은 사무실에 앉은 그 자세로 서류를 보고 있던 중이었다. 그녀가 올 줄 알고 있었기 때문에 오면 바로 들여보내라고 비서실에 지시한 상태였다. 그는 느긋이 앉아 그녀를 바라보고 있었다.

"당신, 당신 그날 분명히 피임했다고 했잖아요!"

인환은 주치의에게서 그녀의 임신 소식을 확인한 터였다.

"했다고 했지. 그런데 내가 그날 거짓말했어. 당신이 워낙 섹시해서 말이야."

"거짓말쟁이. 일부러 그런 거죠? 네?"

"무슨, 내가 그런 능력이 어디 있나?"

시치미를 딱 떼는 남편 인환의 어깨를 으쓱하는 태도에 고희는 의심의 눈초리로 그를 쏘아보고 있었다. 아이를 가지고 싶었지만 신혼을 즐기고 싶다던 그이 때문에 1년간 피임을 하던 두 사람이었다. 그런데 2개월 전 그날은 인환이 정신없이 그녀를 몰아치며 연거푸 안는 통에 정신이 없었다.

"실수였다고요? 당신이? 흥!"

"우리 첫 아이야, 싫어?"

"무슨 그런 말을 난, 다만……."

그리고 보니 아이가 생겼다니 어르신들도 좋아하실 테고, 그리고 자신도 기쁜 일이 아닌가. 고희의 화가 한풀 꺾이는 모습을 보다 인환은 자리에서 일어나 그녀에게 다가가 가만히 그녀를 품에 안았다.

"기뻐. 행복해서 죽을 것만 같아. 내 맘 알아?"

"여보."

"사랑해. 고희야, 사랑한다."

"인환 씨, 당신 미워…… 밉다고요."

가슴에 안겨서도 앙탈 부리는 그녀의 어깨를 가만히 당겨 안은 인환의 입가가 호선을 그렸다. 입가를 비트는 웃음, 그것은 조부와 제 아버지 강 회장을 똑 닮은 판박이 웃음이었다.

그가 바빠서 시간이 허락하지 않으면 혼자 가는 고희였다. 그 곳에서 대타인 살사 댄스 강사가 고희를 바라보는 표정을 찍은 사진엔 그녀를 동경하는 젊은 녀석의 음흉한 마음이 여실히 드러나 있었다.

사진은 거짓말을 하지 않았기에 인환은 점점 더 바빠지는 회사 시간을 빼지도 못하는 상황에 봉착하자 해결책을 찾아야만 했다. 그 해결책이라고 생각해낸 것이 신혼을 즐기자던 제 생각을 바꾼 것이었다.

'그래, 아이. 그녀와 나의 아이를 가진다면…… 계획 임신이라. 후후.'

치밀한 인환은 자신의 부친이 은근히 손자를 원한다는 사실을 알고 있었고, 첫째가 아들이라면 고희가 앞으로 낳을 제 아이들의 성별에 노심초사하지 않을 것이라 여겼기 때문에 치밀하게 준비를 했다. 남들은 여자가 아들 낳기 프로젝트에 참여한다지만 인환은 모든 것을 그가 계획한다.

'남자가 육식을 해야 한다는 말이지? 그리고 음, 고희가 채식을 하니까 그건 되었고 아들을 낳으려면 여자가 오르가슴을 강하게 느끼는 체위로 해야 한다라. 그리고 부부관계는 너무 자주는 말고. 그럼 출장을 다녀온 이후를 d-day로 잡으면 되겠군.'

그렇게 안배된 그들의 잠자리였음을 고희는 절대 눈치채지 못했다. 그저 남편이 질투에 휩싸여 댄스 강습을 받지 못하게 하려고 계획한 일이라고 짐작만 했을 뿐이다. 그것조차도 물증이 없었지만.

임신을 행복해하는 고희와 축하하는 강 회장 내외를 바라보며 인환은 만족한 미소를 짓는다. 3개월 뒤 그들의 첫 아이가 아들이라는 확진을 받았다. 누나인 재희가 주위가 환히 밝아지며 태양이 제 품에 답삭 안기는 꿈이 동생네 부부의 태몽 같다며 이야기보따릴 풀어놓은 1달 뒤의 일이었다.


3년 뒤.

아이를 안아 올려 코에 부비부비를 하는 그녀였다. 아들 강지환을 낳고 1년 뒤 낳은 딸 강지원이었다. 욕심 많은 강인환, 그녀의 남편은 엉큼하게 셋째를 계획 중이었다.

"엄마아."

"그래, 우리 지원이 잠깐만. 엄마가 이유식 만들어 줄게."

고희는 추억이 담긴 인형 네코를 커다란 가방 속에 조심히 담아 넣었다. 이제 정말 추억으로만 남겨두고자. 그녀의 시선이 한동안 그곳에 못 박혀 떨어질 줄 몰랐다.

"서준, 당신은 내가 잊지 못할 청춘의 꿈 한 자락이었어요. 잘살아요."

외롭고 힘들었던 어둠, 얼음이 쌓인 내 마음을 녹여 준 사람. 고독의 외침을 들어주고 내 겨울을 다스한 눈빛으로 지켜보아준 고마운 사람. 혼자 웃고 혼자 견디고 혼자 앓다가 내밀어진 온기는 평생토록 잊을 수 없을 만큼 아름다웠다. 내 마음속에 선명히 새겨진 그대의 발자취, 내 기억의 눈밭에도 길을 새겨 난 한동안 몸살을 앓아야만 했다.

오래도록 놓을 수 없던 기억을 추억으로 돌리며 지금 내 곁에 있는 한 사람에게 온전히 집중하고 싶다. 표정을 살피고 품에 기대고 내 방패막이 되어 주는 남편. 눈을 떠 곁을 보면 항상 제 자리인 그 사람에게 미안해하지 않기 위해 더 이상 불안해하지 말라고 이야기하고 싶기에 함께 새운 밤의 숫자만큼 그의 얼굴을 당당히 매만지고 싶다.

봄이면 새순이 나는 샘솟는 사랑으로 그에게 발돋움하며 입 맞추고 싶다. 이리저리 흔들리며 휘어졌던 마음의 날개를 접고.

이제 내 시선의 끝에…… 항상 그가 있다.

*—fin*

그들의 후일담

부산 해운대 콘도.

서준은 가족인 아내와 외동딸 미리와 함께 콘도에 묵고 있었다. 당 총재를 맡아 달라는 야당 의원들의 집중 공략을 피하고 제 주위를 살필 겸 나선 길이었다. 언제 가을이 다 가 버렸는지 낙엽은 발치에 흩어지며 뒹굴고 있었다. 계절을 잊고 오로지 앞만 보고 달려온 세월이었다. 원하던 고지가 서서히 눈앞, 이루어질 현실로 다가오고 있었다.

중년의 나이가 된 서준은 숨도 고를 겸 가족과 함께 조용한 이곳 콘도를 이용하기로 한 것이었다. 몸이 약한 아내는 외동딸 미리 하나만을 낳았다. 더 이상 그녀를 위험하게 만들고 싶지 않았기 때문에 아내 몰래 정관수술을 한 서준이었다. 아들, 아들 하는 시대는 이제 가지 않았는가. 시대에 발맞추어 앞장설 자신이 시대를 역행하는 그런 보수적인 생각은 벗어나야 옳다고 생각한 서준이었다.


"아빠, 빨리요."

걸려 온 전화를 받고 일을 마무리 지은 서준은 룸에서 수영장으로 이동하고 있었다. 딸 미리가 빨리 오라고 성화였다.

호젓한 곳에 지어진 콘도는 모든 현대시설이 갖추어진 곳으로 그가 쉬고 싶을 때 이용하고 있었다. 작지만 갖춰진 시설은 거의 고급 리조트와 흡사했다. 아내를 위해선 안마와 마사지를, 딸이 좋아하는 수영장을 맘껏 이용할 수 있었다.

"강인욱!! 거기서 뛰어가면 안 된다고 엄마가 그랬잖아."

탁.

"아, 아저씨. 죄송. 에헤헷, 나 잡아 봐라."

"인욱아!"

서준은 온몸이 굳어져 버렸다. 그 목소리 기억 속에 남은 그녀의 목소리였기에. 그가 등을 돌리고 있었기에 아이의 엄마로 보이는 여자는 그를 지나쳐 뛰듯 달려 나가는 아이를 붙잡으려 같이 뛰고 있었다. 멍하니 뒷모습만을 바라보았지만 그는 먹먹한 가슴 때문에 그 자리에 못 박혀 서 있을 수밖에 없었다.

"고희……."

차마 이름을 부를 수도 없었던 제 마음속의 연인, 그녀였다. 한참 뒤에야 그녀가 그를 떠날 수밖에 없었던 사정을 알게 되었지만 이미 그도 그녀도 다른 사람의 아내, 다른 사람의 남편이 되어 있었기에 마음속 깊숙이 감춰 두고 살아갈 수밖에 없었다. 좀 더 알아볼 것을, 좀 더 상세히 살필 것을, 이라는 후회는 하면 무엇 하겠는가. 그는 어쩌면…… 그녀로 인해 파생할 복잡한 일을 겁내어 외면한 비겁자였을지 모른다.

"행복해 보여 다행이다."

혼잣말을 중얼거리는 서준을 알아본 인환이었다. 그렇게 애틋하게 제 아내를 바라보는데 눈치를 못 챈다면 바보가 아니겠는가. 그러나 질투 아닌 남자 대 남자로 그를 이해하는 인환이었다. 자신은 고희와 결혼했고 그녀의 사랑을 얻고 토끼 같은 아이들을 셋이나 둔 행복한 가장이었으므로 그를 질투할 이유는 없었던 것이다.

두 남자의 눈이 맞부딪쳤다. 거의 동시 고개가 숙여지는 서로에 대한 목례. 그들은 그것으로 인연을 마무리 짓는다. 어떤 말을 할 수 있을까. 서로의 모습에서 행복한 삶을 영위하고 있음을 확연히 알 수 있기에 의례적인 말조차 아끼는 두 남자였다. 선택의 기로에서 한 남자는 손을 놓았고 다른 한 남자는 손을 꼬옥 붙들었다는 것, 그 하나만이 달랐을 뿐.

서준이 뒤돌아서자 앞을 가로지르며 달려가던 사내아이가 서준을 등진 채 인환 가슴으로 냅다 달려 뛰어들었다.

"아빠, 아빠! 엄마 대따 잘 달려. 나 좀 살려 줘. 엄마에게 잡히면 안 돼."

"강인욱! 너 거기 그대로 서 있어!"

인환을 사이에 두고 뒤로 앞으로 빼꼼 몸을 왔다 갔다 하며 개구쟁이짓을 하는 아이와 흐뭇하게 웃는 인환, 그리고 고희의 모습을 뒤로한 채 반대 방향으로 앞을 향해 나아갔다.

이젠 우리가 아닌 남. 각자의 인생이 있고 가족이 기다리는 그곳으로 발걸음을 떼는 사내의 얼굴에는 편안한 미소가 깃들어 있었다.

"아까 부딪쳤는데 사과도 못 했어요. 미안해서 어쩌죠?"

"괜찮아. 아이가 그런 건데 이해해 주겠지."

"하지만 아이 부모가 교육을 잘못 시키는구나, 라고 생각할지도 모르잖아요."

"절대 그런 일은 없을 거야."

"치잇. 당신이 그걸 어떻게 알아요?"

"나도 같은 나이의 남자니까. 아이의 아버지니까. 그러니까 이해할 수 있을 거라 생각해."

"음…… 그렇다면, 뭐."

고희가 이미 점이 되어 버린 회색 정장의 남자 뒷모습에서 시선을 돌리자 인환은 그녀의 관심을 다른 곳으로 되돌렸다.

"당신 인욱이 잡으려고 한 거 아니었어?"

"아차차. 강인욱, 이 말썽꾸러기. 엄마가 너 때문에……."

"아아앙, 아빠야."

막내아들 엉덩이를 때리는 벌을 행하는 아내를 사랑스럽다는 듯 바라보는 인환의 시선이 잠시, 아주 잠시, 중년 사내가 사라진 방향을 향하였지만 이내 제 세상으로 되돌아온다.

"자, 가지. 어머님, 아버님이 기다리실 거야."

"어휴, 내가 어머님만 아니었음. 너, 강인욱 조금 이따 보자."

"메에에롱."

혀를 날름거리는 인욱이었다.

눈에 넣어도 아프지 않은 막내아들. 내리사랑도 사랑이었지만, 자칫 세상 빛을 보지 못했을 자식이기에 더 애달프고 애틋한지 모르겠다.

셋째 아이를 가지고 유산기가 있어 마지막 두 달은 입원 신세를 진 그녀였다. 남편 인환이 두 달간 거의 출장도 외국도 나가지 않고 저의 곁을 지켰었다. 그렇게 태어난 인욱은 처음 저체중으로 병원 신세를 진 것 빼고는 건강이 넘치다 못해 에너자이저 그 자체였다.

"자, 가지."

가족을 이룬 인환과 고희는 그들의 아이와 함께 부모님이 기다리는 그곳으로 나란히 보조를 맞추어 걸어가고 있었다. 아름다운 동행길, 부부라는 이름으로. 아이들의 부모로.


그대, 아름다운 사람. 문득문득 생각나, 가슴 설레게 한 추억아.

그댈 보내고 새 아침을 맞이한다. 유난히 그리던 밤 그대 다정했던 모습이 떠오른다.

어느덧 시간은 내 마음을 헤집어 당신을 보내고 다른 이로 채워져 간다.

우리 서로를 바라보던 그 빛나던 순간이 아직도 생생한데

가슴을 앓아 아프고 호독호독 아리기도 했었는데

견딜 수 없이 미치도록 그립고 그리워 마음을 훔쳐도 쥐었는데

그리움은 추억의 봄비처럼 나를 적시고 혈관으로 흘러내린다.

내 아름다웠던 사람아, 그대가 행복했으면 좋겠다.

그렇다면 나 또한 미안해하지 않고 맘껏 웃을 수 있을 테니

돌아보면 아름다웠던 추억 한 자락을 소중히 책갈피 속에 묻어 두고

가끔 꺼내 보는 은행잎처럼 녹진히 묻어나는 그런 사랑으로 기억하고 싶다.

사랑했으므로 난…… 행복했었노라 이야기하고 싶다.

# 그대여 다시 한 번만

1판 1쇄 찍음 2014년 11월 4일
1판 1쇄 펴냄 2014년 11월 10일

지은이 | 류은채
펴낸이 | 정 필
펴낸곳 | 도서출판 **뿔미디어**

편집장 | 이재권
기획 · 편집 | 주종숙

출판등록 | 2002년 9월 11일 (제1081-1-132호)
주소 | 경기도 부천시 원미구 상동로 117번길 49(상동) 503호
전화 | 032)651-6513 / 팩스 032)651-6094
E-mail | scarlets2012@hanmail.net
블로그 | http://blog.naver.com/dahyangs
홈페이지 | http://bbulmedia.com

## 값 9,000원

ISBN 979-11-315-3668-1 03810

## 도서출판 뿔미디어 홈페이지 OPEN*!!*

안녕하세요.
지금껏 저희 뿔미디어를 응원해 주신
독자님들의 성원에 힘입어
이번에 새롭게 홈페이지를 오픈하였습니다.

저희 뿔미디어는 홈페이지에서 독자님들께서
보다 빠른 출간 소식과 미리보기 등
알찬 내용을 제공하기 위해 많은 노력을 기울였습니다.
또한 독자님들에게 도서 할인, 이벤트 등
다양한 혜택을 제공하고자 합니다.

저희 뿔미디어 홈페이지 오픈을 계기로
한층 더 독자님들과 가까워질 수 있는 기회가 되었으면 합니

보다 많은 관심과 사랑 부탁드리며,
앞으로도 더 좋은 컨텐츠 제공에 힘쓰도록 하겠습니다.

감사합니다.

-도서출판 뿔미디어 올림

www.bbulmedia.com